2017

An Yang literature

ᅡ문학

발간사

박 인 옥 (안양문인협회 회장)

안양문학 제28집 발간에 즈음하여

　계절의 끝자락에서 또 한발자국 걸음을 뗍니다. 이 한걸음은 안양문학 역사의 한 줄을 채울 것이고, 나에게는 또 이렇게 한 해를 마무리 하는구나 하는 아쉬움 가득한 안도일 것입니다.

　저마다 한 해를 마무리하는 느낌이나 방식은 다르겠지만, 저는 안양문학을 발간하는 것이 특별한 의미일 수밖에 없습니다. 숨 가쁘게 달려온 사업의 수레바퀴 속에서도 무탈하게 한 해를 마무리한다는 느낌, 아마도 그런 것이겠지요. 저는 현실에 안주하지 않고 문학이라는 큰 범주 안에서 지역문학의 변화와 발전 그리고 새로움을 고민하고 실행에 옮기는 일, 무거운 등짐을 지고 있는 듯 항상 무겁게 느껴지는 부분이지만 당연한 책무라 여기며 일해 왔습니다. 그래선지 이렇게 안양문학의 발간사를 쓸 때쯤이면 조금은 홀가분한 마음이 듭니다. 감사한 마음도 들고요.

　회원 여러분!
　이제 2017년 열심히 활동했던 모습을 안양문학 제28집에 담아냅니다. 먼저, 안양문인협회의 다양한 활동 모습은 '칼라화보'를 통해 또, 각 장르별 회원님들의 소중한 작품들은 '회원문단'으로 편집위원회에서 선정된 열심히 활동한 회원님은 '올해의 회원'란으로, 이렇게 안양문학은 만들어질 것이며 이것은 결국 안양문학의 소중한 역사가 될 것입니다.

회원 여러분!

 올 한 해를 뒤돌아보며 안타깝게 유명을 달리하신 고 이세종 고문님을 생각해 봅니다. 우리 안양문협 창립부터 든든한 버팀목으로 활동해 주셨던 분이셨습니다. 그동안 선생님께서 보여주신 안양문협에 대한 애정을 소중한 유산으로 여기며 기억하겠습니다.

 마지막으로 힘들게 병마와 씨름하고 계시는 여러 회원님들의 쾌유와 건강을 기원하며, 안양문협을 위해 힘써주신 김대규 명예회장님을 비롯한 고문님들과 자문위원님, 그리고 모든 회원님들께 감사드리고 더더욱 마지막까지 안양문학 제28집 제작에 애써주신 편집위원님들께 깊은 감사의 마음을 전합니다.

2017년 12월

김 대 규 (안양문인협회 명예회장)

詩 나그네

한 편의 시를 마무리하면
그 詩 마을에서
다른 詩마을을 찾아 떠난다.

詩 마을들은 거의
세상과는 좀 떨어진 곳에 있어
찾아가기가 그리 쉽지 않다.
언제나 길을 잃고 헤매게 마련이다.

그나마 새 詩마을에
말(言語) 인심이라도 후하면
시를 굶기지는 않을 수 있다.

詩 나그네는 항상
세상 밖 먼 곳을 간다.

1960년 시집 『靈의 流刑』으로 등단
시와 시론 동인
한국문인협회 자문위원, 안양문인협회 명예회장
안양예총 고문
시집: 『이 어둠 속에서의 지향』, 『흙의 사상』, 『어머니, 오 나의 어머니』,
『하느님의 출석부』, 『가을소작인』, 『외로움이 그리움에게』, 『나는 가을공부 중이다』
산문집: 『시인의 편지』, 『사랑의 팡세』, 『사랑과 인생의 아포리즘 999』, 『늙은 시인의 편지』 등
평론집: 『무의식의 수사학』, 『해설은 발견이다』 외 다수
흙의 문예상, 경기도문학상, 경기도예술대상, 경기도문화상, 편운문학상, 후광문학상, 한국시인정신상

▲ 2016년 12월 20일 2016년 송년회 및 안양문학 제27집 출판기념회

▲ 2016년 송년회 및 출판기념회 모습들

▲ 2017년 1월 20일 제 1차 이사회의

▲ 2017년 2월 9일 안양예총 정기총회

 2017년 안양문인협회 정기총회
일시 2017년 2월 24일(금) 오후 5시 장소 안양문화원 4층 강당 주최 (사)한국문인협회 안양지부

▲ 2017년 2월 24일 2017년 안양문협 정기총회

▲ 2017년 3월 12일 안양문협 봄맞이 동반한마당

▲ 2017년 4월 10일 제2차 이사회

▼ 2017년 6월 3일 제37회 안양시 여성백일장대회

▼ 대회 진행본부   ▼ 내빈과 참석한 회원님들

▲ 제37회 안양시 여성백일장 심사 모습

▲ 대회 시상식

▼ 2017년 5월 4일 김대규 선생님의 인터뷰

▼ 2017년 5월 15일 스승의 날 고문님들과 식사

▼ 2017년 6월 6일 현충일 추념식에서 헌시 낭독

▼ 2017년 6월 21일 석수도서관에서 홍미숙 작가와의 만남

▼ 2017년 6월 23일 안양 대동문고에서 개최된 2017년 안양문협 시화전 개막식 테이프 컷팅식
　이날 개막식을 시작으로 6월 28일까지 6일간 시화전시가 이루어졌다.

▼ 시화전 개막식에 참석한 회원님들

▲ 시화전에 전시된 작품들을 담은
도록을 출간하였다.

▲ 시화전에 전시된 작품들

▼ 시화전 부대행사로 진행된 시낭송 공연

▼ 시화전 진행석의 회원님들

▼ 2017년 10월 27일 제46회 관악백일장 대회 개최 모습

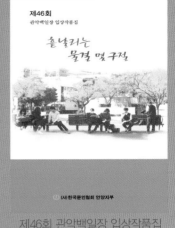

제46회 관악백일장 입상작품집

▼ 박인옥 회장님과 회원들

▼ 백일장에 참가한 학생들

▼ 심혈을 기울여 심사하시는 심사위원님들

▼ 2017년 10월 28일(토)~29일 평촌중앙공원에서 제2회 안양시 인문도시축제가 개최되었다. 이번 행사에는
안양문인협회 회원 도서전과 시화전 그리고 회원들이 참여한 시낭송이 있었다.

▼ 2017년 12월 1일(금) 평촌아트홀에서 2017년 송년콘서트 "시와 음악의 수다" 가 개최되었다. 이번 행사에는
안양문인협회와 안양음악협회가 공동으로 개최한 행사로 시낭송과 합창 그리고 공연이 있었다.

▼ 2017년 12월 2일(토) 오후2시 안양문화원 강당에서 제22회 전국안양 시낭송대회가 개최되었다.
  이번 대회에는 전국에서 50여 명이 참가하여 열띤 경연을 하였으며, 경기도 여주시에서 참가한
  정현우 씨가 문병란 시인의 '인연서설'이란 시를 낭송하여 대회 최고상인 대상 안양시장상을 수상했다.

제22회 전국안양시낭송대회 낭송집

▲ 제22회 전국안양 시낭송대회 입상자들과 안양문협 회원님들

▲ 대상 수상자 정현우 씨　　　　　　　▲ 제22회 전국안양 시낭송대회 참가자 모습

2017 AnYang literature
안양문학 Vol. 28

C O N T E N T S

003 **발간사** _박인옥 (안양문인협회 회장)

005 **권두시** _詩 나그네

　　　　　　(안양문인협회 명예회장 김대규)

007 **지부화보**

016 **차례**

025 **특집 1** ▶안양지역 문학동인회를 만나다

　　　　　　‖ 안양수필문학회

033 **특집 2** ▶故 이세종 시인

　　　　• 안양 문학의 산증인이자 교육자인 시인, 이세종

　　　　• 이세종 시인 연보

　　　　• 작품소개

　　　　• 나와 안양문학

053 **올해의 회원**

055 **정미소** 시인

068 **정동수** 소설가

회원문단

079 詩

080 **강백진** _새벽 기차 외1편
083 **강영서** _석향 외1편
085 **김귀자** _어떤 고백 외 1편
087 **김낙연** _매화 꽃병 외 1편
089 **김말회** _노란 거미줄 외 1편
091 **김성녀** _감귤의 여행
092 **김용원** _감나무 외 1편
094 **김우현** _보라카이 가는 길 외 1편
097 **김주명** _고리땡 바지 외 1편
099 **류순희** _가을로 가는 나무 외 1편
101 **맹기영** _첫사랑 외 1편
103 **박공수** _만추 외 1편
105 **박인옥** _빈 광에서 외 1편
107 **박정임** _좋은 날 외 1편
109 **방극인** _첫 경험

CONTENTS

110 **백옥희** _이삿날 외 1편

112 **송인식** _세월 외 1편

115 **신규호** _세족洗足 외 1편

117 **신장련** _마로니에 공원에서 외 1편

121 **신준희** _청계사 가을길 외 1편

123 **안성수** _백일홍 꽃 외 1편

125 **양윤덕** _누군 줄 알겠다 외 1편

127 **원선화** _첫 휴가 외 1편

129 **유애선** _꽃들이 궁금해지는 밤 외 1편

132 **윤종영** _황톳길 외 1편

135 **이남식** _어떤 갈수기에 외 1편

137 **이덕원** _우리들의 일상

139 **이문자** _독도 아리랑 외 1편

142 **이성장** _시인의 도시

143 **이숙희** _자랑 외 1편

145 **이여진** _능소화 외 1편

148 **이재철** _비 그치고 외 1편

150 **이혜순** _우편함 둥지 외 1편

154 **이희복** _11월

156 **임덕원** _太平歌 외 1편

161 **장순금** _그늘 이불 외 1편

163 **장정욱** _달의 옆모습 외 1편

165 **장호수** _가을, 그 벤치 외 1편

167 **정명순** _숨바꼭질 외 1편

169 **정용채** _꽃 외 1편

171 **정이진** _허리띠 외 1편

173 **조은숙** _모의 외 1편

175 **채형식** _햇살과 꽃

176 **최계식** _한다발 무궁화꽃 외 1편

178 **최영희** _방울재 성당

180 **최정희** _살다보면 외 1편

182 **최태순** _당신이 날 사랑한다면 외 1편

186 **허말임** _품을 내준 나무

188 **허인혜** _다듬이 소리를 베고 외 1편

190 **홍경임** _기분 좋은 날 외 1편

192 **황주영** _연집강

CONTENTS

195 隨筆

196 **김기화** _감나무
200 **김미자** _동심의 세계를 맛보다
204 **김산옥** _끌림
207 **김선화** _누더기 속의 보물
210 **김현옥** _유산(동행2)
213 **박난영** _가을 단상
216 **박정분** _일장춘몽
219 **왕옥현** _스마트한 은행나무
222 **육금숙** _착한 사람 '코스프레'
225 **이근숙** _밤 영업
228 **이영숙** _안양예술공원
231 **조복희** _요즘 세상
233 **조인순** _사고의 전환
235 **홍미숙** _의궤에게 말을 걸다

241　小說

242　**김성금** _비밀통로

260　**김정대** _교도소 대합실

269　**정동수** _살아나는 땅

291　**채정운** _부엉이

311　안양문인 신간 안내

316　안양문인 주소록

324　편집 후기

photo by 장호수

2017 An Yang literature

안양문학
Vol. 28

특집 1

안양지역

문학동인회를 만나다

‖ 안양수필문학회

‖ 안양수필문학회
— '끌림'의 세월, 안양수필문학회

한결같다는 것은 시시각각으로 변하는 요즘과 참 어울리지 않는 말이다. 자고 나면 새로운 것들이 태어나고 스러지는 마당에 한 길을 십 년 이상 걷는다는 행위는 벗이 없다면 절대 불가한 일일지도 모른다. "혼자 가면 빨리 가지만 함께 가면 멀리 간다."는 말처럼 안양수필문학회는 동인들이 조금씩 내어준 어깨 덕분에 넘어지지 않고 지금에 이르렀다.

결혼과 육아, 이미 생활인으로 살면서 하나의 구심점을 찾아 흩어지지 않고 모인 것은 신비스런 일이다. 아무리 성실하게 하루를 살아도 채워지지 않는 심연의 뭔가가 자석처럼 서로를 끌어당겼다는 표현이 적절할까. 안양수필문학회원들은 그랬다.

원대한 꿈을 갖고 모인 것이 아니라 마치 꿈속에서 누군가의 부름을 받은 것처럼 서로에게 끌려 시간을 건너왔다. 글을 통해 굳이 말을 안 해도 서로를 알아온 세월이다. 시작은 동안평생교육센터로 이름을 바꾼 동안여성회관에서였다.

2003년 동안여성회관에서 4개월간 수필창작의 기초과정을 마친 회원들이 심화과정까지 이수하며 동인이 결성되었다. 초대회장인 최예옥 씨를 비롯하여 20명의 회원들이 일 년 동안 수필을 쓰며 합평을 하거나 기초를 닦았다. 이미 문단에 등단한 분들과 아마추어들의 결합이지만 수필에 대한 열정만큼은 똑같아 매번 회원들의 작품은 넘쳐났다.

동안여성회관에서 수필을 시작한 일 년 후, 2004년 5월에 회원들의 첫 동인

지 『마음의 내시경』을 발간하였다. 모두 16명의 회원 참여로 도서출판 창에서 발간하였다.

　회원 대부분은 안양시에 거주하지만 인근 과천이나 의왕, 군포에 삶의 터전이 있는 분들도 수필로 인해 이웃사촌이 되었다. 처음엔 일주일에 한 차례 모여 서로의 작품을 나눠 읽고 합평을 하였다. 하지만 동안여성회관의 사정으로 인해 한 달에 두 차례 수필 수업 겸 모임으로 바뀌어 현재에 이르고 있다.

　그러는 사이 아마추어이던 회원들은 문예지의 신인상을 받으며 등단을 하였고 지금은 회원 모두 수필가로 살아가고 있다.

　회원 모두가 주부이다 보니 글의 소재에 대한 갈증은 주변으로 눈을 돌리게 하였다. 계절별로 박물관이나 미술관, 또는 고궁을 함께 둘러보며 글감을 찾아 짧은 여행을 경험하곤 하였다.

　창간호 『마음의 내시경』으로 시작을 알렸으니 멈출 수는 없는 일, 이후 해마다 동인지를 발간해오고 있다.

　2집 『기억의 곳간』에 이어 3집 『머물렀던 자리』를 발간할 때는 안양시지원금을 받았다. 4집 『즐거운 산출』과 5집 『안양수필』은 안양지역에서 유일하게 경기문화재단의 문예진흥기금을 받아 발간했다. 6집 『보고 싶은 이야기』까지 발간 후 안양수필문학회는 일대 전환기를 맞았다. 모든 것을 회원들만의 힘으로 이끌어가야 했는데 그런 의미에서 2011년 안양시에서 지원금을 받아 발간한 7집 『아직은 아날로그』는 의미가 깊다.

더 이상 누군가에게 의지하는 게 아니라 동인들의 자발적인 노력과 협동으로 순수 우리들의 문학회를 이어가게 되었다. 월 2회 모임에 회원들은 작품을 품고 하나둘 모인다. 상대의 글에 마음이 담긴 조언과 느낌을 툭 터놓고 두 시간 동안 열띤 토론을 하며 보다 나은 글을 쓰기 위해 전진하는 계기가 되었다. (아쉽게도 2012년에는 동인지를 내지 못했다.)

그렇게 2013년 8집 『사랑, 나도 할 수 있다』,

2014년 9집 『손님과 도둑사이』, 2015년 10집 『제비꽃 연가』까지 오는 데 11년의 세월이 흘렀다. 2016년 11집 『사실적 풍경화』까지 안양시 지원금을 받아 도서출판 북나비에서 발간하였다. 2017년 올해도 어김없이 열두 번째 동인지 『내일』을 세상에 내놓았다.

그동안 안양수필문학회 회원들의 작품집 발간을 보면 다음과 같다.

초대 회장을 지낸 **최예옥** 수필가 〈비껴가는 리듬〉, **박현숙** 수필가 〈소리에도 향기가 있다〉, 육금숙 수필가 〈허공에 쉼표 하나〉, **왕옥현** 수필가 〈꽃들의 수다〉, 〈마림바〉, 이근숙 수필가의 〈두루미 날개 접다〉, 주영애 수필가의 〈연분〉, 김현옥 수필가 〈유산〉, 김기화 수필가 〈그설미〉 등 개인의 작품집 발간도 이어지고 있다. 현재 김현옥 회장이 회원들을 살뜰히 챙기며 왕성한 집필 활동을 독려하고 있다.

낯선 타인들이 모여 이뤄내는 성과는 눈부시다.

글이란 명제를 교집합 삼아 우린 소처럼 우직하게 걸어가는 중이다. 수필가란 타이틀이 탐나서도, 글로 명예를 얻고자 해서도 아니다. 글로 만난 인연의 소중함과 서로를 아끼는 의리로 인생이란 길을 멀리까지 가고 싶은 것이다.

『왈왈』 | 김산옥 수필집 | 2017.08.07 출간

『왈왈』은 말씀 曰왈자와 58개띠를 상징하는 중의적 重義的 표현이다.

환갑을 맞이하는 58년 개띠들의 눈물과 웃음이 한데 어우러진 이야기 한판.

방림초등학교는 평창군 방림면 오지 속에 있는, 일제강점기도 겪은 나이 많은 학교다. 그 곳에서 잔뼈가 굵고 꿈을 키우며 함께 자란 31기생 동창생. 58년 개띠들의 이야기다. 먼저 떠난 친구와의 슬픈 이별도 있고, 고생하는 친구를 위해 눈물로 기도하는 우정도 있다. 오뉴월 논배미에서 울어대는 개구리 합창처럼 강원도 특유의 사투리로 요란을 떨며 웃음을 나누는 동창들 이야기. 환갑을 코앞에 두고 있지만 여전히 어린애들처럼 욕도 스스럼없이 하는 동심의 세계도 그려 넣었다. 저자의 유년 이야기도 함께 섞여 있다. 지독하게 가난했던 지난날이지만 결코 불행하지 않았던 친구들. 58년 개띠에 태어난 사람들은 모두 이와 같을 것이다. 낮은 곳에서 최고로 멋지게 살아가는 그들이 이제 환갑을 맞는다. 그들의 삶에 박수를 보내며 이 책을 바치고 싶다고 저자는 말한다.

저자소개 / 강원도 평창군 김은 산골, 색사꼴에서 오 남매 중 끝물로 태어났다. 아버지 나이 오십, 엄마 나이 마흔 둘이었다. 부유하지는 못하였지만 사랑은 넘치도록 먹고 자랐다. 물려받은 재산은 없지만 평생을 행복하게 살 수 있는 긍정적인 성격을 선물로 받았다. 기억력 왕성한 나이에 공부 못하고 늦깎이로 한국방송통신대학 국어국문학과를 졸업하였다. 2005년 『현대수필』에 『들림집』으로 등단, 2014년 『신귀래문학상』을 수상하였다. 서초수필문학회 회장을 역임했으며, 현재 현대수필문인회 회장, 안양문인협회 부회장을 맡아 열심히 봉사하고 있다. 한국국제펜클럽, 한국문인협회, 현대수필문인회, 서초수필문학회, 안양여성문인회, 문향, 안양소설 동인, 안양문인협회 회원으로 적을 두고 있다. 작품집으로 『하얀거짓말』, 『비밀있어요』, 『왈왈』이 출간되었다.

변형 232면 | 우인북스 | 13,000원

이세종 시인을 추억하며

2013 안양문화원 인문학 강

「안양문화원에서 인문학 오솔길을 가

• 장소/ 안양문화원 강당(오후 7
• 대상/ 안양시민

특집 2

▶故 이세종 시인

- 안양 문학의 산증인이자 교육자인 시인, 이세종
- 이세종 시인 연보
- 작품소개
- 나와 안양문학

• 안양 문학의 산증인이자 교육자인 시인, 이세종

_장호수 안양문협 사무국장

또 한 분의 소중한 안양문인이 우리 곁을 떠나갔다. 오래도록 우리 곁에 계실 줄 알았는데, 무엇이 그리 급하셨는지 말 한마디 없이 훌쩍 떠나가셨다.

안양문학의 산 증인이자, 안양문인협회 창립의 주역인 시인 이세종, 잠시 시인이 남긴 흔적들을 찾아본다.

이세종 시인의 본격적인 문단생활은 안양문학사 구분에 있어 안양문학의 중흥기에 해당되는 시기인 1966년 「시와 시론」 제6집에 성지월, 장필수, 정송전, 김옥기, 오미리 등과 함께 새 동인으로 참여하면서부터라고 봐야할 것이다. 물론, 대학시절 문예부장과 "천탑 동인회" 활동을 하며 시와 수필을 쓰기도 하였으나, 「시와 시론」 동인으로 참여가 본격적인 시인의 문학 활동으로 보는 것이 맞을 것 같다. 이후, 시인은 김대규, 최계식 시인과 함께 「시와 시론」 후기동인으로 제23집까지 활동하였다.

김대규 시인과 함께 1972년 한국문인협회 안양지부 창립을 주도하며 부지부장에 선출되어 백일장, 시낭송회 등 다양한 안양문협 활동에 참여하며 안양지역 문학발전에 기여하였으며, 2017년 작고하실 때까지 안양문협 고문으로 활동하셨다.

어찌 생각해 보면 이세종 시인은 문인으로서의 삶보다 교육자로서의 삶이 더 깊고 넓을 듯싶다. 1964년 시인이 직접 은성고등공민학교와 벤엘 유치원을 설립하여 운영하였고, 1972년 대한신학교(현 안양대학교) 시설차장으로 1981년부터 국어국문과 교수로 강단에 서서 22년간 후진양성을 하다 2003년 8월 정년퇴임하셨으니 실로 교육자로서의 열정적인 삶을 사셨다고 할 수 있다.

지난 2008년 지역 모 신문의 스승의 날 특별 인터뷰에서 이세종 시인은, "미군부대에서 학교에 원조물자를 준다는 소식을 듣고 무작정 달려갔지요. 말도 통하지 않는데다 절차도 모르는 20대의 교장을 쉽게 믿어주지 않더군요. 실망감만 안고 학교로 돌아오던 길에 '내가 가진 것이 뭐가 있나. 용기는 써도 닳지 않는 것 중의 하나가 아니더냐' 라고 마음을 다잡게 됐어요. 결국 그 용기가 미군 부대장과 후원협약까지 맺게 된 계기가 됐죠." 라고 1960년대 어려웠던 시절 가정형편상 진학을 포기한 학생들을 위해 '은성고등공민학교'를 설립하고 교장으로 활동하던 당시를 회상했다.

그리고 "교육은 인간을 다루는 예술입니다. 화가는 화폭에 붓으로 그림을 그리지만, 교육자는 생명이 있는 사람을 다시 거듭나게 하기 때문입니다. 때문에 교육은 창조적인 종교와 같고, 교육인은 성직자와도 같은 마음을 가져야 합니다." 라고 교육자로서의 신념을 강조하셨다.

이처럼 이세종 시인이 지역 교육계와 지역 문단에 남긴 족적과 흔적들은 그 수를 헤아릴 수 없을 것이다. 유난히 뻣뻣해 보이는 하얀 장갑을 낀 왼손,

그리고 불편한 다리로 안양문인협회에서 진행하는 행사에 참석하시고 가끔 사무실에 오셔서 함께 얘기 나누던 것이 불과 몇 달 전인데 이렇게 허망하게 가실 줄은 미처 몰랐다.

아무쪼록 이렇게 특집을 통해서 적게라도 이세종 시인의 흔적들을 정리할 수 있어 다행이라 생각한다. 이 특집을 통해 시인의 대표작과 함께 「안양문학 60년사」에 수록된 "나와 안양문학"이라는 글을 싣는다.

마지막으로 시인이 안양문인협회와 함께했던 45년이라는 시간 동안 나누었던 추억과 지역문학 발전을 위해 힘썼던 노고에 감사와 경의를 표합니다.

이세종 시인님!
당신을 잊지 않겠습니다.
그리고 오래도록 기억하겠습니다.

【이세종 시인 연보】

　이세종 시인은 1938년 6월 13일 안양에서 출생하여 안양중학교, 안양공업고등학교를 졸업하고 경희대학교에 진학하여 국어국문학을 전공하였다. 대학 시절 학생회 문예부장으로 활동하며 국문과 문예지 "경희문선" 창간을 주도하였다.

　이세종 시인의 문단생활은 안양문학사에 있어 안양문학의 중흥기에 해당되는 시기인 1966년 「시와 시론」 제6집에 성지월, 장필수, 정송전, 김옥기, 오미리 등과 함께 새 동인으로 참여하면서 부터다. 안양문학의 중흥기를 이끌었던 범문단적 詩誌인 「시와 시론」은 1958년 안양에 거주하던 정귀영, 김창직, 성기조, 노영수 시인들이 함께 창간한 문예지로 1960년 「시와 시론」 제3집의 "지성의 선언"은 한국시단에 큰 반향을 일으켰으며, 무엇보다도 안양문학사에 큰 족적으로 남아 있다.

　이세종 시인은 김대규, 최계식 시인과 함께 「시와 시론」 후기동인으로 제23집 까지 활동하였다. 이후, 1972년 한국문인협회 안양지부 창립을 주도하며 부지부장에 선출되어 백일장, 시낭송회 등 다양한 활동에 참여하며 안양지역 문학발전에 기여하였다.

　이세종 시인의 작품집으로는 1999년 발간한 칼럼집 「이렇게 말하며 산다」가 있으며, 논문집에는 「윤동주 시의 심상 연구」 등이 있다.

이세종 시인은 안양지역 문학 활동 뿐 아니라 교육자로서 은성고등공민학교 설립자겸 교장으로, 안양 사학연합회 회장으로, 안양대학교 교수로 후진양성에 힘쓰시다 2003년 8월 정년퇴임하셨다. 또한, 안양저널 논설주간 및 안양내일신문사 논설위원 등 언론인으로서도 왕성하게 활동하였다. 안양문인협회 고문으로 열정적으로 문학 활동을 하시다 2017년 7월 지병으로 작고 하셨다.

수리산에서 외 7편

한 그루 나무가
싱그럽게
자라나던 내 마음 속에는
어느덧,
가을이 깊어가고 있다.

황금빛으로 물든
나무가 되어야 하는데
어떤 색깔이 될지
그것은 나도 모르는
아쉬운 욕심이다.

오월의 메모

행복했던 나날의 웃음
비 오던 날의 우울
태양처럼 불타던 소망
남모르게 키우던 꿈들을
이제 훌훌 벗어버리고
그 자리에
새싹이 돋아나게
발돋움해야 한다

4월, 그리고 오후

풀 날 자리도 없이
비집고 들어선 빌딩은 자꾸 커 가는데
구석구석 모여 앉아
설탕 없이 씁쓸한
그 맛이 제격이다

365일 오르던 수리산 관모봉이
눈앞에 보이는데 차츰
백두산 전설이 되어간다

내일은
쉬엄쉬엄
예술공원이나 다녀와야지
반가운 기억들이 꽃처럼 피어 있겠지

한식날에

숱한 세월을
소망으로 살다가
고목나무 껍질이 되었네.

하늘이 푸르고
산천이 소생하는 계절
싹 날 것도 없는 양지에
잔디를 심고
흙을 북돋아
천년 흔적을 만드는
그 까닭을 모르겠다.

살기도 귀찮아서
신문을 뒤적이다
신문보다 역겨운 거리를
할 일 없이 걸었다.

한식날

살아계실 때는 왜
몰랐을까?

감추고 사시던
얘기를
조금 알만도 한데

이제는
무덤 위로 잔디가
파릇파릇 돋아나고 있다.

석탄石炭이야기

탈출구脫出口를 잃어버린 지열地熱
언어言語를 묵살默殺한 노후怒吼
그것은 차라리 엄청난 질서秩序다.

정복자征服者는 공허空虛하고
반란자反亂者는 실망失望하고
협력자協力者는 불안不安하고

썩어 묻혔던 거야
은밀한 지하에
태양을 등진 그 무덤 능선에
꽃은 피고
개울은 계곡을 돌아 흘렀어

내밀內密한 사연이야 누가 알어?
누적된 역사를 말할 것 없이
어차피 성장은 내란內亂인걸

어둡게 굳어진 돌덩어리
부서져 흩어지는 사념思念의 반란反亂
축적된 시간의 분말粉末인걸

패배자는 신음하고
낙오자는 불안하고
약한 자는 투쟁한다.

불이 타는 거야
밀폐된 철벽 빙하의 방房속에서
탈출을 외면한 대열은 난로 주위에서
사활을 논쟁하고
균열龜裂하는 자신을 회진灰塵하는
그것은 신앙信仰인 게야

두 개의 교정校訂

아버지는
언제의 아버지든
이름에 묻은
먼지의 중량重量을
주장하고

자식은
언제나
아버지의 사진에서
그 눈의 높이를
정정訂正한다.

또 하나, 유성流星

군대軍隊라도 갈 수 있어서
조준照準한 총구銃口를 동同한 눈,
인식認識을 거부拒否할 때

짓밟을 수 있었던가?
한 대 솟아난
죽절竹節처럼 여린 마음을

이제는
꺾일 수 없어도
하늘 좁아 굳어지는 자세姿勢

세도世道에 흩어진
잡을 수 없는 대화對話,
그렇게 산화散花한
그 영광榮光
느껴 알았다면

나팔喇叭소리
개가凱歌에 섞인 슬픈 가락
환호歡呼의 박수를 받았을 것을

나와 안양문학

이세종 (시인, 안양대 명예교수)

• 어린시절

농사를 지으며 가난을 모르고 살던 우리 집, 전기불도 없던 농촌의 겨울밤은 몹시 지루하고 심심했다.

어머니는 소설을 좋아하셨다. 서울에 가시면 친척집에서 소설을 많이 얻어 오셨는데 주로 "육전소설"들로 때로는 신소설들도 있었는데 유충렬전, 임경업전, 옥중화, 심청전, 홍루몽, 옥루몽, 구운몽, 배비장전, 수영대군 등등 헤아릴 수 없이 많았다.

등잔불을 켜놓고 읽으시다가 눈이 침침하면 날더러 읽어 달라 하셔서 밤마다 소설을 읽어드렸는데 나도 재미있고 때로는 감동적이었다.

• 중 · 고학생시절

맏형님이 교편을 잡고 계셨고, 문학과 역사에 관심이 많아 문학, 역사, 철학에 관한 서적을 많이 사놓으셔서 중 · 고등학교시절에 많은 소설과 시, 동요, 동시들도 읽을 수 있었다. 월북한 작가들의 작품들의 예를 들면 한설야, 홍명희, 이기영, 이태준, 박태원의 소설과 김기림, 정지용, 백석, 이용악의 시들도 볼 수 있었고, 윤석중, 방정환의 동요와 동시들도 있었다. 방정환 선생의 '어린 벗들에게'는 나에게 큰 감동을 주었고, 나의 생애에 많은 영향을 주었던 글이다.

잡지 '학원'을 열심히 읽었는데 대단히 재미있어서 다음호 나오기를 손꼽아 기다렸던 기억이 새롭다. 김용호 씨의 시와 김래성의 '쌍무지개 뜨는 언덕' 등이 기억에 남는다.

중3 때, 김동준 선생님이 국어시간에 불조심 작문을 쓰라고 하셔서 써 냈는데 선생님이 그것을 불조심 작문 공모전에 보내서서 경기도에서 일등상을 수상하였다.

돌아보면 이것이 큰 계기가 되어 평생토록 문학의 길을 가도록 나의 운명을 결정지었다.

고등학교시절 중학교에 재학 중인 시인 김대규를 알게 되었는데 우리는 그 후 그림자처럼 같이 다니며 수십 년 친교를 맺으며 활동하고 지냈다.

어느 날, 도장을 새기려 갔다가 김수환 씨를 만났는데 문학에 관한 얘기를 어찌 열심히 하시는지 오랫동안 넋을 잃고 듣고, 그분의 작품집 '석양의 만가'와 '꿈에도 뵈온 님?'을 얻어 가지고 온 일이 있다. 그 후 시간 있는대로 틈틈이 들려 옛날 문학을 함께 하시던 분들과 문학에 얽힌 많은 얘기들을 들었는데, 이광수와 장서언 씨 얘기는 참으로 흥미로웠다.

• 대학시절

경희대 국문과에 입학하여 수필 '歸京初日(귀경초일)'을 경희대 교지 고황高凰에 발표하여 좋은 평을 받고, 이것이 계기가 되어 '天塔'동인으로 가입했다.

천탑 동인회는 경희대 재학생 중에서 우수한 학생들을 선발하여 만든 단체로 학교에서 적극 지원하였고, 많은 선배들이 이미 문단에 등단하여 활동하고 있었다. 기억되는 분으로는 김해성, 서동철, 손경훈, 신봉승, 이욱종, 이종일, 이상화, 정득복, 최은하 등 제씨였고, 동기로는 이향아, 이용주, 박이도, 문영빈, 박종표 후배로는 이성부, 전상국, 조태일, 이광호 등이 있다. 동인들은 수

시로 모여 작품 토론회를 가졌고, 춘추로 시화전, 작품 발표회 등, 큰 행사를 가지고 교수님들의 작품평을 들었다.

이때 시를 많이 썼는데 '오월의 수차', '이렇게 말하며 산다', '저녁 풍경', '천탑' '잔존의 입상' 등이다.

대학 2년 때 경희문학상에 소설을 응모하였는데 '진통', '저항', '물뿌리' 등이었다. '진통'과 '저항'은 수준급이지만 '물뿌리'는 미흡했다는 평을 받았다.

대학교에서 학생회 문예부장으로 '문리학총'을 편집하였고, 국문학과 '경희문선' 창간호를 발행하여 대단한 호평을 받았는데, 현재까지 지속 발행되고 있어 보람으로 생각한다.

이때를 전후하여 김창직 씨를 만나고, 그를 통하여 전부터 알고는 있었지만 정귀영 씨를 가까이에서 대화를 나누게 되어 시에 대하여 그리고 「시와 시론」에 대하여 얘기를 들었다.

• 안양 그리고 문학의 자취

안양은 문학이 발달할 수 있는 여건히 성숙되어 있었다. 소설가 이무영 씨가 군포 궁말에 이사 오셔서 살고 계셨고, 정인보 씨 선향이 서면 가학리로 조카 정충모 씨와 일족이 살고 있었다. 해방 후 교통의 중심지로 행정구역상 군청소재지로 그분들의 활동 무대는 안양이었다.

시흥군지 '금천지' 편집을 정인보, 이무영, 양인섭 씨가 맡아서 발행한 것도 그런 연유로 본다. 그러나 그분들의 활동은 찾을 길이 없다. 나는 개인적으로 이무영 씨와 양인섭 씨를 잘 알고 자주 만났지만 안양문학에 관한 얘기를 나눈 적이 없다. 이무영 씨를 찾아오는 소설가 곽하신 씨에게 소설에 관한 말씀을 많이 듣고 문답식으로 토론한 적이 몇 번 있었는데 농촌문제와 애국에 관한 얘기였다.

박두진 씨가 삼덕제지에 근무하며 '청록집'을 발행하는 등, 시창작 활동을 하였다고 하는데 안양에 계실 당시에 나는 어리고 시가 무엇인지도 모를 나이라 이해할 수 없었고, 형님이 사다 놓은 청록집 창간호는 많이 읽고 지금도 가지고 있다.

김창직 씨가 안양고등기술학원 원장으로 있으며 강사로 일하여 달라고 하여 강사로 있었는데, 「시와 시론」 관계의 많은 문인들이 학원에 드나들고 서울의 문인들이 자주 와서 문학에 관한 토론과 문단 얘기를 나누었는데, 기억되는 분으로 김광섭, 조구마, 박거영, 한하운, 배효식, 이형기 등 제씨이다.

그 중에 나는 김광섭, 곽하신, 한하운 씨를 가끔 찾아뵙고 말씀을 나누고 지도를 받았는데, 특히 김광섭 교수는 모교의 교수로 많은 가르침을 주셨고 따뜻하게 일깨워 주셨다.

모교의 교수로 황순원, 김진수 교수는 친절하게 여러 가지 많은 것을 가르쳐 주셨고, 나의 주선으로 안양으로 이사까지 오셔서 살다 김진수 교수는 위암으로 돌아가시고, 황순원 교수는 뇌일혈로 쓰러지셔서 서울로 이사 가실 때까지 형님처럼 모셨다.

「시와 시론」을 중심으로 많은 문인과 학생들의 내왕이 잦아 학원 사무실은 마치 동인지 사무실로 착각할 정도였는데 3집, 4집, 5집, 6집까지 학원에서 발행되었다.

나는 6집 때 작품을 실었던 것으로 기억한다. 그때까지도 나는 시를 쓰겠다는 생각이 없었고 소설을 쓰겠다는 마음이었다.

「시와 시론」에 내 작품이 발표된 후, 「시와 시론」 동인으로 김대규, 최계식과 함께 안양의 3인방으로 주야가 따로 없었다. 항상 만나고 외부에서 내방하는 사람들과 어울리며 다방과 술집을 전전했다.

24집으로 기억되는데 나는 회의에 빠지고, 다른 이유도 있지만 더 이상 지속할 의욕이 없어 「시와 시론」 동인을 탈퇴하였다.

그 후 72년 문인협회 안양지부를 창립하고 김대규가 지부장 이세종이 부지부장으로 선출되어 회원을 모집하고 각 장르별로 분과를 두었는데 한국문인협회 본부에 인준 신청도 못하고 활동은 그대로 하였다.

시화전, 시낭송회 등을 통하여 회원 상호간에 친목을 도모하고 신인을 발굴하였다. 안진호가 시낭송회에서 발탁되었다.

또 72년 초중고 글짓기 백일장을 개최하였는데 배준석이 이때 시 장원으로 발굴되었다. 이 행사는 지금까지 지속되면서 이 땅에 많은 인재를 발굴했고 심사위원으로 매회 참석하여 후진양성에 최선을 다하고 있다.

그 후 75년 한국문인협회 안양지부가 정식으로 출범하면서 지부장 김대규, 부지부장 이세종, 최계식이 선임되어 오늘에 이른다.

안양대학교가 1980년 개교하고 국어국문학과가 없던 것을 학교당국에 강력히 주장을 펼쳐 81학년도에 국어국문학과를 신설하고 교수로 근무하면서 많은 학생들을 배출했다. 안타까운 것은 안양학생이 적고 서울학생이 대부분이라 등단 활동하는 졸업생이 대부분 서울에서 활동하고 안양사회와 연계되지 않는 것이다.

안양에서 활동하던 사람으로는 이진호, 권영일, 조재현 등이 있다.

* 『안양문학 60년사』에 기고하신 글을 옮겨 실음.

■ 올해의 회원

詩　정미소

_정미소 시인 소개

_대표작품 감상 / 「백제유물관」 외 4편

_정미소 시인 작품 세계 및 시작노트

小說　정동수

_정동수 소설가 소개

_대표작품 해설 / 소설 「수인선」 외 1편

_최근작 소개 / 「역사의 길목에서 세월을 줍다」

정미소 시인

■ 약력

· 강원도 동해출생
· 추계예술대학교 영상문예대학원졸업
· 1995년 아동문학세상 동화등단
· 2011년 문학과 창작 시 등단
· 막비시동인

■ 저서

· 시집 : 2014년 시집/『구상나무 광배』

　　　　2017년 시집/『벼락의 꼬리』

■ 수상

· 목멱문학상 수상, 리토피아문학상 수상

백제유물관에서 외 4편

도자기 석 점이 눈길을 끈다.

아가리 터진 인화무늬 토기항아리
입 곧은 백자주전자
목 긴 꼰무늬 분청사기

여자 셋이 모여앉아 수다를 떤다.

말할 때마다 입이 비뚤어지는 부여 댁
사비성안 수라간에서
아가리 함부로 놀리다가 혼쭐이 났단다.
피부가 뽀얀 태자궁 나인
임금님 수청 들다 요절났단다.
목선이 고운 공주 댁
하늘 높은 줄 모르고 잘난 체하다가 그만
도굴밀매업자의 눈에 들어 현해탄을 넘었단다.

빙그레 웃고 있는 연꽃무늬 수막새가
세 여자의 귀를 잡아당긴다.

삶이 지옥 같다지만
그 삶도 찰나라고 한다.

나는 징이다

바람이 와서 툭툭 칠 때마다 펄펄 끓던 불가마가 생각난다.

도가니 속 온몸이 쇳물로 녹여지고, 옹고집이 바데기, 바데기로 뭉쳐지면 쇠망치로 펑펑 매질을 당했다.

한 뜸 한 뜸 불 담금질을 견디며 내 안의 울음을 깨야 했다. 가슴 저 밑바닥에서 옹이로 박힌 울음주머니가 부어올라 더는 견딜 수 없는 날, 징 징 징 쇠 울음소리로 울었다.

가슴이 돋움질치는 소리와 소리의 메아리가 한데 어울리도록 온몸을 내던지며 울다보니 사람과 사람을 이어주는 큰 울림통이 되었다.

산다는 건 불가마속이어도 견디고 볼 일이다.

가파른 벼랑에도 꽃은 피고, 절망의 그늘에도 온기로 다가오는 햇살. 오늘, 녹청 꽃 피어도 좋은 내 몸에게 고마워, 고맙다고 말한다.

나는 징이다.

심퉁이

심퉁이 노란 알집을 터트렸다. 알집을 들어내자 속이 텅 비었다. 아가미 사이로 둥근 혹 모양의 돌기를 건드리자 순식간 도마 위로 시뻘건 피울음이 쏟아졌다. 어머나! 놀란 나의 비명이 잠든 어머니의 바다에 급물살 일으켰다. 부둣가 노역으로 어물전 좌판으로, 막장 떨이로 내몰리는 삶이 퉁퉁 부어오를 때마다 어금니 꽉 물어 삼키던 바다 어머니의 바다다.

안방에 모로 누운 어머니의 곤한 낮잠을 본다. 팔자주름 언저리에 축 늘어진 볼살이 영락없는 심퉁이다. 가파른 물길에 적조가 부글부글 끓어오르면 낚싯대로 죄 없는 강아지의 엉덩이를 때렸다. 심퉁이 울음 같은 바다를 들고 어머니의 곤한 낮잠을 깨운다. 어머니! 어머니 닮은 심퉁이가 왔습니다. 받으세요.

마리아의 외출

성모마리아가 아기예수를 안고 있는 모자상을 본다.

성모님!
그렇게 사철 아기만 안고 계시면 힘들지 않으세요?
외출도 좀 하세요.
미사보와 묵주는 저에게 맡겨 놓으세요.
아기도 돌봐 드릴게요.

핸드백에서 랑콤 NO 23 립스틱을 꺼내어
성모의 입술에 바른다.
흙먼지 낀 손톱에는
핑크빛 네일아트,
헤어컬은 클라라슈만 스타일이 잘 어울릴 것 같아요.
패션은 요즘 유행하는 하의실종패션,
핸드백은? 그냥 제 것을 들고 다녀오세요.

성모마리아가 핸드백을 어깨에 걸고 성당 밖
사람들이 물결치는 거리를 바라본다.
성모의 품에서 아기를 떼어놓으려고 할 때
아기가 운다.
몸을 뒤로 젖히며 발버둥 친다.

성모가 우는 아기를 꼭 끌어안는다.

첫돌 무렵의 내 앨범 속
빛바랜 사진 한 장이 머릿속을 스친다.
어머니의 어깨를 주무르듯
성모의 어깨를 주무른다.

구상나무 광배

크리스마스 날 아침 덕유산에 오른다.
'햇빛의 집' 가족들과 함께 오른다.
정상에 다다르자 함박눈이 쏟아진다.
눈 속에
머리도 팔도 없는 구상나무 고사목이 보인다.
천년을 살며
수액이 다 빠져나간 빈 가슴속으로
함박눈이 들어차고 다시 비워주고는 한다.
가지마다 반짝이는 가시 잎들이
고드름을 달고 있다.
요셉이가
쓰고 있던 털모자를 벗어 구상나무 우듬지에
씌워준다.
시몬이 목도리를 풀어 구상나무의 목에 두른다.
함박눈이 펑펑 쏟아지는 덕유산 정상에서
우리 모두 박수를 친다.
누군가 나지막이 크리스마스 캐롤을 부른다.
모두 따라 부른다.
그때 나는 구상나무의 우듬지에서
반짝 빛나는 광배를 본 것 같다.

발칙한 상상력과 화해의 미학   – 박제천

정미소 시인의 작품을 읽다보니 하나같이 시인의 판박이였다. 정미소 시인은 한마디로 유쾌, 상쾌한 시인이다. 매사가 긍정적이고 낙천적이며 순정하기 때문이다. 시인이 참석한 자리는 언제나 웃음판이 벌어진다. 남녀를 가리지 않고 보는 즉시 대화 상대로 끌어들인다. 하는 행동 하나하나가 화끈하다. 주저함이 없다. 때로는 천진하다가도 발칙할 정도로 솔직하다. 염장을 질러대는 발칙함이 아니라 미처 생각지 못한 것을 깨우쳐주는 당돌함이다. 시를 엮어 나가는 화법 역시 만사 거리낄 게 없는 시인의 일상적인 입담 그대로일 때 성취도가 높았다.

시 읽기의 처음에는 시인의 작품과 이러한 시인의 개인적인 인상이 한데 겹쳐져 꼭 '저 같은 시'를 쓰는구나, 생각하면서도 작품구조가 발칙한 모티브로 전개되어 연민으로 마무리되는 작품들을 다 읽고 난 후의 여운은 여간 감동적인 게 아니었다. 능수능란한 이야기꾼의 재담처럼 덥석 끌려들어갔다가, 다 읽고 나면 작품이 주는 힐링과 그 마음바탕의 연민을 오래도록 되새겨야 했다. 시인의 발칙한 발상은 마치 유모처럼 사람들의 고정관념을 깨트리는 정신의 자유로움이자 상대를 감싸는 연민의 구체적 표현이었다. 응어리지고 상처받고 좌절하는 사람들을 측은하게 바라보는 시인의 연민은 심정적인 안타까운 연민으로 끝나는 것이 아니라 오히려 상처를 치유하는 근원적인 힘이었다. 연민은 좋은 시인이 갖추어야 하는 자질의 하나다. 연민은 사전적으로 '동정', '은혜', '자비로움'이 뜻하듯 이타심의 발로이자, 오욕칠정을 뛰어넘는 사람됨의 바탕이다. 시 예술은 전감을 기반으로 하기 때문에 한 편의 작품을 빚어낸다는 것은 오욕칠정에 휘말리기 쉬운 자신과의 싸움을 이겨내는 과정이다.

　정미소 시인의 작품이 겉보기엔 발칙한 화법과 정신의 자유로움이지만 그 마음 바탕에 순정한 삶의 감수성과 반짝이는 순심의 서정이 자리 잡은 것은 아마도 이러한 자정自淨의 소산이리라. 일찍이 공자가 고대 중국인들의 성정이 가감 없이 펼쳐진 〈시경〉의 작품들을 간추리면서 시의 요체가 '사무사'임을 짚어낸 이치와 일맥상통하는 것이다. 정미소 시인의 작품들이 주로 다루는 우리 삶의 응어리와 상처와 좌절을 시인이 어떻게 치유해 나가고, 그 치유의 삶을 다시 어떻게 사람들에게 나누어주는가에 중점을 둠으로써 힐링과 연민이 좋은 시의 불가결한 자원임을 다시 한 번 확인해보려는 자리라 할 것이다.

　힐링은 요즘 우리 시대의 유행어다. 그러나 힐링이 유독 우리 시대에서만 필요해진 것은 아니다. 또 하나의 유행어인 '웰빙'과 합쳐 '상처가 없이 즐겁게 놀면서 잘 살자'는 것은 어느 시대에나 사람살이의 기본이기 때문이다. '상처가 없이 즐겁게 놀면서 잘 살자'면 어떻게 해야 하나. 네덜란드 문화사학자 J하위징아가 사람들의 '놀고 싶은 본성'을 '호모루덴스'라 명명하고 놀이의 방식에서 문화이 기원을 찾듯이 놀이에 앞서 이루어져야 할 '상처의 치유'를 뜻하는 힐링은 예술의 뿌리라 정의할 수 있을 것이다. 사람들이 상처받고 좌절하는 삶을 구원하기 위해 만들어낸 최고의 장치가 노래와 꿈이자 곧 예술이기 때문이다. 나아가 정미소 시인의 작품들은 그러한 예술의 가치를 증거하는 귀중한 사례일 것이다.

시작노트

　시詩를 생각하면 역사학자 아놀드 토인비의 '도전과 응전의 법칙'이 떠오릅니다.

　중국의 황하강 유역은 해마다 장마철이 되면 강이 범람하여 농토의 구분이 사라졌다고 해요. 사람들은 돌과 나무를 기점으로 면 분할을 하게 되었습니다. 이는 수리력을 발달시켰고 오늘날의 수학공식인 탄젠트 이론이 만들어졌습니다.
　땅이 비옥한 양쯔강에서 문명이 발생하지 않았고, 장마와 메뚜기 떼의 습격과 아사지경인 곡식을 거두어들이는 황하강 유역에서 문명이 발생한 이유는, 도전(어려운 역경을 극복하고)과 응전(정신적 창의적 노력)의 법칙 때문이라고 합니다.

　북해도의 청어잡이 어부의 이야기도 있습니다.
　청어는 찬 바다에서 서식하는 어종이므로, 네덜란드의 어부들은 청어를 잡으러 아주 먼 바다인 북해도까지 갔습니다. 돌아오는 길이 멀어서 대부분의 청어들은 죽었답니다. 유독 한 어부의 청어만이 싱싱하게 살아서 항구에 도착하였고, 값도 비싸게 받아서 사람들이 그 비결을 물었더니 어부가, "청어를 잡은 수족관에 상어를 함께 넣었다." 고 하였습니다. 청어들이 죽지 않으려고 밤새 도망치느라 살아있을 수밖에 없었다고요.

　제가 시를 쓰는 일은 청어살이 입니다.

　시를 일상의 맨 앞에 두고, 다른 사람들의 작품을 많이 읽습니다. 시적 이미

지가 떠오르면 메모를 하고 뼈대를 세우고 살을 붙입니다. 비만하면 덜어내고 신선한 모티브가 아니면 버립니다. 직장에 몸담고 있어서, 늘 부족한 것은 시간입니다. 시를 쓰는 일은 '혼자 놀기의 진수'입니다. 시와 어울려 백제의 유물관도 기웃거리고, 징이 되어 훌쩍거리다가 연잎 차 한 잔 진하게 우립니다. 시가 놀아달라고 보채는 오후의 성당 안마당에는 아기를 안고 종일 서 있는 어머니의 큰 사랑이 있었습니다. 살점만 슬쩍 건드려도 울음이 샐 것 같은 어머니의 안색을 살핍니다. 궁핍하여도 옷가지는 챙겨 입고 허리 펴고 걸으라는 일침이 꼬리표가 되었습니다. 보육원의 아이들은 자랑하기를 좋아합니다. 어린이날, 봉사자들이 보내 온 운동화를 신고는 "미카엘 엄마가 사주셨어요." 신이 나서 깨금발을 뜁니다. 다가오는 크리스마스에는 조금 서둘러서 보육원에 다녀와야겠습니다. 함박눈이 펑 펑 내리면 좋겠습니다.

　시의 손을 잡고 고요할 수 있기를 바라봅니다.

정동수 소설가

■ 약력

· 경기도 시흥 출생(1944년 6월 15일)
· 인천교육대학 졸업(1964년)
· 단국대학교 문리과대학 국문과 졸업(1975년)
· 월간문학 신인상 등단(한국문인협회)(1976년)
· 화성군 초등학교 근무(1964년 3월 1일 – 1965년 8월 31)
· 근명여자상업고등학교 근무(교사)(1975년 3월 5일 – 1991년 2월 28일)
· 한국소설가협회 근무(사무국장)(1992년 1월 5일 – 1996년 12월 31일)
· 소설대학 설립, 교수(1996년 – 1998년)
· 우송대학교 강사(1997년)
· 한국소설가협회 이사(1996년 1월 15일 – 2006년 12월)
· 한국소설가협회 감사(2006 년 1월 15일 2009년 12월)
· 단국대학 문과대 강사(2002년 – 2007년)
· 한국문인협회 편집위원(2004년 – 2016년)
· 안양문인협회 회장 역임(2010년 – 2012년)
· 안양문인협회 고문(2013년 – 현재)

■ 저서

· 소설집/ 『떠도는 섬』, 『불꽃여행』, 『물 아래 가는 새』, 『육식동물은 냄새가 난다』
　　　　『옥수수 하모니카』, 『모기』, 『역사의 길목에서 세월을 줍다』

■ 수상

· 단국문학상(1987)
· 유승규 문학상(2004)
· 한국소설 문학상(2014)

작가소개

　정동수 소설가는 1944년 경기도 시흥시에서 태어나 인천고등학교와 인천 교육대학을 졸업하고, 1964년 화성군 초등학교에서 교편을 잡고 처음 교직 생활을 시작하셨다. 군복무를 위해 1965년 교직 생활을 중단하고 육군에 입대하여 1968년 병장으로 만기제대를 하고 문학에 대한 열정으로 1973년 단국대학교 국문과에 입학하여, 1975년 졸업과 동시에 안양의 근명여자상업고등학교에서 교편을 잡으며 안양에 정착하셨다.

　정동수 소설가는 1991년 20여 년간의 교직 생활을 근명여상에서 마감하고, 1992년 한국소설가협회 사무국장으로 근무를 시작하여 1996년까지 근무했으며 그해 협회 이사에 선출되어 2006년까지 10여 년간 임원으로서 활동을 하셨다.
　소설가협회 이사로 일하는 중에 1996년 소설대학을 설립 하여 교수로 우송대학교 강사로 활동하였으며, 2002년부터 2007년까지 모교인 단국대학교 단과대에서 후학들을 지도했다.

　정동수 소설가는 2009년 소설가협회 감사를 역임하고, 2010년 안양문인협회 회장으로 선출되어 2013년까지 안양지역 문학발전을 위해 열정을 쏟았으며, 안양문인협회 고문으로 열정적으로 활동하고 계신다.

정동수 소설가는 1982년 월간문학에 『콧대가 없어진 사람』을 신인상으로 등단하였으며, 1983년에 저술한 소설 『떠도는 섬』은 시흥의 오이도라는 섬을 배경으로 집필된 소설로 정동수 소설가의 대표작으로 아직도 인천시의 홈페이지나 각종 홍보물에 소개되어 있습니다. 1987년에 발간한 소설집 『불꽃여행』은 많은 독자들로부터 호평을 받았으며, 1991년 『물 아래 가는 새』, 1993년 『육식동물은 냄새가 난다』, 1995년 『옥수수 하모니카』, 2001년 소설집 『모기』를 발간하였으며, 2003년부터 2005년까지 3년간 경기일보에 장편소설 『꽃비내리다』를 연재하며 많은 독자를 확보하였다. 최근작으로 2010년 발간한 소설로 읽는 삼국유사 『역사의 길목에서 세월을 줍다』가 있다. 이러한 열정적인 문학 활동으로 1987년 단국문학상, 2004년 유승규 문학상, 2014년 한국소설 문학상을 수상하셨다.

정동수 소설가는 일상적인 삶의 관계 속에서 인간성 회복이라는 주제 의식을 평생 작품에 담으셨다. 교직생활을 통해 후학양성뿐 아니라 한국소설문학의 발전을 위해 전국적으로 활동했으며, 안양지역 소설가 발굴과 육성을 위해 현재도 후학들을 지도하고 있으며, 더더욱 안양지역문화예술의 발전을 위해 한평생 헌신하신 분입니다.

소설 『수인선』

— 김학균 시인

전철과 버스를 타면 젊은 승객들은 하나같이 고개를 숙이고 스마트폰에 빠져 있다. 대부분 연예가 소식 아니면 오락 그리고 주가시황을 보고 즐기는 것이 아닌가 한다. 개중에는 전자책을 보는 이도 있지만 출판계의 타격은 참으로 심각한 지경에 와 있다. 눈 뜨면 서점이 문을 닫고 전업을 하고 있으니 우리의 인문학이 걱정이다.

'디지털 디바이드' 라는 말이 있다. 기기를 사용하는 사람과 아날로그적이기는 하지만 종이책을 통하여 정보를 얻는 그런 차이를 일컫는 말이다.

독서 디바이드(devide), 참 생소한 말이지만 흘러간 책을 다시 읽을 수 있는 것은 이런 격차에서도 흥을 얻으며 만족할 수 있는 것이다.

『수인선』의 작품을 한동안 들어보지 못하다 다시 운행을 시작한 협궤열차의 추억은 인천 인이면 다 가지고 있지 않을까 싶다. 남구에는 경인선 역 말고도 다른 역의 이름이 그래도 있던 기억의 구다. 남부역 그리고 수인역 물론 행정구역상 수인역은 중구에 있긴 하지만 남구에 어울리고 수인역이 풍기는 뉘앙스는 진짜 남구를 대변 했었다. 『수인선』은 제목에 나타나듯이 인천과 수원을 오가는 협궤열차다. 인천과 수원 중간에 살고 있는 사람들의 문물을 제공하며 도시와 농촌을 잇는 교감의 역할을 했던 작은 열차다. 그 열차가 일구는 일상생활 속 한 주인공 소년의 성장기 소설이다. 산업화로 농어촌이 도시와 공장지대로 변해가는 와중에 느끼는 소년의 순수 비판이 어울린 기록으로 절창이다.

지금의 남구청이 주안 네거리 현재 보건소 자리에서 이전하기 전에는 인천사범학교가 전신으로 인천교육대학이 있던 곳이다. 지은이 정동수는 이 교육대학 1회 출신으로 시흥 태생(1944년 6월 15일) 이기는 하나 일찍이 인천으로 유학한 인천인이다. 중 · 고등학교(인천고등학교)를 인천에서 마친 소설가다. 오랫동안 경인지역에서 교편을 잡은 전력의 작가로 1982년 『월간문학』 신인상을 수상하며 문단에 나와 『콧대가 없어진 사람』의 단편소설을 상재했으며 소설가협회 사무국장(1992~1998)을 역임, 우송대학과 단국대학 강사를 역임 하였다.

『떠도는 섬』, 『옥수수 하모니카』, 『모기』, 『문패』, 『호미』 등을 발표하며 중견 소설가로 자리를 굳힌 작가 정동수는 일상적인 삶의 관계 속에서 인간성 회복이라는 주제의식을 일관성 있게 펼친 작가이다. 『수인선』의 주인공, 나의 1인칭 소설로서 자전적 정담을 장년이 되어 나누는 대사가 소설 도입부를 장식, 남구의 풍광이 점점이 묻어 있는 소설로서 현실의 황폐한 인정세태를 과거를 대비 압축해내는 의도가 인간정서의 회복에 뛰어난 시금석의 효과를 창출한다.

문학은 고향으로 가는 길이라고 한다. 작가 정동수의 고향은 시흥이지만 성장기 인천의 남구가 그의 두 번째 고향이다. 수만 가지 추억을 창고에 두고 지난 그의 학창시절 고향의 창고에서 하나하나 꺼내 초로의 생활에 뿌리며 울고 웃고 하루를 살 것이다.

"덜커덩 좌우로 흔들린 열차는 서서히 움직이며 남부역을 지나고 있다. 철로길 좌우로 나뉘어 살고 있는 사람들은 길처럼 철길을 넘으며 아침을 재촉한다. 겨울은 황량한 반면 봄이 지나 여름이면 적당하게 그늘을 만드는 나무숲을 지나 숨이 찬 듯 송도역을 바라보며 플랫폼으로 들어선다."

이렇게 수인선의 협궤열차는 미끄러지며 목적지 수원을 향해 달려가겠지. 그리곤 실은 짐을 토하며 다시 반대 방향의 선로 위 수인선 열차는 인천을 향해 오겠지.

365일 쉼 없이 그 길을 또 오가는 추억의 수인선.

소설 『떠도는 섬』

『떠도는 섬』은 '나'라는 대학 시간 강사가 현실적인 실상을 고향과 어머니, 그리고 옆집에 사는 노파와의 관계로 극히 단순화시켜 보여주고 있는 작품이다.

'나'의 고향과 지금의 삶의 무대는 많은 대차를 보이고 있다. 더구나 삶의 무대가 달라진 전前세대가 보이는 소외 의식은 오늘날의 현대 사회가 안고 있는 문제점이기도 하다.

이러한 갈등은 도시의 아파트 군群이 늘어남에 따라 발생한다. 이 '아파트'라는 사적私的 공간에서 벌어지고 있는, 복고적이고 전통적인 삶을 영위하던 노인들의 사회적 고사枯死현상에 대해 문제를 제시하고 있다. 그리고 혈육의 참다운 뜻을 저버리고 이기적 삶을 살고 있는 젊은 세대들의 개인주의를 경고하고 있다. 오늘날의 기성세대들은 갇힌 삶의 경직성과 공유라는 인간관계를 통해 전래적인 생활 환경에 대한 향수를 지니고 살아가고 있는 것이다.

'나'는 대학 강사라는 지적인 소유 계층이지만, 세대 간의 갈등에 첨예하게 대립되는 인물이다. 이러한 대립은 전통적인 삶의 양식과 현대적인 의식의 대비 관계로써 산업화 사회가 겪어야 하는 숙명처럼 받아들여진다. 그러나 노파가 끝까지 자기 자식에 대해 애정을 지니는 것은 바로 우리에게 던져지는 하나의 열쇠가 아닐까 한다. 비록 사회적인 열쇠가 될 수는 없겠지만, 인간적인 믿음의 고리로 해석되어지는 것이다.

『떠도는 섬』은 우리의 현존하는 삶의 형태가 '떠도는 섬'일 수밖에 없듯이 부유浮游하는 일상의 운명 속에서 존재하는 그런 따뜻함과 인간적인 유대감을 통해 인간의 연결 고리를 찾으려 한 작품으로도 볼 수 있다. 그리고 '떠도는 삶'과 '떠도는 섬'은 고향에 부모 형제를 두고 온 우리들의 마음의 투영일 수도 있다. 이것은 도시민들의 보편적인 경우이기 때문에 간과할 수 없는 것이며, 도리 없이 아파트의 생활과 같은 삶의 너울을 쓰고 좀 더 인간적으로 살아가려는 이들의 상처 입은 이야기가 될 수도 있다.

그러나 작가 정동수가 보여 주는 자신의 상징인 금반지가 눈물에 어린 눈 속에서 달무리가 되듯이 참담한 현실의 공간에서도 새롭게 보여 주고 있는 인간적 의지는 단순히 작가 자신의 서술적 형태에서 온 것이 아니라, 그의 심적 저변에 위치한 휴머니즘 의식으로 보여주는데, 이것이 이 작품의 본질이기도 하다.

그러나 작가는 세대 간의 의식적인 대립이 갈등의 요소로 머무는 것을 거부하고 있다. 오히려 이러한 세대 간의 의식 차이를 지난날 우리들의 삶을 지배했던 훈훈한 인정으로 회귀하는 동기로 만드는 것이 옳다고 지적한다. 단지 현실의 직선적인 삶을 살아가는 현대인들에게, 보여주고 싶은 것을 다시 일깨워 주고자 하는 의미를 지니고 있는 것이다. 그것은 개인의 일상이 갇혀 있는 존재라는 것을 증명하고 숙명처럼 받아들이기는 하나, 회귀적인 욕구의 의미를 역설적으로 지니고 있기도 한 것이다. 그러므로 『떠도는 섬』은 떠도는 존재에 대한 의문과 우리들 자신이 잊고 있는 존재에 대한 물음과 증명이다.

－소설로 읽는 삼국유사

소설 『역사의 길목에서 세월을 줍다』

"도를 이루려면 모든 인연과 미련을 버리라고 했다.
스님은 어떤 것에도 미련을 두거나 집착을 가져 본 적이 없다.
하지만 어머니를 생각하는 마음과 딱한 처지에 있는 이들에 대한 연민을 버릴 수는 없었다."

-본문 중에서

『역사의 길목에서 세월을 줍다』는 『떠도는 섬』의 저자 **정동수**가 쓴 '소설로 읽는 삼국유사'이다. 대학시절부터 삼국유사와 일연스님에 대해 깊은 관심을 갖게 된 저자는 일연스님이 머물렀던 곳을 일일이 답사하면서 자료를 모아 왔으며 그를 기초로 이 소설을 썼다.

저자 **정동수** 소설가는 "일연선사의 일생을 기술하면서 『삼국유사』의 내용 중 일반인들이 흥미를 느낄 수 있는 이야기를 골라 삽입하여 역사나 문학을 전공하지 않는 사람들이나 공부하는 학생들에게 삼국유사에 많은 관심을 갖도록 하고자 했다"고 말한다.

"머리를 깎는 뜻은 일체 삿된 욕망을 잘라내는 것이니라. 하지만 욕망이란 놈은 한이 없어 잘라도 머리 싹이 자라듯 솟아나느니라. 해서 중의 머리도 끝없이 잘라 내는 것이다.

욕망이 어찌 머리카락을 자른다고 잘라지겠습니까?

회연 스님은 노 스님께 묻고 싶은 말을 목으로 삼킨다.

무량사에서 글 공부를 할 때부터 그는 물어서 아는 것보다 참구하여 아는 것이 참되게 아는 것이라 생각했다."

-본문 중에서

『역사의 길목에서 세월을 줍다』에서 작가는 담담한 필체로 인생의 근원적인
의문에 대한 해답을 찾아가고 있다.

회원문단

詩

새벽 기차 외 1편 _강백진

캄캄한 어둠 속
덜컹이는 새벽 기차는
설레임 가득한 내 마음을 안고
달려간다

희미한 가로등 불빛
밤의 여운을 남기며 사라져가고
도시의 네온사인이 반짝이며 다가온다

이 마을에서 저 도시로
흩어지는 불빛이 알려주는 시간
지나온 나의 모습들이
한두 소절씩 펼쳐지는
아련한 추억의 책갈피

넓은 차창에 드리운 새벽 밤 풍경이
한 폭의 그림처럼 비칠 때
이렇게 하루
저렇게 하루가 되더라도

흔들리지 않는 저 달빛처럼

새로운 새벽 밤공기에 취해
내 영혼의 소리에 귀 기울여 본다

고향생각

정겨운 마을 입구 놀이터에
어릴 적 친구들
그림처럼 다가오는 고향 마을
소꿉장난 친구들이 재잘대는
추억 가득한 곳

찰나의 시간이 지난 흔적들
동네 구석구석 돌담을 돌아나와
여기저기 눈길 머무는 미소

산과 들에 굽어진 길들이
기억의 포물선을 그려놓고
꿈에 본 당산나무
우람한 소나무 한 그루가
위풍당당하게 서 있는 곳

내 고향
화순군 도암면 호암리

강 백 진

2015년 「한국문인」 등단
안양문인협회, 새한국문학회 회원
강백진의 사진공간 대표
시집:『들꽃처럼』

石香 외 1편　　　_강영서

若 石 生 爲 石
偕 石 在 化 石
石 香 撫 視 聽
隱 隱 評 香 石

석향

돌처럼 산다고
돌 될 수 있나요?

돌과 함께 살았다고
돌 되었나요?

돌 향기 보고 듣고
어루만지니

농익은 돌 내음
은은히 풍긴대요.

何不知

(壽石)

何 不 知 愚 何 不 知
吾 誠 親 石 石 吾 親
我 誹 謗 石 石 亦 謗
弗 知 何 弗 知 何 眞
江 聲 波 濤 心 自 發
月 浪 洗 耳 開 眼 因
沈 黙 排 口 談 話 解
石 國 語 通 不 通 人

(平聲眞韻)

왜 몰랐을까?

(수석)

왜 몰랐을까? 어리석어라!
내가 돌을 좋아하면
돌도 나를 좋아한다는 것을…

내가 돌을 흉보면
돌도 나를 흉본다는 것을…

왜 몰랐을까? 진실을…
돌은 강물소리, 파도소리에
마음을 열고
달빛에 귀를 씻어
눈뜨는 연습을 하고
말문이 트인다는 것을…

사람의 말이 아닌
돌의 나라 언어로
말을 한다는 것을…

강 영 서

안양문인협회 고문, 한국 한시연구원 회원
수석 한시집 : 『외로워서 돌을 사랑한다』

어떤 고백 외 1편   _김귀자
-꽈리

내 생의 풋풋한 언어를
둥글게 말아 고이 간직한 채
연분홍빛 밀어는 안으로 익어만 갔다

가슴 한가득 붉게 차오르는 설레임
행여 들킬까 꼭꼭 다져 감싸 안고
얼굴만 붉히는데

불꽃인양 마주친 눈빛,
부드럽게 감겨오는 섬세한 손끝에
나긋나긋 떨리는 속살
그리움의 실타래를 조심스레 풀어내다가
왈칵, 속내 드러내고 정갈하게 몸을 비웠다

외로운 동공처럼 열린 동그란 입술
그대 입맞춤으로
영혼의 울음 같은 숨소리 터져 나왔다
호롱 꽈르르~
깊은 침묵 속에 품고 있던 한마디
신음되어 피리처럼 노래 불렀다.

아픔을 그리다

선이 그어졌다

면도날 같은
눈빛에 베인 꽃잎

검붉은 수액
뚝, 뚝

뼛속 깊이 흔들리는
하얀 여백

정갈한 수분 털어내고
벗어놓은 혼魂의 언어

그윽한 사랑 법 녹아내린
수묵화 한 점.

김 귀 자

2000년 「믿음의 문학」 동시 등단
한국문인협회, 국제펜클럽한국본부, 한국동시문학회 회원
한국아동문학연구회, 미래동시 모임 동인회장, 안양문인협회 이사
시집: 『백지위의 변주』, 『백지가 되려하오』
동화집: 『종이피아노』, 『마음을 찍는 사진기』
한민족 문학상, 아름다운 글 문학상, 천강문학상, 세종문학상

매화 꽃병 외 1편   _김낙연

햇빛이 가끔 드는 방 한구석
장식장 위에 놓인
매화 꽃병이 예쁘다

매화무늬가 수놓인
주단紬緞 한복을 입은 채로
방금 화장을 마치고 돌아앉은
임처럼 단아하다

세상 모든 것이
인연因緣에 얽혀 만나 맺음이니
임은 오로지 그러하다

계절 따라 야생화를 안음이 고작이나
소박한 임은 심성이 그리 고운가
지금껏 푸념도 타박도 없다

정작 매화의 연緣은 먼지 오래건만
임은 소소素素한 차림으로
맑은 정情을 머금어 샘같이 베푸니
내내 그 모습으로 가슴에 머물러 있으리라.

정情

정겨운 눈빛으로
정으로 만남을 기뻐하듯이
애잔한 눈빛으로
헤어짐도 슬퍼합니다
사랑하며 함께 보낸
세월동안 낙엽처럼 쌓인
별같이 아름다운 추억들
잊혀지지 않으니 행복합니다
다투다가 포용하며
미워하다 다정해지며
헤어지면 더 그리워
잊지 못해 다시 만나니
모두 한 마음에서 비롯됨이니
정인 까닭입니다.
그러기에
정은 사랑입니다.
정은 참 오묘합니다
정은 참 아름답습니다.

김 낙 연
「문예사조」시 등단, 「문학저널」수필 등단
한국문인협회, 한국시인연대, 중앙대학 문인회 회원, 문예사조 문인회
문학세계 문인회, 안양문인협회 회원
시집 : 『민들레 꽃씨』, 『기쁨도 슬픔도 아니다』(3인 공저), 『님의 가슴에 쓰는 시』
　　　『그리운 님을 향한 노래』, 『내 마음에 勿忘草 Forget Me Not』
수필집: (공저): 『산길을 오르며』, 『낙엽을 밟으며』등.

노란 거미줄 외 1편   _김말희

언제 생겨난 것일까요.
문 밖에 진치고 있는 저 거미줄
허공을 흔들며 여자의 눈길을 따라다니는
신발 속에서 혀 내밀고
낑낑거리는 귀여운 강아지 같은 모습으로
거미줄은 노랗게 여자의 몸에 색을 칠해요
거미가 진을 치고 그림을 그리는 동안
알지 못하던 허기가 느껴져요
이쪽 벽을 내어주고, 또 다른 한 벽을 내어주자
거미는 폭식을 즐기듯 더 진하게 노랑 줄을 풀어내었죠
스파이더맨처럼 담을 뛰어넘고 파란 창문을 열었죠
들어와 보세요. 파란 창문 속의 여자는
친절했지만 웃음을 흘리지는 않았어요
거미가 그린 그림을 따라 꽃을 피우기도 했고
멀리서 보이는 물결 잔잔한 바다도 그려놓았죠
주말농장에서는 커다란 밀짚모자를 쓰고
햇볕에 그을린 농부가 되기도 하면서…
노란 그림을 마구마구 그리자 저런,
거미줄이 엉켜 제 줄에 갇히고 만 거미
누군가 침입하려고 해요
잘못 그은 스마트폰의 로그인
비밀을 해독해 주세요

진눈깨비

도시의 밤을 걸어 들어선
쾌쾌한 발자국
습기 머금은 듯 검은 이끼 잔뜩 달고 있다
풀어진 머릿결에서
흐느적흐느적 물살처럼 흘러가던 슬픈 세레나데
속도 잃은 강한 바람에 뿌리조차 흔들린 것일까
조여 오는 숨통 풀고 싶어 꾸역꾸역 쏟아붓는 낮술
주워 담을 틈도 없이
쏟아놓은 배설물 흔적처럼 나딩굴고
인장처럼 새겨둔 시간 두고 나선 비정한 길 위에
쇠잔한 바람 속 눈발은 질척질척 쌓여간다
목젖 따갑게 딸각거리며 쓴 소주 들이키던
곱게 단장하지도 못한 서늘한 젊은 여인
비틀거리는 길 주워 담고
찬거리 맨발로 차갑게 녹이며 스러져 간다

김 말 희

「문학산책」 시 등단
토요수필문학회, 안양시낭송협회 회장
안양문인협회 회원
제16회 시흥문학상 시부문 수상

감귤의 여행　　_김성녀

제주도의 친구가 보내준 감귤
바다 건너 마음도 따라왔네
구름 속을 지날 때는
행복을 안고 춤을 추었겠지

반가운 친구 얼굴 감귤에 가득
웃음을 띠고 날 반겨주네
껍질을 벗기면 새콤달콤 향기
맛 좋은 노란 물결

황금 꿈이 내 마음속에 영글고
즐거운 피와 빨리 달리고
세포들도 생기를 높이 노래하니
즐거움과 기쁨이 바람 타고
저 멀리 친구 찾아 날아간다

김 성 녀

『순수문학』 등단, 『교단문학』 등단
한국문인협회, 기독교문인협회, 맥심문학회 회원
안양문인협회 회원
시집: 『그리운 고향』, 『새벽을 깨우는 찬양시』, 『쉬는 시간』 외 다수

감나무 외 1편 　　_김용원

율림리 감나무는 벌써 단풍이 들었다
자식 농사도 나 몰라라
바람났나
변화해서 핵가족 정책
바람이라도 났나
벌써 단풍들고
생긴 아들까지 떨어버리네
큰일일세
곶감이 벌써 걱정이네
나야 안 먹으면 그만이지만
자식 걱정에 아버님 한숨들이
이곳저곳에서 터지네
작년엔 지리하게 오래간 장마 탓에 마르지 못해 걱정
올해 크지 않는 녀석들 건수 못해 걱정들이
내 가슴에 깊어가는 가을이 한줄기 소나기처럼 내리네
발밑에 우수수 못다 핀 감 인생이
영글지 못한 가을이 보이네
허당 아들은
도시 속으로 블랙홀처럼 빠져들 때
내 고향 가을은 조용히 가네

청국장

어머님 마음 같이 속 깊을수록 맛이 난다
오늘 같은 아름다운 가을 담고
초겨울 닮은 날에 더 그리운 어머니 손 맛
초원에서 웅성거리는 봄의 소리 닮은 맛
한 수저 잎 속에서 녹아들어 내 유년들의 아지랑이가 떵 하고 멈춘다
고개 돌리면 도시의 음식들로 먹어도 마음이 허해지는 겨울
어머니의 손 같아
가을을 넣으면 가을이 되고
겨울을 재료로 하면 겨울이 되는
늘 흙처럼 다 받아주는
항아리 속 세계
세월 속에 숙성되는 그리운
내 어머니 손 맛
내, 유년의 정지
아궁이에서 갈비가 소곤소곤 이야기 속에
굴뚝 연기는 나를 부른다

김 용 원

「문예사조」 등단
한국문인협회, 국제펜클럽한국본부, 오산문인협회 회원
안양문인협회 이사, 오산독도사랑운동본부 회장
글길문학동인회 회장, (주)세종디스플레이 대표이사
시집: 「내 삶의 나무」, 「그대! 날개를 보고 싶다」

보라카이 가는 길 외 1편   _김우현

남녘땅 바다 섬에 누가 사나 했더니
눈 맑은 작은 키가
천국 간판 달았더라
왜 이리 사느냐고 물을 새도 없이
물 냄새 짜디짜게 소금 버섯 만들더라
낯선 묵객 하나로 모으고서는
도마뱀붙이, 노란 고마멜라 꽃에
앉듯이 데려가더라
뫼시지 못한 이날의 먼 어머니
보고파질 때
혜량인지 경구인지
단 한 번에 용해되는 바다를 보이더라
나의 나는 허울만 용케도 입었더라
초겨울 여정이 이리도 벅찬 것은
불초로 얼룩진 자탄의 절망에서며
주변인을 만들어온 기만의 술책에서니
이녁을 읽지 못한 표리의 참회이라
파초의 이 밤, 야자수의 밤
물가에 달 든 안위를 위해
미수의 어머니 머리 흔들어 기도하실 게다
한 올 한 올 풀어 엮인 당신의 ㄲ나풀을

지독한 밤을 위해 감아올리실 게다
밤하늘 묵지 위에
만상의 얼굴들을 수놓으실 게다
아침이 밝을 때쯤에
눈 맑은 키 작은 사람들, 나에게
섬에는 왜 왔냐고 묻지는 않을 게다.

월출산 거북바위

올라야하는 돌이 있다
용궁에서는 꽤 먼 길
뭍을 지나 봉을 향하는

기어이 천도의 길을 찾아 나아가는
무거운 돌이 있다

내 안의 무게가 가벼운 줄을 모르는
내 안이 천근임을 아는
무지랭이, 무서운 돌이 있다.

김 우 현

시인, 장승조각가.
국제 pen 클럽 특별위원, 한국문인협회, 한국현대시인협회,
서초문협 이사, 안양문인협회 회원
시집: 『바람의 아들』, 『깃 없는 날개』, 『뻥꾸 이야기』, 『익명의 그늘』
수상: 한국현대시 작품상 등 다수

고리땡 바지 외 1편   _김주명

누르스름한 고리땡 바지
평퍼짐하고 후질그레한
10년 전 고리땡 바지

을씬하고 썰렁한 날
고리땡 바지 걸치면
하반신이 훈훈하다

고리땡 바지 입은 날
사람들이 자꾸만
쳐다보는 것 같다

이제 그만 버려요
아내의 성화에도
편안하고 정들어
못 버린다 고리땡 바지

그리운 님이여

국회 의사당 의원회관
백두산 문학 수상식에
은석 가족 축복 받고

한 많은 79세 한평생
청빈한 교육자 가정에서
남매 잘 길러 성취 시키고

권사 직분 받아 기도 열중하고
하나님 부름 받아 소천 하였네
아! 님이여 영원 하소서

김 주 명

「문학 21」 신인상 당선
한국문인협회, 안양문인협회 회원, 사단법인 색동회 이사
시집:『귀향』,『은빛향기』,『청풍명월』
수상: 한국교육자대상, 국민훈장 동백장, 안양시민대상

가을로 가는 나무 외 1편　　　_류순희

또 하나의 계절이 지나갑니다

마른 잎이 떨어지기 시작합니다
푸석한 가지에 노을이 걸리면
스치는 바람도 달갑지 않아
제 잎 하나씩 떨구며 갑니다

없는 꽃도 피우던 잎새들의 이야기
가지마다 오롯이 새겨 있는 나무

지금은
발아래 뒹구는 낙엽만
물끄러미 바라보고 서 있어야 한다는 걸

카페촌 유리창에 비친
쓸쓸한 나무의 모습이 일러 줍니다

고분고분히 가고 있는 나무

다시 시작

밤이 긴 터널처럼 느껴질 때면
몹시도 새벽이 그리워집니다

아침을 끌고 오는 새벽

긴 잠에서 깨어나
나는 이제
해가 뜨는 마을을 찾아갑니다

나의 오늘이
어젯밤 무거운 어둠을 거두고
가벼운 아침을 마련하기 때문입니다

류 순 희

한국문인협회 회원
안양문인협회 편집위원
안양여성문학회 회원
(사)안성문인협회 문학공로상 수상

첫사랑 외 1편　　_맹기영

조마조마 왔습니다
울렁울렁 입니다
두근두근 합니다
미식미식 남겼습니다.

合

예수도 오셨다 석가모니도 오셨다
마호메트도 오셨다
손에 손을 마주잡고 기도하신다.

맹 기 영

한국문인협회 회원
국제 PEN CLUB 회원
안양문인협회 회원
시집:「그 마음이 그 마음」외 다수

만추 외 1편   _박공수

나무가 보낸 서신 한 장을 집는다
감기 조심하라고
곧 눈이 오겠다고

나도 엽서 한 장을 쓴다
지키지 못한 언약 미안했다고
얼굴도 이젠 아슴하다고

어디로 보낼까 생각하다
우체통을 멀리 에돌아, 주소 없이
받을 사람에 첫눈이라고 쓴다

이젤

시화전에 갔습니다
눈에 띈 시화 하나 있어
멀리 다시 되돌아와
그 시화 앞에 오래도록 섰습니다

시화는 지난날 우리의 흑백사진.
추억들 감은 눈에 잡힐 듯 인화되다
지인들 인사에 다시금 달아나 버립니다
오롯이 당신의 시화만을 꼭 끌어안은
이젤이 차라리 부러웠습니다

어둑해져서야 발길을 돌린 나는
각자의 그림에 취한 거리에서
그 시화를 어느새 내 미간에 걸어 채우고
당신의 걸어 다니는 이젤이 되어 있었습니다

박 공 수

「문예운동」시등단
한국문인협회 회원, 안양문인협회 감사
글길문학동인회 부회장. 천수문학. 밀레니엄문학 회원
시집:「대륙의 손잡이」외 공저 다수

빈 광에서 외 1편　　　_박인옥

광에 가서 물었다.
왜 거미줄만 난잡하게 쳐 놓았느냐
왜 썰렁하기 그지없느냐
한마디 한다.

니들이 언제 날 한번 꽉 채워준 적 있어.

나는 안다.
철철이 벼이삭은 고개 숙이며
누구를 그리워했었는지.

장생포

여느 어촌처럼 공기는 비린내 가득하다.
건너편 정유공장 대낮에도 보이는 불꽃연기에 섞여
역하고 머리가 아프다.

울산만 입구는 까만 유조선에 가려 동해가 없다.
고래는 한 마리도 없다.
포경선은 파업 중 망대는 텅 비어 있고
밧줄 달린 무쇠 작살은 여름 몇 점과
더위 먹은 기왓장을 겨냥한다.

바다에 몸을 묻겠다던
늙은 포수의 꿈이 이뤄질 수 없는 지금
곳곳에 하얀 물기둥
하늘로 길을 닦으면
수평선 끝은 고래의 세상이 참으로 되는가.

박 인 옥

「현대문학」 등단
한국문인협회 회원, 안양문인협회 회장, 안양시낭송협회 자문위원
안양예총 이사, 수리시동인 주간, 열린문학 발행인
동인집: 「그날 저녁 꽃불이 떨어지는 하늘을 배경으로」 외 10집 발간

좋은 날 외 1편　　　_박정임

뜨겁게 달아오른 아스팔트 보도블록 위로
한바탕 소나기 왁자지껄 휩쓸고 지나갔다.
,
,
,
그 비 그치고

어느새
하늘거리는 코스모스가 데려온
알 듯 모를 듯한
속절없이 깊어만 가는 짙푸른 하늘과
시침 떼고 설렁설렁 불어오는 환장할 저 바람!!
오메! 뭔일 내겠네.

칠월 칠석

음력 7월 7일
견우와 직녀가 1년에 한 번
오작교에서 만난다는 전설을 믿는다.

전설의 주인공들은 만나면 뭐할까?
둘의 사생활이 궁금하다.

박 정 임

「한국시」 신인상으로 등단
한국문인협회, 안양여성문인회, 영암문인협회, 안양문인협회 회원
현재 심리상담사와 제천시 수산면 힐링해설사 활동중임
시집: 『그여자의 집』

첫 경험   _방극인

똑! 똑!
야심한 밤에 여관 방문 두드리며

〈들어가도 돼요? 문 좀 열어 주세요.〉
그 여인은 누구였을까?

왜?
문을 열어주지 않았을까?

방 극 인

월간 「문예사조」로 등단
한국문인협회, 한국수필가협회 회원, 안양문인협회 고문
시집: 『내가 기뻐 사는 것은』, 수필집: 『속도 모르는 여자』
제10회 한국자유시인상 수상

이삿날 외 1편   _백옥희

무성한 나무 밑동 7년 살이 집 떠나
흙투성이 뚫고서 느릿느릿 진중하게
나이테 숨은 가지에 이사하는 매미

콜럼버스가 발견한 넓은 땅 한 평
춥고 외롭고 깜깜한 몇 년 한 살이
천적도 견디어 낸 기쁜 노래 맴맴

성충이 될수록 몸통을 죄여오던
허물 속 접어둔 새 은빛 비단옷
아침이 밝아오자 사방으로 펼치네

날개에 바람 싣고 짝을 찾는 정염
들려오는 청혼가에 정분난 암수
삼복더위 한낮이 외려 무색타네

한 철 굳은 맹세에 정으로 품은 삶
세 든 나뭇가지에 앉아 부르는 합창
흉허물 벗어 널고 한바탕 즐겨보네

이정표

어스름 땅거미
마당에 깃들면
아무 티끌도 없이
달은 발그레 그냥 웃고

다시는 안 돼 다짐해도
여행 초대하는 그 말에
널뛰는 가슴이
딸꾹질을 하는데

속으로는 표가 없어라
주문을 외면서도
사랑의 지점을
확인하고 싶어

생소한 지도를 읽듯
탑승표 행방을 찾아
이 밤에도 끝나지 않는
애간장의 꼭짓점

백 옥 희

안양시낭송협회 이사
안양문인협회 회원, 글길문학동인회 총무
수원 한글날기념 시낭송대회 동상
오산시낭송대회 장려상

세월 외 1편　　　_송인식

내가 그 곁을 지나온 건지
그가 내 곁을 지나간 건지
알 수가 없다

머무르는 건지
흘러온 건지
어둠은 어찌 그리 빨리 오는가

노을 거두고 간 지난 밤
별밭 뿌리고 간
그는 누구인가

씨앗 싹 틔우고
잎으로 열매로
생성 시키는 힘으로

밀려오는
파도를 끌어안으려고
바늘구멍만 한 허공 아래

오늘도

팔 벌리고 서 있는
내가 미워

내 안의 나를
꼭 안아 본다

부처님 오신 날

1
어제는
내가 부처였는데

오늘은
네가 부처로구나

2
동자승: 오늘은 큰 스님 얼굴이 유난히 젊어 보이네요
큰스님: 그러냐. 고맙다 그런데
　　　오늘은 절대로 불전함에 손대지 마라

동자승: 그러믄요. 내일 손 댈게요

송 인 식

월간 「문학세계」, 월간 「문학저널」 등단
「시와 시론」 동인
안양문인협회, <문학세계> 회원
2015 '이효석백일장' 입상

세족洗足 외 1편　　　　_신규호

시냇물에 발을 담그고
때를 씻고 있노라니
피라미 떼 모여 꼬리치며 달려드네
풀숲에선 벌레들이 울고
흐르는 물소리에 떠가는 저녁노을

떠날 수 없는 이승에 발을 담근 채
꿈길은 하염없이 허공으로 벋어
발목이 저리고 시도록
무엇을 얻으려 만 리 길 달려왔나
빈 채로 허전한 서녘 허공에
반달이 걸려 웃고 있네

황혼 속 펼쳐진 비단 구름
낡은 옷자락이 너풀대는 시간
철새들 먹이 찾는 개울에서
잠시 씻던 발을 잊고
가슴 속 잠든 속내 헤아려 보네

씻어도 씻어도 모자라는
발 씻는 일의 끝없음이여

구름과 놀고 싶다

가을 하늘의 흰 구름을 보면
불러서 함께 놀고 싶다

목마 타듯 훌쩍 올라타고
서녘으로 가보고

가다가 심심하면
양떼구름이나 만들다가

밤이 되면 별을 불러
동방박사의 점이나 보면서

아주 가난하고 누추한
마구간 찾아 기웃거리며

누가 또 태어났는지
알아보고 싶다, 찾아보고 싶다

신 규 호

1966년 「현대문학」 등단
한국현대시인협회 이사장 역임, 좋은시공연문학회 회장(현)
안양문인협회 고문
시집: 『입추이후』외 다수, 저서: 『한국현대시연구』외 다수
2016 문학부문 최우수 예술가상(한국예술평론가협회)

마로니에 공원에서 외 1편 _신장련

북녘은 단풍 들어 울렁이는데
아직 넌 청청하구나

뒷걸음해서 올려다보니
너의 잎새는
오돌 도돌 가장자리마다
하늘 한 올
섬유 한 올 휘감아
서두르지 마라 귀갑을 쳤더구나

한길 건너
원통의료기기 속에 들어가
허파꽈리 섬유화를
섬광을 켜고 들여다봐도
너처럼 귀갑을 칠 줄 몰라
명의는
푸른 메스로 절개를 들먹인다

귀갑치기에 공 들였을 마로니에
네 푸른 시절이 매연 속에 흐려진다

제라늄이 맥없이 웃는 식당
갈비탕을 주문 한다
내 안의 마로니에
세세히 공들여 귀갑을 치고
마른나무에 물 주듯
국물을 들이키다

문득
수령 한 오백 년
느티나무 밑동에
막걸리를 부어주던 일 떠올라
이동 막걸리
딱 한 잔
그리운 날이다.

서산마애삼존불

일산日傘을 펼쳐 들던
그 사람은 어느 생에 돌아올까요
사리진 옷깃이 얇아져
무시로 당초무늬 꽃 떨어지니
서기 청정하던 주장자의 묵언에
속귀까지 도사려집니다

반송 허리께 걸터앉아
어스름 지는 해에
함박웃음 예스러워
그대인가
유성이 흐르는 밤 이르러도
이슬 흠뻑 젖어도 좋으리

벼락바위에 혼을 심어
몸을 불태운 불모佛母는
눈비도 뜨겁게 녹였을 테니까요

백년은 순간
천년은 한생
어미고 자식이던 인연의 멍에

윤회의 품앗이
함박웃음 핀 얼굴에 비라도 뿌릴까
일산을 펼쳐 들던 그 자리

의연히 그대 와있을까
휘휘 돌아봅니다.

신 장 련

1992년 「한국시」로 등단
한국문인협회 회원
안양문인협회 자문위원, 거경문학 동인
시집 : 『목어(木魚)의 바다』, 『사람도 때로는 섬이 되는구나』

청계사 가을길 외 1편   _신준희

잎잎이 춤추는 빛
미처 쓸지 못한 그늘

대웅전 부처 앞에 와서
실없이 벗어 던진

신발 속 쏙독새울음
산바람이 안고간다

봉숭아 누이

정전이다 합선이다
여름 한 철 누이의 사랑은

초록이다 타오른다
부끄러운 열여섯 살

제대로 울지도 못하고 선
발그레한 고운 두 뺨

신 준 희

2006년 「문예운동」 등단
천수문학, 열린시조학회 회원, 글길문학동인회 부회장
가온문학 편집위원, 안양문협 이사 및 편집위원, 안양시낭송협회 감사
시집: 『체온을 파는 여자』, 『구두를 신고 하늘을 날다』
2011년 4월 중앙일보 시조백일장 장원

백일홍 꽃 외 1편 _안성수

잎새에 부는 작은 바람에도
무슨 번민이 많았는지 아무도 모르게
온몸을 다해 꽃을 피웁니다.

누구를 애타게 기다리며
석 달 열흘 동안이나
눈물이 사위어질 때까지 피었나요?

꽃물결 가슴 속 강물 되어
붉은 고백을 알알이 쏟아 놓아도
돌아서면 다시 그리워지는 꽃

이 아름다운 슬픔의 영혼이
청향으로 남는다면
긴 기다림도 외로운 행복꽃입니다.

빈틈

돌담은 빈틈이 있어 무너지지 않듯이
사람 사이에는 관계라는 빈틈이 있기에
진한 사랑과 정이 흐른다.

물은 빈틈으로 흐르고
공기도 빈틈으로 흐르며
내 몸 빈틈으로 생각이 흐르고
아픔과 슬픔도 빈틈으로 흐르며
너와 나 사이 빈틈으로 사랑이 흐르고
만남과 이별도 빈틈으로 흘러 나간다.

어둠과 밝음은 빈틈 사이로
새로운 하루가 시작되고
우리 사는 세상은 모두 빈틈으로 흐른다.

안 성 수

2003년 「열린문학」 수필 부문으로 등단
한국수필가협회 회원, 국제문협 시낭송회 부회장
한국 공무원문인협회 감사, 안양문인협회 회원
수필: 「추억이라는 페달을 밟으며」
시집: 「마음의 정원」 「마음의 풍경」

누군 줄 알겠다 외 1편   _양윤덕

눈이 발목을 넘지 않고 내렸다.
발 시린, 한 켤레의 꽃잎들 눈밭을 걸어갔다.
한쪽 발은 기우뚱한 숨소리, 또 한쪽 발은 반듯하게 기다렸다 간 흔적이다.
불구는 발자국에서도 나타나지 않는다.
왼쪽 발을 끌고 다닌 내 친구는 이름을 놀림 당했지.
무너진 쪽을 무겁게 들어 올린 엇박자, 오른쪽 무게를 왼쪽이 받아 안았지.
만진다. 포유류의 차가운 체온이
막 떠오르는 햇살 속으로 투명하게 증발한다.
누군지 알겠다.
그리고 그 뒤를 네 개의 발자국이 뛰어갔다.
꼬리에 일생 치장을 달고 다니는 너는 눈발보다, 눈보라보다 쏜살같지.
제 자리에 가만히 머물지 못한 본능으로 비약한다.
불어난 누런 물 같은 털.
이리저리 쓸어댄 흔적으로 쓸어낸 저 바람 무늬
물결무늬 내 친구 마음 같기도 한 저 흔적
그도 누군지 알겠다.

기록

단골 책 대여점에서 책 한 권을 외상으로 들고 왔다. 책을 펼치자, 오래전 돌아가신 아버지의 외상 장부 속 거래 내용이 가득했다. 삐뚤삐뚤 필체는 겉늙은 주름의 내력처럼 묵묵했고 푸른 잉크로 그린 동그라미 속엔 가난한 약속이 서로 손가락을 걸고 있었지만 미수금 페이지 속 둥근 입 속엔 아버지의 묵인이 많다.

아버지 돌아가시고 우리 가족은 외상이 되었다.

펼쳐진 가난을 덮고 싶었지만 소란과 분쟁이 각자 한 마디를 재촉했다. 알고 보면 침묵이란 각자의 방식대로 하는 대답이라는 것.

아버지는 외상장부, 사춘기를 지나면서 우리 육남매는 그 책에서 지워지려 발뺌도 생각했었을 것이다. 빚은 아예 없는 것이었다고 시치미를 뚝 떼었을 것이다. 부채는 상속법에 따르겠지만 원금이 남아있지 않는 구두口頭의 거래는 어떤 유전자의 변형일까.

빼꼼, 잠꼬대가 얼굴을 내밀었다 사라지는 일 같은 채무와 채권의 관계는 승계된다. 오늘밤, 땅 위엔 외상의 집들로 빼곡하다.

양 윤 덕

계간 「시와 소금」으로 등단
한국문인협회, 안양문인협회 회원
안양여성문인회 회원, 청다문학회 이사
시집: 『흐르는 물』, 동시집: 『우리 아빠는 대장』

첫 휴가 외 1편   _원선화

319호
침상에 엄마가 누웠다.
천장도 벽도 시트도
낮처럼 하얗다.
뻐꾸기 울음 묻은 산울림에
숲은 초록으로 멍들고
마른기침 소리
하얗게 질린다.

뒤척여 누운 흰 베개 위
몇 가닥 생명이 까맣게 묻어난다.

곱아진 손마디만큼
굽어버린 어머니의 시간
새벽별보다 먼저
통금 사이렌보다 늦게 흐른다.

일흔 세월
보상으로 얻은 첫 휴가
319호
침상에 하얗게 세월이 흐른다.

자화상

까만 창틀 속 낯선 여인
멍한 눈 속 익숙한 얼굴 하나
도심 불빛 물고기 비늘로 희번덕여도
여인은 장승 되어 붙박여 있다.
족쇄에 채워진 여인의 시간
맥없이 세월 속으로 미끄러져 간다.
소음 속 불빛에 순항키 위해
양어깨에 날개 한 쌍 돋는다.
창틀을 벗어난 부나방 눈 속엔
여인이 가득하다.

원 선 화

동화구연가, 시낭송가, 스토리텔링 전문 강사
한국문인협회 회원, 안양문인협회 이사, 이야기보따리 대표
안양시낭송협회 부회장
저서 : 동화책 『무지개가 뜨면』

꽃들이 궁금해지는 밤 외 1편   _유애선

깜짝 놀랐습니다
당신이 이렇게 빨리 올 줄은

올겨울은 얼마나 추웠는지
밤마다 책상에서 시의 집을 짓다 얼어 버린 뒤
나는 일하는 게 무척 서툴러졌습니다
그만 둘까 생각하다가도 앙상한 뼈대만 보면
차마 그만 둘 수가 없습니다

벽돌로 통통하게 살도 찌워야겠고
창문을 달아 별들이 바라볼 수 있도록
예쁜 옷도 입혀야겠고
빨간 기왓장으로 머리 손질도 해야 할 것만 같아
잠시도 공사장을 떠나지 못하고 있습니다

미안합니다
당신은 벌써 새벽으로 다가오는데
집을 짓기 시작한지 한참이건만
단 한 줄의 벽돌도 쌓지 못했습니다

바닥에 배관을 연결하다 보면

머지않아 꽁꽁 얼어붙은 내 펜대에도
혈액처럼 뜨거운 물소리가 출렁이겠지요
그 집안에 필 꽃들이
궁금해지는 밤입니다

손빨래

손목이 찢어진 고무장갑
아들이 입던 청바지와
딸의 스커트를 손빨래 한다
이 얼룩 한 점 어디서 묻혀 왔을까
조심스럽게 비벼도 남아 있는 얼룩
어쩌면 내게 말하지 못한 눈물 같다
나는 얼룩을 힘주어 비빈다
한때는 품에 쏙 들어오던 아이들
언제 이렇게 자랐나
이 옷을 빠져나간 다리와
이 옷을 빠져나간 몸처럼
언젠간 내 품을 빠져 나갈
아직은 품 안에 내 아이들
얼룩진 바지와 스커트에
햇살을 듬뿍 묻힌다
바람에도 흔들리지 말라고
빨래집게를 하나 물려준다

유 애 선

「시에」 등단
안양문인협회 회원, 안양시낭송협회 이사
문향 동인
서울지하철 승강장 안전문 시공모 당선, 아리문화상 수상

황톳길 외 1편   _윤종영

길에도 표정이 있고
색깔이 있음을 알았을 때
신발 속 발가락들은 탈출을 꿈꾸기 시작한다

신발에서 도망친 발은
양말의 올가미에서 빠져 나와
숲의 붉은 속살을 맨발로 걷는다

촉촉하고 말랑말랑한 표정과
노을빛 색깔 발바닥으로 읽으며
뽀얀 발은 황토물이 들자
꼼질꼼질 발가락 사이사이로 길이 자란다

지상으로 내려온 하늘의 그 길

붉은 길을 걸으며
홍학의 발처럼 붉어진 발들이
가벼운 깃털이 되어 자유롭게 날아간다

환절기

나는 보내지 않았는데
지나가버린 계절처럼
너는 더 이상 보이지 않는다

집안 곳곳에 남아 있는 잔상과
내 품속에 배어있는 체취
아직 따뜻하여
목화솜처럼 포근하던 너를 향해 두 팔 뻗는다

나는 너를 낳은 적 없는 어미
그러나 너는 나의 새끼였다
너도 나를 어미처럼 따라 다녔다

촉촉한 까만 코, 윤기 나는 까만 입술….

요리를 하다가
청소를 하다가
부르면 금방이라도 달려 올 것만 같아
너의 이름 부른다

여름도 가고 가을인데
뒤돌아보면 덩그마니 서 있는 나만 보인다

윤 종 영

「열린시학」, 「창작 수필」 등단
안양문인협회 회원

어떤 갈수기에 외 1편   _이남식

날마다 무심해진
비는 영 기척이 없다.
그저 풀빛
목이 타는 근심만 깊어갈 뿐…
얼마 더 허기진 시간을
채워야 되는 걸까.

이미 등을 돌린
하늘의 큰 적선인가.
밤이슬 두어 방울로
시든 잎 적셔 본들
몇 삭㼸을 그늘진 땅에
핏기는 돋으려나.

살며 살아가며

군이 분홍 꽃이 아니면 어떠한가.
향기 조금 덜한 꽃이면 또 어떠한가.
보듬어 품에 안으면
외려 곱게 핀다지.

가는 길 곳곳이 숨 가쁜 비탈이라도
등 가만 밀어주고
손 꼬옥 잡아주며
마른 땅 서리로 내린 아픔도 닦아주리.

이 남 식
「시조문학」 등단
한국문인협회, 안양문인협회 회원
용인반공희생자위령탑 시를 씀
안산호수공원 섬진강수몰이주민옛터기념비의 시를 씀
시집: 『오늘도 아내의 눈빛 속엔 대접 같은 달이 뜬다』
       『어머니의 냄새가 그립습니다』

우리들의 일상 _이덕원

골조 자재는 퍼즐조각이다
조각들을 잘 맞춰 누군가의
달콤 쌉쌀한 고층의 잠자리
아파트 숲을 짓는다
포크레인 삽날에 쓰러지는 이 땅의 속살
지하층 물골에 수중펌프를 담그며
덤프트럭 굉음이 내는 흙먼지와
펌프카가 토하는 레미콘에
우리들은 죽어라 목을 맸다
갱폼 · 철근 · 유로폼 · 써포트 · 각재가 난무하는
타워크레인 아래 콘크리트의 마른 눈물이
먼지가 되고 괘종시계 불알이나 다름없는
일상에서 집에 금송아지도 있다며
회한을 자랑삼아 허스레 떨다가
늘그막에 다그치는 빚 재촉을 잊으려
미친 듯이 막 일을 해대는 것이다
푸석대는 시멘트 먼지는
연두색 플라스틱 눈삽에 박박 긁혀
배고픈 우리들의 안주가 되고
지독한 눈물은 고단한 밤마다

소주의 폭탄주로 바둥대는 것이다.

이 덕 원

「예술세계」 신인상으로 등단
안양문인협회 자문위원, 한국시인협회, 예술시대 작가회 회원
시울림 동인, 현대한국인물사 등재
시집: 『안개구름에 사라지다』 외 공저 다수

독도 아리랑 외 1편   _이문자

나는 정의로운 대한의 분신

밤의 고요 속에
에메랄드 별빛이
대지의 영혼 속으로
황홀히 쏟아져 내리는
동해의
아름다운 섬 독도!

푸른 바위 물결 속엔
슬기로운 대한의
정의로운 맑은 피가
굽이쳐 흐르고

자유가 만발한
내 심장은
태극기 넋이 되어
하늘빛 소명으로
기도처럼
눈부시게 탄생했노라

무수한 생명을 품은
쪽빛 물결도
위대한 대한의 혼불

아리랑 아리랑 독도 아리랑

아름다운 섬 독도는
빛나는 윤슬 고이 품어 안고

대한의 번영과 도약
인류의 평화와 정의 위해

오늘도 독도는
새벽 정기 마시며
가슴의 끓는 피로
평화의 종 힘차게 울리노라.

들꽃

나는
위대한 우주를 품은
아름다운 사랑의 여신

싱그러운 향기로
열정을 분만하며

정의와 평화가 꽃피는
대명천지가 그리워
눈부신 태양을 사모하고

푸른 꿈 피우기 위해
별을 삼켜버렸네

상생의 삶이여!
고요한 울림으로 노래하라

나는
평화로운 세상 위해
사랑으로 피리라.

이 문 자

2015년 「시사문단」 등단
안양문인협회 회원
풀잎문학상 수상

시인의 도시 _이성장

이제 나의 노래는 끝이 보이고 있습니다,
내가 노래를 불러도 춤이 없는 현실은
하늘에 뜬 구름처럼 사라지는 나와 나의 이별처럼
사랑하는 노래와의 이별을 예고하고 있습니다,

바람이 목을 휘어감아 비틀고 있습니다,
이제 혀도 숨어 버렸습니다.
함께하던 춤도 사라졌습니다,
흘러가는 강물도 마르고 있습니다,
피를 토해내듯 나의 모든 것 토하며
잃어버린 것마저 잃어버리고
미련 없이 다 비운 그림자 데리고
이 도시를 떠나려 합니다.

이 성 장

1988년 계간 「한글문학」 시 등단
한국문인협회, 안양문인협회 회원
한글문학 동인, 상황문학 동인, 한국녹색시인회, 부산가톨릭문인회 회원
시집「그리고 늘 감사합니다」,「바람이 나를 안고」
산문집『물소리 바람소리』

자랑 외 1편 　　　_이숙희

개똥밭에 굴러도
좋다는 이승에서
어찌어찌
환갑이 되었다
혈육과도, 혈육 같은 사람들과도
맛나는 밥상에 앉아 웃고 웃었다
그 밥이 달았고
그 밤도 달았다
이 달달함을 끓이게 하신
어머니!
나 보다 더 정신이 좋으신
어머니!!
엄마가 살아 계신다
나는,

작은 위안

밤이나
내 맘 만큼
검어진 창밖의
벚나무에 츠륵츠륵
모여드는 가을 빗소리...
누군가도 그 소리
쳐다보는지,
어둠 안에서도 확연하다.
벚나무!
…………………………………
…………………………………

어느 맑은 날
수줍은 웃음 수만 송이
저 나무를 덮으리.

이 숙 희

1989년 「우리문학」으로 등단
한국문인협회, 안양여성문인회 회원
안양문인협회 부회장
시집:『ㄹ · ㄹ · ㄹ』, 『단꿈』, 수제본:『단꿈』

능소화 외 1편　　　_이여진

잊어버립시다
하늘이 달과 별을 감춘 밤
혼자서 견뎌내는
슬픔보다 더 할까요

구중궁궐 높은 담
음지의 그늘 아래
기다림 한이 되어
넋으로 피어난 꽃
능소화라

천년의 한을 새긴
억겁의 윤회 속에
세속에 맺은 인연
끌려가는 아픔으로
쓰러져 잠이 든다.

잊어버립시다.
억만년 세월 속에
하룻밤 안았으면
당신 마음 깊은 곳에
이내 사랑 심을 것을

부질없단 생각으로
뒤 돌아서 바라보니
나도 없고 너도 없고
세월만 뿐이네.

보내주세요

보내주세요
길연이었나
악연이었나
칡뿌리처럼 얽혀든
인연의 갈래
스치는 바람
바람 같은 인연
다 잊으시고 보내주세요
떠나는 마음 편안하게
보내주세요
강변 갈대들도 혼자 우는데
모른 척 바람 따라 흔들리며도
우우 우우우
혼자 우는데…

이 여 진

「문예사조」 등단
한국문인협회, 안양문인협회 회원
시집: 「혼돈의 세월, 못다한 노래」, 「별의 연가」
「저 눈물江 건너」, 「너도 꽃이었구나」

비 그치고 _이재철

빗줄기 홀로 멈추고
당신을 모시어 성스런 밤.

비개인 날
모두 깨끗한 얼굴로 씻기어 오듯
당신 앞에
순종으로 낯빛 고치면
먼저 차오르는
당신의 거룩한 웃음.

세상이 어둠을 꿈꿀 때
당신으로부터
새벽이 눈 떠 오는 것을
사람이 사람을
사랑하는 포근한 세상에서

당신은 나에게 던져진
단 하나의 살아있는 희망

비 그치고
다시 바글바글
채워지는 당신.

기도

밤 깊어 고요할 때 숲을 지키는 풀벌레
그 영혼으로 깨어있게 하십시요.

촛불 사르고 그 앞에 무릎을 놓고
당신의 말씀을 더듬어 읽게 하십시요.

한 줄 읽을 때에 살아있는 기쁨, 강해지는 사랑
또 한 줄 읽을 때에 깊어지는 평화를
나즉이 외우게 하십시요.

한번 가슴에 모셨던 당신은 빠져드는 사랑의 늪입니다.
도망칠수록 조여오는 사랑의 올가미 매듭입니다.

내 삶 짧은 날 야생화로 키우셔도
오늘 아가서 한 줄로 오시는 당신.

당신을 섬기기에 넓어지는 세상
그 영원한 생명으로 늘 깨어있게 하십시요.

이 재 철

「문학광장」 시부문 등단
문학광장 문인협회, 안양문인협회 회원
(사)나라사랑교육연구회 수석부회장, 한국교총 인성교육 전문위원
교육부 행복한 교육 기자, 국립현대미술관 평가위원

우편함 둥지 외 1편 _이혜순

사람의 발길이 멀어진 곳일수록
봄은 더 빨리 온다

바람이 유일한 출입객인 대문 옆 낡은 우편함,
몇 년째 긴 잠을 열고 도착한 박새 한 쌍이
거미줄 같은 어둠을 걷어내고 둥지를 틀었다

푸른 뒷산을 놔두고
낡은 처마 밑에 주소를 정한 그들의 날개 위에는
조그만 흔들림에도 쉽게 흩어지는
불안한 시간들이 붙어 있다

몇 해 전 가을이 보내준 낙엽 한 장을
연애편지처럼 품고 있던 우편함
모처럼 받아든 반가운 소식에 활기가 돈다

종일 끊이지 않는 그림엽서 같은 새소리들
녹슨 시간 위에 생기를 불어넣는다
비로소 잊고 있던 온기를 되찾은 우편함
마음이 닿지 않던 구석까지 햇살을 끌어들인다

아늑하고 포근한 우편함 둥지
마른 풀잎을 물어 나르느라 잠시도 쉴 틈 없는 박새들

처마 밑, 잠시 달빛에 벗어놓은 길 위로
곧 이린 새의 울음이 부풀어 오를 것이다

두꺼비

소낙비 끝
두꺼비 한 마리 느릿느릿 마당으로 기어든다

집 있는 자식 있고
집 없는 자식 있다

두껍아 두껍아 이 낮은 처마의 헌집 갖고 새집 다오

노부부의 손목 끝에 우두커니 깍지 끼고
앉아있는 두꺼비들
그 느릿한 두꺼비들이 집을 내어주고
그러고도 남은 무주택 자식 하나 고민하는 두꺼비 등짝
한껏 굽은 어깨에서
한동안 잠잠하던 매미 소리가 욱신거린다

무슨 걱정이기에 저리 우둘투둘한지
근심을 한 몸에 지고
마당을 어슬렁거리는 두꺼비
슬금슬금 장독대 뒤로 몸을 숨긴다
어둑한 구석 잠시 머물 공간이면 족한 그에게
집이란 그저 몸을 가리기 좋은 곳

몇 장의 풀잎과 서늘한 그늘이면 족하다

이집 마당과 마루 밑 구석구석을 살펴보면
등짝에 기와를 얹은 집 몇 채 있다
그중 어떤 집에는 뜨기운 진류가 흐르기도 한다

두껍아 두껍아 헌집 줄게 새집 다오

아직도 귀에 쟁쟁한 먼 기억의 노랫소리를 따라
느릿느릿 비 개인 텃밭으로 몸을 옮기는 부부
봉숭아꽃 만발한 마당 끝으로
꽃그늘이 붉게 떨어져 있다

이 혜 순

2010 「시안」 등단
안양문인협회 회원
시집: 『곤줄박이 수사일지』

11월 _이희복

11월이다
아직 남은 한 달을 감사하며
한 해의 결산을 준비해야 할 시기에
나는 왜 가난한 과부의 두˙렙돈 생각이 났을까

인생이 한 바퀴를 돈다는 회갑이다
지난날들 회고하니
나의 의지로 핏대 올려 살아온 대부분의 시간들
남을 위하기보다는 나를 위해 살아온 날들

그때 나는 어디쯤 걷고 있었지
외롭고 힘들 때 다가와 손 잡아주신 분
나의 눈물만 볼 줄 알았던 그 때
그분은 다른 사람의 아픔을 보여주셨지

사과의 씨가 몇 개인지는 셀 수 있으나
그 사과가 몇 개가 될지는 알 수 없듯
가을날 우리네 삶의 열매도
양과 질을 미리 정할 수 없음의
가능성, 그 기로에 서 있는 계절이다

태어나 철들고 아직도 배우는 인생길

남김없이 드릴 수 있음의 깨달음, 그 사랑
사랑은 어차피 아름다운 허비이다
아직 드릴 날들 있음이 감사인 것을
내 인생의 11월이 오기 전에
주위를 따뜻이 데워 놓아야겠다

* '작은'이란 뜻의 그리스 최소단위로 구리 동전으로써 매우 가치가 적은 금액임.
　성경 마가복음 12장 42절에 가난한 과부가 생활비 전부인 두 렙돈을 바친 내용이 있음.

이 희 복

2010 「연인」으로 시 등단
한국문인협회, 한국기독교문인협회, 국제펜클럽한국본부 회원
안양문인협회, 안양여성문인회 회원
시집: 『더 사랑하기』

太平歌 외 1편   _임덕원

강남역 4번 출구는
여전히 만원이다
할렐루야, 天城 가는 길.

믿는 대로 이루었나니,
이방 사람은 방안에 콩나물을 키우고
우리는 품안에 애완견을 기른다.
주변머리 없는 자는 공사판으로 일당 벌러 가고
우리는 주말농장으로 유기농 채소 가꾸러 간다.

저 환란 날에도
변두리 시민은 봉고차에 실려 구차하게 끌려가고
우리는 승용차를 타고 우아하게 수감된다.

복 되도다
선택받은 백성들이여,
저네가 천막교회를 떠돌 때
우람하고 꼿꼿하게 성전 세우기를 잘하였도다.

이 견고한 도성, 화려한 도시,
둥근 달은

우리들의 식욕처럼 머리 위에 부풀고
피어나는 폭죽은
우리들의 性愛처럼 사방에 꽃답도다.

온갖 수고가 있은 후에야
오늘의 榮華 누리게 되었나니,
하나님은 하늘에
바지런한 이는 서울 땅 강남에
세세토록 무궁할지어다.

낙서

1.
산다는 일이
마치

먹성이 전부인 양
때 없이 냠냠거리고
입성이 전부인 양
틈만 나면 펄러덩거리고

텔레비전에 흐드러지는 저
웃음꽃은
사랑꽃은
덕지덕지 제 소견대로 오려 붙인
종이꽃.
바람꽃.

그러는 당신은
오우 시를 쓰신다?

개애뿌우울…

2.
천상에서
안보 관계 사도 회의가
긴급히 소집됐으며
난상토론이 벌어짐

불 폭탄 투하는
시대감각에 뒤떨어진다고
일단 보류됨

쿨하고 차밍하며 럭셔리한
세상 심판 방안을 찾고자
철야 기도를 시작했으며
사료 안 먹인 닭 가슴살 샐러드가
밤참으로 들어감

새벽이 오기 전
베드로는 세 번 졸았음!

3.
마른 꽃술

폴~ 폴~ 날리는
거친 들판에

요한은
일용할 메뚜기를 잡느라
이리저리 뛰어다니고

따르는 제자도 없이
예수가
해 저문 산등성이 넘는다

임 덕 원

1981년 「한국문학」 신인상 당선 등단
안양문인협회 회원
동인 시집: 『내혜홀』, 『놋마을』,
합동 시집: 『한국시』, 『그 흔들림 속에 가득한』

그늘 이불 외 1편   _장순금

저녁이 쓰고 남은 손바닥만 한 온기에
그늘이 집을 지었다
한 번도 홀로 햇빛 속에 서 보지 못한 담벼락과 골목과 구석이 함축된
더듬더듬 어눌한 말이
채 끝나기도 전 막다른 길 앞에 납작 엎드린

한 번도 젖어보지 못한
속내 안까지 샅샅이 비춘 햇살의 낯 뜨거운 흰 뼈들이
백야의 긴 밤을 오가도 등 뒤의 새벽은 보지 못해
지평은
밤을 나와 달빛 속 외딴방을 지나
홀로 노숙하는 저녁에 몸을 기댔다

지상에 지분 없는 남루한 발들이
평화 한 평 그늘로 들어가 이불을 덮을 때

뜬구름을 덮고 자던 허공이
온기로 데워진 그늘을 한 겹씩 끌어당겨
제 발등을 덮고 있었다

나무가 나뭇잎에게

뼈와 살 사이의 숨은 간극은 어디까지일까

나와 작별한 나는 몸에 돋은 세상의 잎을 다 버렸다
솜털 사이로 흘린 눈물 한 점도 닫아
매달린 건 하늘에 걸린 고립과 고립에 매달린 가지만
햇빛을 돌아앉은 개망초에 기대 울었다

햇빛 한 오라기 가까스로 체온을 붙든 겨울에
뼈 한 가닥으로 서 있는 나는 살아있음이 뼈 한 가닥이었다

나뭇잎과 나무 사이에서 자란 푸른 구멍이 오래된 슬픔처럼 익어가
익어서 틈과 결에 꽃이 피기를 바람은 만발해줄까

밤새 나뭇잎은 몸에 남은 일조량을 다 내려 젖은 흙으로 발을 닦고

두꺼운 벽을 데워줄 장작이 되려고
물기 다 뺀 나무는 빛살 든 쪽으로 돌아앉아,

장 순 금
1985년 「심상」 등단
한국문인협회, 국제펜클럽한국본부, 한국가톨릭문인회, 목월포럼 회원
한국시인협회 기획위원, 안양문인협회 자문위원
동국문학상, 한국시문학상
시집:『걸어서 가는 나라』,『골방은 하늘과 가깝다』,『햇빛 비타민』 외 다수

달의 옆모습 외 1편　　　_장정욱

달빛이 서서히 눈을 뜨는 어둠 앞
내일이 없는 서로의 하루를 어떤 방식으로 보내줄까

밤의 표정은 풀린 단추처럼 헐겁다
너의 옆모습이 어두웠다 잠깐 환해진다

각자의 습관으로 말하는 우리들
뚝뚝 부러지는 성냥개비 같은 언어가 켜졌다가는 금세 꺼져버리는

버들의 발목이 천변 물결에 들어있다
발목이 담긴 쪽은 푸르게
다른 한쪽은 검게 흐른다

너의 환한 얼굴 건너편이 궁금하다
나와 달의 거리만큼 먼 저쪽의 시선

반쪽의 빛으로는 물결의 표정을 읽어낼 수 없다
앞의 얼굴을 보여주지 않는 달빛 때문에

아무것도 듣지 못한 눈
아무말도 하지 않은 귀
우리는 서로의 그림자만 안고 각자의 밤으로 돌아갔다

동굴

물방울도 없이 거울 속은 며칠째 어둡다. 눅눅한 무릎에 얼굴을 묻었다. 구름
은 부풀기만 할 뿐 우기의 표정을 내보이지 않았다

발끝까지 붉은 저녁이 돌아오고, 공중에서 꽃잎 하나 떨어질 때 비로소 취기
에 젖어, 얼마나 먼 계단을 내려왔는지, 뒤돌아보면 깊은 동굴 속

벽 속의 사람들은 환한 곳으로 가고 있다. 모두 빠져나간 벽의 체온은 따뜻했
지만 나는 당신의 어디쯤 서 있는 것일까

구름 속엔 비의 기도가 들어있다. 버들치의 지느러미가 다 자라날 때까지,
비의 수위가 채워질 때까지, 그러나 지금은

어깨를 두드리는 첫 번째 물방울을 기다리는 일. 길고 긴 당신을 이해하는 일

장 정 욱

2015년 「시로 여는 세상」 등단
안양문인협회 회원
안양여성문학회 회원

가을, 그 벤치 외 1편　　　_장호수

그녀가 남기고 간 말 한마디

"날 잊어줘"

파랑 심장 낙엽 한 장

떨구고 간다

안개

하얀 복사꽃 화관을 쓴 뮤즈

왜 그리 슬픈 눈을 하고 있니?

뭘 그리 가릴 게 많은 거니?

나는,

고요한 바람이고 싶다

장 호 수

안양문인협회 사무국장
안양시낭송협회 사무국장
글길문학동인회 전회장
도서출판 시인 대표

숨바꼭질 외 1편　　　_정명순

너를 잡고 싶다
이 너른 세상 속.
단 한 하나 갖고 싶은
네 맘 잡을 수만 있다면
날마다 술래여도 괜찮은 나.
오늘도 전봇대에 기대어
눈 가리고 섰지만
문득 널 잡았을 때
네 눈 바라볼 용기조차 없어
바보처럼 바보처럼 읊조린다
꼭꼭 숨어라 머리카락 보인다고.

네가 그리운 날

산수유가
그리운 이야기를 노랗게
터뜨리는 봄날

햇살의 잔물결에
떠밀려오는
너의 모습으로
나는 몹시 아프다

어긋난 시간의 관절을
고이 꿰 맞춘다면
따뜻한 온기로
다시 올 수는 있는 건지

눈부신 오후를 풀어
쓰고 또 써 보다가
봄바람에 부치는
애틋한 봄 편지 한 통

정 명 순

「아동문예」 당선
안양문인협회 이사
마로니에 여성백일장 장원
대통령기 독서경진대회-독후감 최우수

꽃 외 1편   _정용채

꽃잎
분분히
흩어지던 날

자식 낳고
춤추던 날

씨
열매
하나같이
예쁜 꽃을
엄마로 두었다

펴도 져도
꽃인 이유.

밤비행기

도시의 밤하늘에는 별이 없다
별보다 화려한 조명이
도시를 꽉 채우고 있어
사람들도 더는
별을 그리워하지 않는다
빛바랜 도시의 별은 이제
슬프고 외롭고
괴로운 이들의 차지가 되었다
허망한 맘을 가진 이들이
별 하나 찾아
위로받고 싶을 때
밤 비행기 저만치서
별처럼 반짝이며 다가온다.

정 용 채

「지구문학」 등단
한국문인협회, 지구문학 회원
안양여성문인회, 틔움문학 회원 , 안양문인협회 이사 및 편집위원
안양시낭송협회 이사
시집:「엄지손가락」

허리띠 외 1편   _정이진

허리띠 구멍의 평수를 넓힌다.

하루 종일 숨통을 조이지만
비집고 나오는 살들은
비장한 마음의 의지도 금방 허물어버린다
중심부 이곳저곳을 옮겨 다니며 키워나간
욕망의 비계 덩어리
물컹하게 늘어진 살 속으로 파고든다
낡은 허리띠의 상처는
그 옛날 라면 끓여
불어 터진 꿈 퍼먹던 그때를
까맣게 잊고
스스로 무덤 속 평수만 넓혀간다.

욕심

외출했다 집에 오는 길
대로변에 장이 섰다
이것저것 필요할 것 같아 산 것들이
나를 옭아매는 동아줄이 될 줄은…
양손에 무거운 짐을 들고
발걸음 옮길 때마다 어깨에 전해지는 무게는
천근이나 된 듯 이내 지친다
몇 번이고 놓아버리고 싶은 삶의 꾸러미
평생 욕심만 들었던 손엔
빈손의 간편함과 편안함은 사치였던가
어리석음과 후회 이미 때를 놓치고
앞 뒤 가리지 않고 했던 일들이
실타래처럼 얽혀
주홍 글씨처럼 끈질기게 나를 따라 온다

정 이 진

1996년 「문학세계」로 등단
동국문학인회, 안양문인협회, 안양여성문학회 회원
시집 : 『샤갈의 눈 내리는 마을』, 『내눈 속에 살고 있는』
시화집 : 『사랑하나 키우고 싶습니다』, 개인전 『시가 있는 풍경전』
현) 안양시민대학 부설 해오름 지역아동센터 미술치료

모의 외 1편   _조은숙

환자의 연명치료를 받지 않겠노라 사인을 하고 나와
횡단보도 앞에 멈춰 섰다

과속방지턱처럼 엎드려있던 하얀 박스가
속도를 늦추지 않는 자동차에 치였고
스티로폼 부스러기는 사월 벚꽃처럼 흩날렸다

눈앞에서 사라지는 어떤 삶을 목격하고도
아무렇지 않게 지나치는 사람들

타인의 생명에 관여할 수 있는 자는 누구며
보호자라는 명목 아래
우리는 그들과 무슨 작당을 한 것일까

딱 그 시간, 휴대폰에는
같은 번호의 부재중 전화가 여러 번 찍혀 있었고
결국 나는 그날의 다른 죽음을 배웅하지 못했다

극한

뻘배 타는 엄마의 울음에 아이도 울었다

왜 우냐고 물으니 그냥 따라 운다고 했다

모자의 눈물이 멎었다

엄마는 널배를 밀며 다시 개펄로 나가고

화면에서 사라졌다, 정적 속

등 돌리고 흐느끼는 먹먹한 그림자가 보였다

울음의 꼬리는 돌아앉은 시간보다 지루하여

모르는 척 했다

나는 왜 엄마 곁에서 함께 울어줄 생각을 못했을까

조 은 숙

안양문인협회 감사
안양여성문학회 총무
안양시학 회원

햇살과 꽃   _채형식

나는 햇살이고
그대는 꽃이야

그러니까
햇살 내리면 덩달아
꽃이 피어나는 게지

내 눈은 마술사야
그 꽃을 바라만 보아도
마법에 걸리게 하고

금세
주렁주렁 열매가
열리고 말아

채 형 식

2008년 「시사문단」 시 등단
시사문단 빈 여백 동인, 안양문인협회 회원
서예 서각가

한다발 무궁화꽃 외 1편 _최계식

억지 춘향이 보듯 주변에서 찾아보기 쉽지가 않네.

나라꽃 그래도 청와대에는 있어야 할 꽃밭

있어도 있다는 소리 우리는 별로 들은 적 없네.

어쩌다가 시골 동네 울타리나 옛 국돗가에 여기 드문

저기 드문 철롯가에 저 혼자 호젓이 피는 꽃

작심하고 일부러 가꾸는 분들 있다지만 그 노고

뚱심 높은 중화족도 우리 땅 일러내려

*근역이라 한 말 무색할 뿐이네.

최루탄 안갯속에 민주화는 피어났지만 열사는

단숨에 소리쳤으면서 정작 기미년 애족은 없었는데

만세 깃발 높이 쳐들 듯 붉은 악마들

응원 피켓 두 손 잡고 온 나라 뒤흔든 함성

그대로 축제였던 월드컵 광장 그 한켠 화면에 비친

화사한 무궁화 꽃 한 다발

하얀 옷 받쳐 입고 겨레사랑 가슴에 안은 한 소녀

우리는 보았네, 열다섯 해 지났건만

화려 강산 길이 보전하자던 그 울림 잊을 수 없네.

*근역(槿域): 무궁화가 많이 핀다하여 예로부터 우리나라를 이르던 말.

감꽃 생각

구슬도 꿰어야 제 값어치가 된다 한 말처럼
감꽃 또한 엮어야 비로소 꽃이었던 유년의 오월
바람이 분다.
알알이 실에 꿰어 목에 걸어 주었던
그 소녀의 몸 냄새를 품고 부는 바람
잠시 마주쳤다
멀어져 가는 수많은 치맛자락 견디고 있는
연한 베이지색 둥근 윗도리를
비 내리고 난 오래 된 나무 그늘 아래로
뒤돌아보고는 멀어져 가는
유년의 무아레 무늬 속으로 바람이 분다.
감꽃 내음 풍기며
번잡한 저자 길가 늘어선 나무 그늘 아래로
걷다가는 우두커니 한참을 섰자니 고향이 그립다.

최 계 식

「시와 시론」(1961년) 동인
중등학교 학교장 역임,
한국현대시인협회 지도위원, 안양문인협회 고문
시집: 『한뉘 영가』, 『목련 판타지아』, 『산행문답』, 『사랑한다는 말』, 『조행문답』

방울재 성당 _최영희

조립식 성당이 있었다
방울재 성당
어느 날 신도시가 공사를 시작하고
가장 먼저
조립식 건물 방울재 성당이
하나 둘 뼈대를 풀었다
그리고 빈터만 남기고 떠났다

작은 동산이 평지가 되고
터널이 생기고 방울재도 평지가 되고
방울재는 이름조차 사라졌다

방울재 아래 터 잡고 살던 사람들
울타리에 나무를 심고
철따라 꽃피는 집에 살던 사람들도
하나 둘 떠나고
주차를 허락하던 마당이 넓은 집
마음이 넉넉한 사람들도
떠날 채비로 뜰에 깔린 조약돌 한 움큼
줍고 있었는데
어디로 가는지 차마 묻지도 못했다

어디로 가는지 차마 묻지 못한
방울재
방울재 성당도
같이 어디론가 갔다
재 넘어 어디론가 아직
가고 있다.

최 영 희

1991년 「한국시」로 등단
한국문인협회 회원, 안양문인협회 자문위원
안양여성문인회, 모시올, 거경문학, 가톨릭문인회 회원
시집: 『정오와 날개』, 『푸른스케치북』, 『봄낳이』

살다보면 외 1편 _최정희

살다보면
가만히 있는 집도
깨지고 무너지고 때 묻는다.
하물며 여기저기 쏘다니는 우리야 오죽할까.

깨지지 않게
무너지지 않게
때 묻지 않게
조심할 일이지만

깨지면 붙이고
무너지면 다시 쌓고
때 묻으면 씻으며
그러면서 사는 거지
살아있는 우린 그런 거지.

자연의 보수작업

안양천을 살리자는 글씨가 박힌
낡은 페인트 벽화에
울타리는 우리가 살릴 거다
담쟁이들이 그림을 덧그려가고 있다.

그 앞 안양천에선
물풀이 키워 온 물고기들에게
우린 다리 위에 서서 새우깡을 먹이고
물고기들은 우리가 살릴 거다
물풀이 손짓하여 그들을 불러들이고 있다.

작은 꽃잎에 눈을 맞추자
겨우내 아렸던 내 가슴에도
꽃들이 들어와 수를 놓기 시작했다.

최 정 희

2007년 「화백문학」 등단
안양문인협회 이사 및 편집위원
시집: 『꽃이 보낸 편지』, 『바람이 사는 집』

당신이 날 사랑한다면 외 1편　　　_최태순

당신이 날 사랑한다면
아무 것도 아닌 것을 가지고
외면하지 마세요.

눈으로도 외면하지 마세요.
입으로도 외면하지 마세요.
그리고 귀로도 외면하지 마세요.
손마저, 발마저, 그저 마저도 외면하지 마세요.

당신을 바라보는 마음은 한결 같아요.
당신을 바라보는 마음은 변함이 없어요.
언제 어디서나 무엇이든지 간에
사랑만을 위해 사랑해 주세요.

당신이 날 사랑해야 한다면
측은한 마음은 싫어요.
가시 돋친 마음은 더욱 싫어요.
오로지 사랑만을 위한 사랑을 해 주세요.

이제

당신을 사랑하는 시간이 부족해요.
너무나도 부족한 시간일진대
다툼이나 허영으로 지새울 시간이 더욱 없지요.
그리하여 흐르는 눈물을 닦아주는 마음으로 사랑은 싫어요.

당신이 날 사랑해야 한다면
다만 사랑만을 위해 사랑해 주세요.
당신이 언제까지나 사랑할 수 있도록 사랑해 주세요.
당신이 품은 사랑은 영원합니다.

두려워하지 말기를

인간은 태어날 때
세상의 즐거움보다는
장차 두려움과 공포의 비극이 무서워서
울음을 터트리는 것 같다

세상의 즐거움은
무엇이든 넘치지만
그러나 두려움이 먼저 다가오면서 말하기를
잘 안될 거야
속삭이며 기를 죽인다

두려움은
영혼이 잘됨 같이
범사가 잘되며 강건하기를
기대하지 않는 선봉의 파괴자이다

삶 속에
두려움과 고통은
언제나 내 안에 잠간 머물다가 지나가는 소나기임을 알고
낙심하지 말기를

두려움과 절망의 끝자락에
세찬 바람으로 유혹하거든
당신은 망설이지 말고 하늘과 땅에서 솟아나는
영원한 축복의 소망을 기대하며 꿈꾸어라

하늘의 푯대를 향하여 가는 길목에서
당신의 마음속에
두려워하지 말고 놀라지 말라

최 태 순

「문학세계」 등단
월간「문학세계」, (사)세계문인협회, 안양문인협회 회원,
글길문학동인회 동인, 용인대학교 겸임교수 역임
한국을 빛낸 문인 선정 작가(2011~2016)

품을 내준 나무*　　　_허말임

평촌 중앙공원 산책길에
눈길 끄는 나무 있어
가까이 가보니 큰 가지 사이에
작은 나무 자라고 있다

그들의 동거 언제부터였을까
신도시가 형성될 때
떠날 수 없는 사연 하나
슬쩍 날아와 옛 그리움으로
숨어든 것은 아닐까
밀어내지 못해 품은 이도
곁방살이로 끼어든 그도
서로의 아픔이 있었으리라

품을 키운다는 것
누군가를 품에 안는다는 것
쉽지 않은 일이다
버즘나무가 내어준 품에
느티나무 몇 줄기 자라고 있는 봄날
물오른 푸른 기운 눈 틔우고 있다

누구나 품을 수 없는

의문하나 품어지는 산책길에
그들의 동거를 올려 본다

*희귀한 수목이란 명패 달고 있음

허 말 임

「문학산책」 시 신인상 등단.
문후작가회, 안양문인클럽, 안양문인협회 회원
제5회 불교 청소년 도서저작상 수상
시집: 『따라오는 먼 그림자』, 『저 낮은 곳의 뿌리들』, 『마음에 틈이 있다』
수필집: 『달팽이집 같은 業을 지고』

다듬이 소리를 베고 외 1편 _허인혜

바람 냄새 새하얗게 풀어진
햇살 맑은 날
그런 날은
나도 모르게 잠의 최면에 걸린다

하루 종일 마당 가득
하얗게 나부끼는 이불 홑청
집안에선 조근조근 타이르는
차분한 어머니의 다듬이 소리와
종알대며 대꾸하는
토라진 언니의 방망이 화음
다듬잇돌을 사이에 둔 모녀간의 긴 대화를
아랫목에 배 깔고 누워 듣고 있으면
펼쳐 놓은 책장으로
잠이 소복하게 내려앉았다

그 아득한 소리 다시 한 번 베고
빳빳하게 풀기 선 이불로
햇볕 냄새 맡으며 내 오랜 불면을 덮고 싶다

는개

오는 둥 마는 둥

우산을 접고 산책을 한다

마주 오는 사람은 나를 보며

썼던 우산을 슬며시 접고

나는 마주 오는 사람을 보고

접은 우산을 슬며시 편다

서로의 눈길이 엇갈린 지점

힐끗

봄이 피었다 진다

지다가 핀다

허 인 혜

안양문인협회 부회장, 안양여성문학회 회장
제1회 평택생태시문학상 우수상 수상
제21회 아리문화상 수상

기분 좋은 날 외 1편 _홍경임

먼동이 터올 무렵
오늘도 비둘기들은 베란다에서 내가 대접한 아침 식사를 쪼으며
소낙비 오는 소리를 낸다

올해도 벚꽃은 세월 가는 소리를 내며 낙화했고
이젠 푸르름을 자랑하며
바람 장단에 맞춰 밤낮을 가리지 않고 왈츠를 즐긴다

거실 거북이 여섯 마리 눈을 뜨고 겨울잠을 자다
이젠 아침 저녁 베푸는 내 밥손에 따라
리듬을 타고 연신 머리를 조아리며 먹이를 쫀다

눈을 감지 않고도 밤마다 잠자는 금붕어
먹이를 달라 먹이가 모자란다 늘 몸으로 말한다

참이슬 반병으로 기분 좋게 취한 날이면
비둘기 거북이 금붕어
저들에게 하루 한 끼의 식사를 더 제공하고프다

내 마음도 이러할진대
햇님이 방긋 웃어
신이 기분 좋으신 날이면
절대자의 마음도 우리 죄인에게 이러하실까?

어린왕자
-그리움

개똥밭에 굴러도 이승이 좋다는데
사향 같은 내 사랑 어린왕자 한 점 바람 되어
다른 하늘로 떠나 버렸네

내 행복 그대 작은 미소 속에 숨어 있는데
까치도 울지 않고
겨울 아닌 겨울만 계속되던 기묘년 어느 날
내 사랑 어린왕자 하얀 새 되어
딴 하늘로 날아가 버렸네

난 이제 시간 강에 뜬 사공 없는 한 척의 배
떠나간 시간을 찾아서
잃어버린 시간을 찾아서
그리움의 미학을 통독하니
세상의 물이란 물 다 내게 오누나.

홍 경 임
1994년 「한국시」 신인상 등단
한국문인협회, 국제펜클럽 한국본부, 한국여성문학인회, 한국시문학회 이사
안양문인협회, 안양여성문인회 회원
시집: 「하얀 목련의 계절」, 「하얀 비둘기」, 「그대 곁에」, 「내 영혼의 뜨락」, 「너에게 가는 길」
1997년 한국시 문학상 수상, 2003년 제28회 노산문학상 수상
2008년 제13회 영랑문학상 수상

연집강*烟集岡   _황주영

흰 저고리 검정 치마
그네 뛰는 여인들
조국 산천 그리워
하늘 높이 높이 날아오르네!

백 년 전 일제 강탈로 고향 떠나
그 옛날 고구려 땅, 불모지에서
두만강 건너 고국 우러러보며
추위와 굶주림으로 개척한 땅
산이 에둘러 밥 짓는 연기 자욱한
조선의 이민자들 혼이 담긴 연집강아!
사물놀이 장단에 길놀이로 한을 풀었지

산짐승 출몰하는 작은 분지에 샘이 솟아
집 짓고 학교 세우고 마을 만들어 용정이라 부르니
윤동주 선생의 고향이 된 명동마을
갖은 고초에도 조국 독립운동의 샘이 되어
김좌진 장군 홍범도 장군의
청산리, 오봉동 대첩을 완승한 깃발 드높은 곳
연집강이 연길로, 복숭아골 복새섬은 간도로
석회가루 휘날리는 회막골은 도문으로 바뀌어
지금은 중국 러시아 북한의 접경지 길림성이네

타국살이 동포들 목숨 바쳐 찾은 조국
세계 10대 강국으로 우뚝 선 대한민국!
맘껏 자랑하고 뽐내는 연집강 동포형제들!
설악산 한라산, 한강 낙동강 찾아 풍악 울리는데
압록강 대동강, 백두산 금강산은 언제나 찾으랴
이제는 배달겨레 백의민족 자존심으로
이념과 사상, 남북을 넘어 하나 되여 뛰어노세!

*연집강烟集崗 - 중국 길림성 연길시의 옛이름
　　　　　　(조선의 이민자들이 옛 고구려 땅을 개간한 곳으로 산이 에둘려있어 연기가 자욱히
　　　　　　잠겨있어 연집강이라 이름 지어 살던 마을로 후에 중국이 연집의 음을 따서 연길이라
　　　　　　개명하였음. 지금은 연길시에 흐르는 강으로만 연집강이 존재함)

*강崗 - 산 등어리 강

황 주 영

2000년 대한적십자사 문예공모 입상
한국문인협회, 현대시인협회 이사
안양문인협회, 기독문인협회, 세계작가회 회원
시집:『시간, 그것은 그리움이다』,『개똥벌레, 번호를 밟다』

회원문단

隨
筆

감나무   _김기화

　마당 한쪽에 감나무 한 그루 서 있다. 콘크리트 바닥에 우뚝 선 손바닥만 한 화단 안이다. 그곳에 뿌리를 내리기 시작한 감나무의 가지는 동백나무와 함께 경쟁하듯 자라 작은 마당의 하늘을 덮었다. 해거리하느라 시들시들 몸살도 앓았지만, 감나무는 계절 따라 부는 바람을 걸러내며 용케 버텼다. 시나브로 자란 잔가지들은 담을 넘어 골목을 기웃거리면서 해마다 그늘의 평수도 넓혀나갔다.

　늦봄에는 소리 없이 연둣빛 새잎을 틔웠고 여름이면 무성한 녹색 이파리가 차일遮日처럼 하늘을 가렸다. 가을엔 감이 익어가는 것과 동시에 이파리들이 낙화처럼 하늘하늘 떨어져 내렸다. 마당 안팎에 떨어진 붉은 낙엽들이 융단처럼 깔리면 어머니는 조석으로 쓸어 모아 쌀자루에 담아서 감나무 곁에 세워 놓았다. 어머니의 하루는 감잎을 쓸고 모으는 일로 시작해 그 일로 끝났다. 잎이 다 떨어지고 나면 거미줄 같은 잔가지들 사이로 하늘이 보였다. 감나무가 마지막 몸서리로 남은 잎을 털고 잔가지를 쳐내면 나무와 어머니는 한 해를 마무리했다. 그제야 감나무는 동면에 들 듯 조용해졌고 어머니의 낙엽 쓰는 일과도 끝이 났다.

　그 감나무 옆 담벼락이 가뭄에 논바닥 갈라지듯 조금씩 벌어지기 시작한 것은 몇 해 전 일이다. 담 너머로 슬슬 가지를 넘기던 감나무 뿌리가 단단한 시멘트까지 집어삼켰다. 뿌리의 용트림에 벽돌담은 조금씩 속을 드러내며 자기 자리를 내주기로 작정한 듯했다. 갑작스러운 일이었다. 열매를 보고 낙엽만 치웠지 좁은 땅속에서 사방으로 뻗어 나가는 뿌리의 움직임을 아무도 눈치를 채지 못했다. 나무가 만들어놓은 뿌리 같은 길이 벽돌담에 나기 시작했다. 담을 손보거나 나무를 잘라 내거나 둘 다 살리거나 무슨 대책이 필요했다.

　감나무가 자리 잡기 전, 집안에 나무라고는 화단 맞은편 겹 동백뿐이었다. 어느 날 아버님은 무릎 높이의 화단에 감나무 묘목을 사다 심었다. 남편은 후일, 아버님이 당신 것 말고 유일하게 사 들고 오신 것이었다고 말했다. 나무는 몇 해 지나지 않아 열매를 맺기 시작했다. 그리고 나무가 수직으로 쑥쑥 자라는 동안 아버님은 시름시름 수평의 삶을 유지했다. 어머니는 젊어서 아버님의 옷 푸새와 다림질에서 놓여나질 못했고 그때부터는 아버님 고수련으로 당신을 잊고 살았다.

어머니는 예나 지금이나 마당 한곳에 뿌리 내린 감나무처럼 집만 아시는 분이다. 시집을 와서도 오직, 집과 밭과 가족들 곁에서만 종종댔다고 했다. 아버님은 바람이 되어 어머니를 흔들어댔으나 당신은 그저 받아내고 걸러낼 뿐이었다고 했다. 평생을 그리 사셔서인지 아버님이 안 계신 지금도 어머니는 집밖에 모르신다.

가을만 되면 낙엽 쓰는 일로 세월 보낸다고 푸념을 자루에 함께 담던 어머니는 그 귀찮음은 잊은 듯 나무도 살리고 담을 지탱시키는 쪽으로 결정을 보았다. 단단한 벽돌담도 밀어낸 감나무의 승리인 셈이다. 어머니는 나무를 살리기 위해 주머닛돈을 털었고 일주일간의 공사 끝에 오래된 벽돌담은 새 옷 갈아입듯 산뜻한 모습으로 추석치레를 했다. 땅속 사정을 알 수는 없으나 지금 감나무는 골목 쪽보다는 마당 안으로 더 많은 가지를 늘어뜨리고 있다. 나이를 삼킨 둥치엔 어머니의 주름처럼 골이 깊다. 우듬지라 할 것도 없이 고만고만한 높이와 넓이로 늘어진 가지에는 감이 주렁주렁 매달렸다.

어머니는 담장 수리 때문에 몸살이라도 않았는지 올해는 많이 열리지 않았다고 했다. 하지만 어쩌다 와서 보는 내겐 풍년이다. 옥상으로 올라가는 계단에 서서 팔을 뻗어 노랗지도 그렇다고 푸르지도 않은 감 하나를 땄다. 수건으로 문지르니 반드르르 윤기가 난다. 한입 베어 물어본다. 생각보다 달다. 옥상에 올라갔던 식구들이 장대로 딴 감을 봉지 가득 채워 내려왔다. 아직 푸른빛이 남은 감을 식구마다 하나씩 집어 들고 습관처럼 감나무를 바라본다. 생긴 것과 달리 맛있다고 한마디씩 하며 또 감나무를 올려다본다.

감잎의 색이 푸르고 붉은 경계에 있던 날, 처음이자 마지막으로 아버님의 머리를 염색해드렸다. 그날 병색이 짙은 아버님의 얼굴은 감잎 같았다. 아버님은 화단 위의 감나무처럼 속을 알 수 없는 분이었다. 무엇을 해드려도 '허허' 웃으시면 그뿐이었다. 오 남매 누구도 아버지의 사랑을 받았다고 생각하는 자식은 없었다. 또 누구도 아버님으로부터 선물을 받아본 적이 없다고 했다. 나는 아버님이 가장 사랑하신 것은 당신 자신이 아닐까 생각했다.

아버님은 어려서는 할머니의 그늘에서, 결혼해서는 어머니의 지극한 정성으로 허리를 꼿꼿하게 펴고 사셨다. 많은 전답을 날리고 직업이란 걸 한 번도 가져본 적 없어도 집안에서 아버님의 위치와 권위는 조금도 흔들림이 없었다고 했다. 그런 아버님이 돌아가시기 전, 딱 한 번 며느리들에게 세뱃돈을 주셨다. 나는 그때 받은 빳빳한 천 원짜리 세뱃돈을 지금까지 보관하고 있다. 한 번도 무엇으로든 마음을 표현한 적 없는 분이 며느리에게 주셨던 처음이자 마지막 선물이었다.

얼마 전, 동서가 겨울 비타민이라면서 감을 보내왔다. 어머니 집의 감나무에서 딴 것이라 했다. 추석 때 미리 맛본 것과는 비교가 안 될 만큼 빛깔도 고와졌고 단맛도 더 났다. 몇 접은 족히 따서 오 남매의 집으로 골고루 보냈다는 전언이다.

감을 먹을 때마다 아버님을 생각한다. 곰곰이 생각해보면 아버님이 남긴 가장 큰 선물은 살아있는 감나무가 아닐까. 과일 중에서도 감을 가장 좋아하는 남편을 보고 있으면 그런 생각이 더 든다. 벽돌담도 밀어낼 가공할 힘을 가진 감나무의 뿌리, 수리를 마친 벽돌담과 아무 일 없었던 듯 무심히 제자리 지키는 감나무가 마치 아버님 같다. 감나무가 좁고 척박한 땅에 자리 잡은 후로 가장 맛있고 많은 열매를 맺었다. 올해도 감잎 쓸어낼 일을 걱정하는 어머니, 아버님 살아계실 때 반찬 걱정하던 때와 같다.

콘크리트 바닥 아래 땅속, 감나무 뿌리의 힘이 이 먼 곳까지 닿는 계절이다. 마치 살아생전, 아버님의 바른 기침 소리와 함께 떨어지던 호통처럼. 아버님 닮아 통 큰 이백만 원짜리 추석빔을 얻어 입은 감나무. 감 하나씩 꺼내 먹을 때마다 가슴 속에 감나무 한 그루씩 자라는 것 같다. 감을 먹을 때마다 아버님 같은 감나무의 강인함이 망구望九의 언덕을 한참 지난 어머니에게도 전해지길 빌곤 한다.

김 기 화

「문학산책」으로 등단
안양문인협회, 안양수필문학회 회원
글향 회원
수필집 : 「그설미」

동심의 세계를 맛보다　　_김미자

'예술인패스' 덕이다.

서울랜드 70% 할인, 4인까지 동반 가능하다는 문자를 받고 호기심이 발동했다.

서울랜드가 어린이들과 학생들만 찾는 곳으로 인식이 된 것은 세 아이 키울 때 단골로 드나들던 곳이기 때문이다.

아이들과 방문할 때마다 사진을 찍고 홈비디오 찍느라고 놀이기구는 한 번도 타보지 못했고, 막내 유치원 때 소풍가서 탔던 '범퍼카'는 유쾌하지 않은 기억을 각인시켰다. 자동차운전과 같은 원리였던 것인데 운전을 못하니 이리 쿵 저리 쿵 부딪치다 멈춰 안내자의 도움을 받아야 했던 일이 오랜 세월이 흘렀는데도 잊히지 않는다.

서울랜드가 없어지고 디즈니랜드가 들어선다는 풍문이다. 딸아이와 서울랜드로 향했다. 무료주차장인 동편주차장에 주차해놓고 딸과 함께 단체 발권하는 곳으로 가서 신분증과 예술인패스를 내밀었다. 4만 원하는 자유이용권을 70% 할인된 가격 13,000원씩 2매를 구입하여 안으로 들어갔다.

영화 속의 축제엔 항상 어린이 놀이기구가 단골메뉴로 나온다. 우리도 영화 속의 주인공처럼 동심의 세계로 들어갔다. 소풍 온 유치원생과 중학생들이 많았다. 딸과 손잡고 가며 어떤 놀이기구부터 탈 것인지 의논하여 가까이 있는 기구, 줄이 길지 않은 기구부터 찾아갔다.

'달나라열차'를 타는데 이젠 딸이 보호자가 되고 난 어린이가 된 듯 무척 긴장했다. 딸이 없었으면 탈 용기도 없을 테지만 옆에서 설명해주는 딸이 있어 든든했다. 안전벨트를 매고 공중 위로 구불구불하게 세워진 레일을 달리는데 무서워 덜덜 떨었다. 가슴이 조여드는 기분이었다.

우리 아이들도 어렸을 때 이랬을까. 그때는 그 기분을 헤아리지 못했다. 곡예하듯 달릴 때는 소리 질러야 제 맛이라며 아이는 맘껏 소리쳤다. 줄서서 기다리는 시간보다 짧은 탑승이 아쉽기도 하고 빨리 그곳을 벗어났다는 안도감도 있었다.

'범퍼카' 놀이기구 앞에는 기다리는 줄이 길게 늘어섰지만 금세 소화할 것이라고 해, 딸의 뒤를 졸래졸래 따라가 줄을 섰다. 막내와 탔던 일을 상기하면 지금도 등에서 땀이 난다고 했더니 딸아이는 아직까지 운전하지 못하는 내게 범퍼카 운전하는 법을 몇 번이고 설명해줬다.

드디어 탑승했다. 딸의 설명이 유효했다. 제대로 탈 수 있게 되니 재미가 붙었다. 딸이 옆으로 와서 심하게 부딪히며 즐거워했다. 범퍼카는 그런 재미로 탄단다. 맛들일만 하니까 내릴 시간이었다. 아쉽지만 길게 늘어선 줄을 보며 다음 기구로 향했다.

놀이동산의 단골메뉴인 '회전목마'는 한 번에 많은 사람이 탈 수 있어 곧바로 목마에 오를 수 있었다. 유치원생들과 함께 목마를 타며 영화 속의 장면을 떠올렸다. 아주 편안한 마음으로 몇 바퀴 돌고 나와 가장 인기가 많은 '급류타기'로 가서 줄을 섰다. 유치원생부터 중학생, 데이트하는 성인들까지 늘어선 줄은 좀처럼 줄어들지 않았다. 그래도 타고 싶다는 마음으로 인내하여 카누처럼 생긴 배에 올라탔다.

역시 무서워 딸이 앞에 앉고 난 뒤에 앉아 수로를 달렸다. 오르막 내리막 수로는 기계로 작동했다. 외국 여행하는 기분으로 터널도 지나고 계곡도 지나며 물살을 탔다. 제일 겁나는 장면은 급류타기였다. 갑자기 미끄러지듯 내려가며 물보라를 일으키는데 뒤통수를 부딪쳐 눈알이 튀어나올 것처럼 멍했다. 아프다는 소리도 못한 채 코스를 돌고 내렸다.

바로 옆에 있는 '바이킹'은 꼭 한번 타고 싶었다. 놀이동산에서 자주 보았지만 타본 적이 없어서 그 기분이 어떤지 궁금했다. 딸아이는 이왕이면 끝 좌석에 앉아야 한다며 줄을 섰다. 드디어 오랜 바람을 이뤄 끝에서 두 번째에 앉아 안전벨트를 맸다. 서서히 움직이던 바이킹은 갈수록 높이 올라가 가슴을 벌렁거리게 했다. 90도에 가까운 직각높이로 올라갈 때는 심장이 멎을 것처럼 겁이 나서 눈을 감았다. 아래를 내려다보면 추락할 것 같아 도저히 눈을 뜰 수가 없었다. 가슴 졸이며 긴장하느라고 타는 재미보다 공포에 시달렸다. 그 짧은 순간이 여삼추처럼 길게 느껴졌다. 두 번 다시 타고 싶지 않은 기억만 새겼다.

바이킹은 제일 나중에 타야 한다는데 몰랐다. 바이킹에서 내린 이후부터 속이 울렁거리고 불편했다. 걸어도, 먹어도 후유증이 남았다. 아이들처럼 소시지와 닭꼬치를 사먹고 어지럼과 울렁거림을 달래기 위해서 걸었다.

딸아이가 먹고 싶다 해서 장터국밥집에서 점심을 해결했다. 평일이어서 사람이 많지 않았다. 한가롭게 앉아서 준비해간 과일과 음료수를 마시고 튤립과 봄 정경을 폰에 담았다.

마침 카퍼레이드가 천천히 지나갔다. 외국인 악대들이 멋진 유니폼 차림으로 연주하며 익살스럽게 손을 흔들었다. 어린이들이 더 좋아할 퍼레이드다. 시골에서 올라온 단체관광객들은 무대 앞의 의자에 앉아 구경했다.

서울랜드 정문 쪽은 유럽풍의 건물들과 정원을 아주 예쁘게 단장해 놓아 지나가는 관광객들의 시선을 끌었다. 오랜 세월 그 자리에 있어온 풍광일 테지만 잊고 살았다. 아이들 어렸을 때는 종종 왔던 서울랜드, 그때는 아이들 챙기느라고 눈요기할 여유가 없었다.

작품집 표지나 건질까 하고 열심히 사진을 찍었다. 나이도 잊은 채 시간가는 줄 모르고….

바이킹의 후유증은 놀이기구 타고 싶다는 마음을 반감시켰으나 딸이 안내하는 곳으로 따라갔다. '착각의 집'은 말 그대로 착각을 일게 하는 입체와 유리 벽면, 계단, 문 등을 미로처럼 만들어 놓아 한참 헤매다 나왔다. 그래도 평탄해서 마음은 편했다.

'우주비행선'은 유치원생들이 주로 타는 기구였지만 동심의 세계를 맛보기 위해서 올라탔다. 둘씩 태운 작은 비행선이 돌며 오르락내리락하는데 그때까지도 울렁거림이 남아 어린이들의 기분을 헤아려봤다.

'락카페' 앞에 줄이 길게 늘어섰다. 역시 인기 있는 놀이기구였다. 우리도 줄 서서 기다렸다가 올라탔다. 놀이기구 대부분이 방법만 다를 뿐 돌아가는 기구다. 비교적 안정감이 느껴졌다. 옆에 든든한 보호자 딸이 있어 불안감은 없었다.

마을버스 모니터에서 수없이 보았던 애벌레 '라바'가 놀이기구에 응용되어 인기를 얻고 있었다. '라바트위스터' 앞에 어린이들이 길게 줄을 섰다. 우리도 그 대열에 서서 순서를 기다렸다.

이 기구 역시 회전그네처럼 돌아가는 것이다. 여러 종류의 애벌레와 라바로 만들어진 기구에 둘씩 앉으면 회전그네인 애벌레들이 행진하듯 돌아간다. 원심력을 이용해 만든 그네가 멀리 퍼졌다 돌아오며 점점 높이 올라가는 모양이 마치 트위스트를 추는 것 같다. 그래서 붙여진 이름인 모양이다.

딸은 마지막으로 '범퍼카'를 한 번 더 타보잔다. 엄마가 자신 있게 타는 모습을 보고 싶었던 모양이다. 이 역시 오래 기다렸다가 재밌게 탔다.

근 20여 년 만에 찾은 서울랜드에서 어린이처럼 놀다보니 어느새 해가 기울었다. 실로 얼마 만에 느껴본 동심의 세계인가. 예술인패스가 다시 맛보기 힘든 동심의 세계로 안내해 주었다.

김 미 자

「현대수필」로 등단
한국문인협회, 국제펜클럽 한국본부, 현대수필문인회 회원
안양여성문인회(화요문학) 회장, 안양문인협회 부회장 및 편집위원
수필집: 「마흔에 만난 애인」, 「애증의 강」, 「복희이야기」, 「복희 이야기2」
　　　「바라만 보아도 눈물이 난다」, 「복 많이 받아라」, 「그리움」 외 다수
수상 : 산귀래문학상(2011), 구름카페문학상(2016)

끌림 _김산옥

플라멩코 춤을 보기 위해 스페인 세비아 집시촌에 왔다.

이곳에서 플라멩코 춤은 순전히 집시들만의 공연이라는 데 마음이 간다. 스페인은 집시들이 살아갈 수 있는 집시촌을 지정해 주었다. 토굴을 만들어 살아가기도 하고, 부자로 살아가는 집시도 있단다. 그러나 아무리 좋은 학교를 나오고, 괜찮은 기술을 가졌어도 기관이나 정식 일터에서는 일을 할 수 없는 처지, 월등한 조건이라도 현지인과는 혼인을 할 수 없는 사연으로 살아간다고 한다. 이런 애환을 안고 있는 집시들이 공연하는 플라멩코 춤이 내심 기대된다.

석양이 새빨갛게 물드는 집시촌 언덕, 작은 공연장 무대 안은 아늑하다. 장막이 드리워진 어두컴컴한 홀 안에는 외국 영화에서나 본 듯한 투박한 남자가 웃음기 없는 표정으로 다가와 와인? 샹그리아? 하고 주문을 받는다. 두툼한 입술 두꺼비 같은 눈 거무튀튀한 피부가 인상적이다.

와인을 시키고 앉아 공연장을 둘러본다. 의자는 온통 붉은색 천으로 씌어져 있다. 붉은 색임에도 왠지 따뜻한 거와는 거리가 먼 느낌이다. 관객 의자보다 조금 높게 올라간 무대 위에는 두 줄로 의자가 놓여 있다. 흥이 넘치는 가수가 노래하면 모자랄 크기다. 춤을 추다가 잘못 헛디디면 무대 밖으로 떨어지는 것은 한순간일 것만 같아 조바심이 인다.

남자가수가 무대 위로 올라와 구석에 선다. 곱슬머리가 목선까지 내려 덮고, 살집이 없어 더욱 길게 보이는 목은 이국적 분위기를 더한다. 웃음기 없는 남자의 갸름한 얼굴은 오랜 세월 석고상처럼 서 있었던 것 같은 인상을 준다. 그 옆에는 기타연주자가 의자에 앉아 기타줄 음을 조절한다. 덩치가 큰 색소폰 연주자는 가운데 의자에 앉아 멍하니 청중석을 바라본다.

조금 있으려니 화려한 드레스를 입은 댄서들이 올라온다. 먼저 사십 후반쯤 되었을 것 같은 여인이 올라와 의자에 앉는다. 흰색바탕에 검은색 물방울 옷을 입었다. 나이테가 말해주는 둥글어진 몸매를 따라 올라가다 그녀의 눈빛에 마음이 머문다. 그 오묘한 눈빛은 어느 영화배우에서도 볼 수 없는 우수가 깃들어 있다. 무표정이라기엔 너무나 우울해 보이는 그러면서도 많은 이야기를 담고 있는 아름다움이 깃들어 있다.

그녀보다 더 젊은 여인이 검은색 드레스를 입고 그 옆에 앉는다. 광대뼈가 나오고 유난히 콧날이 오뚝하다. 세파를 정면으로 받아들이고 달려온, 저항할 수 없는 현실을 헤쳐 나가려는 듯한 무언의 에너지가 있다. 그 옆에는 앳된 댄서 둘이 나란히 앉는다. 두 여인이 참 예쁘다는 생각을 하면서도 자꾸만 맨 먼저 올라온 흰색바탕에 검은 물방울 드레스를 입은 중년 댄서에게 눈길이 멎는다. 그 알 수 없는 끌림은 어디에서 오는 걸까.

댄서들이 자리를 잡자 가수가 노래를 부른다. 정선아라리만큼이나 처량하고 서글픈 곡이다. 왜 나에겐 그 노래가 한이 서린 민요처럼 구성지게 귓가에 맴도는지 모르겠다. 노랫말은 못 알아듣는다 해도 왠지 그 뜻은 이해할 것 만 같다.

그 선율에 이끌리듯 젊은 댄서들이 일어나 무대에 선다.

박수 소리와 신발 굽 부딪는 소리, 무표정한 율동의 몸부림은 낯설게 다가온다. 젊은 댄서의 가는 허리와 손동작으로 리듬을 타는 춤사위에 한동안 숨이 멎는다. 댄서들의 그 예쁜 얼굴에 아무런 표정이 없다. 영혼 없는 인형처럼 춤에만 몰두한다. 한바탕 숨 가쁜 춤사위가 끝나자 힘찬 박수 소리가 홀 안에 가득 찬다.

순서대로 댄서의 춤이 끝나고 끝으로 흰색 물방울 드레스를 입은 댄서가 자리에서 일어난다. 시종일관 먼 곳을 주시한 채 앞서 춤을 추던 댄서들 율동에 맞추어 손뼉만 치던 여인이다.

그녀의 눈빛은 여전히 먼 데를 바라보는 슬픈 사슴이다. 구성진 노랫소리와 함께 자근자근 내리밟는 신발굽 리듬과 허공을 맴도는 손짓은 오랜 세월 이 길을 걸어왔을 완숙된 춤사위다. 이것은 춤이 아니라 통곡이다. 살아온 걸음걸음

겪었던 아픔의 몸짓이다. 여기에는 흥이 아니라 침묵의 몸부림이기에 숙연해진다. 한숨처럼 고독한 표정은 앞서 화려한 젊은 여인들과 사뭇 다른 감정으로 다가온다.

요염하게 휘두르는 손끝에서 엄지와 장지가 맞부딪치며 똑딱이는 소리와 무릎을 들어 힘껏 내리치는 신발굽 소리는 절묘하다. 옆에서 추임새를 넣는 손뼉 소리와 어우러지는 춤은, 따로 대단한 반주가 필요 없다.

가수는 가장자리에 서서, 댄서가 한창 자리를 박차고 온몸으로 춤을 출 때는 노래를 부르지 않다가, 잔잔하게 춤사위가 잦아들 틈을 타서 처량하게 노래를 부르곤 한다. 그 노랫소리에 힘입은 듯, 무릎을 부르르 떨며 바닥을 자근자근 지지밟아 내리치는 몸부림의 강도가 고조된다. 조근조근 내리는 봄비처럼 잦아들었다가도 강풍이 휘몰아치듯 강도가 올라가기를 거듭하는 사이, 땀이 댄서 얼굴과 목을 타고 빗물 흐르듯 흘러내린다. 핀으로 단정하게 묶여 있던 머리는 어느새 억새처럼 흐트러져 땀에 젖는다. 내림굿하듯 무아지경에서 춤사위를 벌이다 한순간에 동작을 멈추는 것으로 춤이 끝이 난다.

숨을 몰아쉬며 땀에 젖어 있는 그녀의 눈빛을 바라보니 내 눈에는 주체할 수 없는 눈물이 흘러내린다. 그녀의 눈을 차마 바라볼 수가 없다. 집시들의 애환을 담은 사라사테의 명곡 〈찌고이네르바이젠〉을 듣고 난 듯 가슴에 감겨오는 복받침을 억제할 수가 없다.

한 시간 남짓한 공연이 그들의 살아온 세월만큼이나 길게 다가온 것은 나만의 감정일까. 아무런 말도 안 했는데, 그 흔한 웃음 한 번 웃어주지 않았는데 왜 나는 너무나 많은 이야기를 그들로부터 들은 것 같은 마음, 이 끌림은 무엇일까.

김 산 옥

「현대수필」로 등단
국제펜클럽한국본부, 한국문인협회, 한국수필학회 회원
현대수필문인회 회장, 현대수필 편집위원, 안양여성문인회 회원
문향동인회 회원, 안양시낭송협회 이사, 안양문인협회 부회장 및 편집위원.
수필집: 『하얀 거짓말』, 『비밀있어요』, 『왈왈』, 『,를 찍으며』

누더기 속의 보물 _김선화

  아들 넷을 모두 공직에 내보낸 아버지가 있었다. 늘 부지런하고 검소하여 타의 귀감이 되는 어른이었다. 당시 내가 어려서인지 특별히 종종걸음 치는 모습은 본 기억이 없고, 철학하는 이처럼 눈길이 깊어 보였다. 게다가 우리 집 단골 마실꾼이었기에 나는 그 분을 큰아버지처럼 따랐다.

  새끼 꼬는 아버지의 짚풀 바람 사이로 윗목 벽에 기대어 이런저런 세상사를 구수하게 들려주는 아저씨는 일찍이 내 눈에 초인超人으로 비쳤다. 동생들의 헌 공책을 떼어 말아 피는 봉초담배에는 인생의 희로애락을 걸러내는 묘약이 들어 있는 듯, 두 분의 어조는 항상 담담했다. 끊어졌다 이어지고 이어지다 끊어지고…. 그렇게 몇 시간씩 밤을 이어갔다. 동학교도들이 비중을 이루는 지역이었지만 아저씨는 어느 종교도 갖고 있지 않았는데, 동학도로서 풍수지리에 밝은 아버지의 내면과 소통하는 것 같았다.

  그 무렵 아저씨의 첫아들은 공주에서 사범대학을 나와 선생님이 되었다고 했고, 셋째는 역시 공주의 고등학교로 먼 길 통학을 했으며, 넷째는 나보다 두 살 위로 초등학교를 같이 다녔다. 집에서 운영하는 양계장 일은 주로 둘째가 도맡았는데, 그 오빠는 이후 내 인생의 모델이 된다.

  아버지는 마을에서 가장 덕성스럽고 부지런한 여인으로 그 집 아주머니를 꼽았다. 묵묵히 큰살림을 건사한다는 일설로 어머니의 잔소리 세례등속을 눌렀다. 어머니는 자식들의 등록금 날짜에 쫓길 때면 으레 그 아주머니를 찾아가 비상금을 융통해오곤 했으니, 서로 협력하여 아이들을 길러내던 작은 마을의 뒤안길 얘기다.

  산중턱의 우리 동네에서 비닐온상으로 너풀너풀한 상추를 키워낸 것도 그 집이 처음이고, 내게 토마토 맛을 처음 보여준 것도 그 집 오빠들이다. 어머니가 가끔 두렛일을 다녀와 들려주는 이야기는 매우 신선했는데, 닭똥 치우기에 바빴던 그 집 둘째가 밥상머리까지 책을 놓고 지내더니 고등학교과정을 검정고시 쳐서 합격했다는 것이다. 이어 공무원시험에도 합격해 이젠 아예 직업이 바뀌었다고 했다. 가정 형편상 상급학교에 진학하지 못하고 애면글면하던 내게 그 이상의 희망이 또 있었을까. 그야말로 바늘구멍만한 출구를 엿본 셈이었다. 무엇보다도 검소하고 부지런한 그의 면면이 학구적인 측면의 우상이 된 것이다. 뒷날 내가 객지에 나와 직장생활을 하면서도 작은 숙소에 라면상자를 뉘어놓고 책꽂이 삼고 책상 삼아 주경야독한 소신이 거저 얻어진 일은 아니리라.

자식들이 줄줄이 공직으로 나아가도 아저씨의 행색엔 변화가 없었다. 대전이나 공주 나들이 정도가 아니고는 입성이 거의 누더기차림이었다. 바지 이곳 저곳에 손바닥만 한 천을 덧대어 꿰맨 흔적이 훈장처럼 붙어 다녔다. 아저씨는 그 옷을 입고 마을 중심 길을 오갔고, 나는 그분의 뒤태에서 중후한 멋을 느꼈다.

"이젠 저렇게 입지 않아도 될 텐데…."

어머니는 가끔 그 어른의 차림새에 대해 혼잣소리를 했는데 그건 측은지심에서 나오는 말이 아니라 외양을 내세우지 않는 우직한 고집을 인정하는 말이었다.

"하지만 저 양반의 의복에는 때가 묻어있지 않지."

지금도 귓가에 맴도는 아버지의 일갈이다. 해진 곳을 꿰맨 입성일지언정 깨끗이 입고 다니면 무엇이 부끄럽겠는가 하는 의미가 담겨 있었다.

연령차가 많음에도 평생 좋은 벗으로 지냈던 두 분 사이에는 드문드문 주고받는 대화 속에서 두터운 신뢰가 쌓이고 있었다. 그 중에서도 자식들의 교육문제가 가장 큰 몫의 화젯거리였다. 양쪽 집 아버지들이 담소를 나누는 사이, 어머니는 헝겊보따리를 펼쳐놓고 등잔불 아래서 바늘을 잡았다. 아버지 일복을 비롯해 동생들의 해진 옷은 어머니가 깁고, 나는 구멍 난 양말짝 등을 꿰매며 귀를 열었다. 소작으로도 모자라 뒷산 등성이를 개간하여 등짐을 져 나르던 부모님이지만 교육열만큼은 누구에게 뒤질세라 허리띠를 졸라맸다. 그러면서 행여 겉치레에 정신 뺏기는 자식이 있으면 양계장 집 어른의 차림새를 들먹였다. 외양보다 내면을 채워가라는 지론이었다. 그 시대 아들만 헤아려도 여덟을 길러낸

부모님 의복이야 말해 뭐하겠는가. 다행히도 대도시에서 한복 도매상을 하는 친척집이 있어, 어머니의 궤 안에는 고운 천의 치마저고리가 얌전하게 개어져 있었다. 장날이면 젖먹이 동생을 떼어놓고 다녀오는 오리 길에 마음이 어찌나 급했는지 한복자락에서 팔랑개비소리가 났다. 어머니가 산모롱이를 돌아가는 모습은 한 마디로 미끄러져 나아가는 영상 그대로다. 그럴 때 외엔 대체로 치마말기를 잘라내고 통치마를 만들어 입었다. 평생 등짐으로 늙어간 아버지도 두루마기까지 갖춘 외출복 외엔 양계장 집 아저씨의 입성과 다를 게 없었다.

어릴 때부터 사람들의 의복에 관심이 많던 나는 옷감만 보면 숙명처럼 디자인하는 버릇이 붙었고, 소탈하게 성장한 남동생들은 맞선자리에 가죽점퍼를 입고 나갔다가 주먹세계의 보스쯤으로 오해받아 퇴짜를 맞기도 했다.

수십 년이 흐른 지금도 책 못지않게 반짇고리가 내 곁을 지킨다. 재봉틀이 있긴 하지만 수시로 바늘에 실을 꿴다. 한 땀 한 땀의 이음질로 새로운 세계가 열리는 쾌감을 즐긴다. 너덜너덜해졌던 부위도 새 천과의 조화로 제3의 것이 생성되며, 옛 시절의 검소를 복고적으로 실천하는 과정에서 인성의 따스함을 불러대 잇기도 한다. 첫인상으로도 좌우되는 몸을 감싼 표피에 군이 궁기가 흐르게 할 필요는 없겠으나, 설사 성근 갈잎으로 기본만 가렸다 하더라도 외양에 치중하여 내면이 차지 않은 것에 견주겠는가.

내면이 영근 사람은 외면의 화려함에 연연하지 않는다. 내 집의 창고를 채운 사람은 남의 집 창고를 보며 부러워하지 않는다. 의식의 창고에서는 쌀독바닥 긁는 소리가 나는데, 허영으로 물들어 헤어나지 못하는 소유자에게는 저절로 연민에 가까운 시선이 가 닿는 것이 맞다. 아울러 보물의 진가는 허름한 것으로 가린다 하여 가려지는 것이 아니다.

김 선 화

『월간문학』에 수필과 청소년소설 등단.
한국문인협회, 국제펜클럽, 안양문인협회, 수필문우회, 대표에세이 회원
수필집 : 『둥지 밖의 새』, 『눈으로 보는 소리』, 『소낙비』, 『포옹』등 다수
시집 : 『눈뜨고 꿈을 꾸다』, 『꽃불』
청소년소설 : 『솔수펑이 사람들』(장편), 『바람의 집』(중·단편)
한국수필문학상, 대표에세이문학상, 대한문학상, 전국 성호문학상 외

유산   _김현옥
-동행(2)

'만산홍엽은 연지에 물들이고 울밑에 황국은 추광을 자랑'하는 음력 구월, 연이
틀 내리던 비가 그치자 하늘은 한결 높아졌다. 지난봄부터 되 짜듯 말 짜듯 한 우
리의 계획이 물색없는 가을비에 어그러질까 노심초사한 우리 부부에게 높고 푸
른 하늘은 조상의 보살핌이었다. 처자식을 해외에 보내고 여러 해 째 혼자인 시
동생과 가까이에 사는 것도, 쉽게 시간을 낼 수 있는 처지도 아닌 미국의 두 시누
이 가족들과의 여행은 우리로서는 여간 조심스럽고 신경 쓰이는 일이 아니었다.
보고 싶을 때 볼 수 없어 그리워한 시간이 긴 만큼, 오고 싶을 때 올 수 없는 먼 거
리감만큼, 시선도 다르고 느낌도 다른 네 가족, 열 명에게 두루 어울릴만한 일정
짜기가 쉬운 일이 아니었다. 하루가 다르게 사라지는 기억에다 내년을 기약할
수 없는 연세인 시어머니의 82회 생신에 맞춰 미국의 두 자매를 초대하자는 남
편의 제안이 큰 의미로 여겨져 일정을 조절하고 행선지를 고른 끝에 이루어진
나름의 거사(?)였다.

오래 전에 삶터를 미국으로 정한 두 시누이와 그 가족들은 각자의 볼일로 서로
달리 드나들긴 했으나 오롯이 가족들과 오붓한 시간을 보내기 위해 함께 들어오
기는 이번이 처음이라 설레는 것은 우리 부부만이 아니었다. 초대하는 사람도
초대받는 사람도 서로의 그리움과 각자의 외로움이 깊었는지 뜻밖에도 모든 일
이 일사천리로 진행되었다. 어머니의 건강상태와 나이층하가 심한 일행들이 한
정된 시간에 최대의 효과를 보기 위해 심야의 국제전화로 여러 차례 의견을 주
고받다가 고향인 안동에 가고 싶다는 막내 시누이의 제안에 분분했던 이견이 순
식간에 하나로 모아졌다.

고국을 떠나 30여 년, 고향을 떠나 50여 년 동안 이민의 고단함이나 망향의 애달
픔을 여행으로 회복하려는 듯 짬이 날 때마다 여행을 즐기던 막내 시누이의
'고향'이라는 그 한마디는 모두의 공감이며 만감이 교차되는 서늘한 충격이었

다. 늘 빠듯한 일정이긴 했지만 그동안 기회가 없었던 것도 아닌데 한 번도 고향에 대한 언급이 없었던 그녀의 이번 제안에서 모천회귀의 감격과 감동이 느껴졌다. 치매 8년째 투병중인 어머니에게나 간병으로 지쳐가는 우리 부부, 만리타국에서 외로웠을 시누이 가족 등 지금의 우리에게 고향은 치유의 공통분모라는데 의심의 여지가 없었다.

73세에서 기억이 고정되어버린 82세의 시어머니는 여러 번의 설명에도 딸네 가족의 방문을 이해할 수 없다는 표정이지만 우리가 짜놓은 계획에는 별 저항 없이 따랐다. 두 딸을 멀리 보내놓고 오매 그리워했던 맑은 정신의 어머니가 이제 두 딸과의 재회가 반가운 줄도, 두 사위의 배려가 고마운 줄도, 장성한 외손주의 부축이 행복한 줄도 모르는 흐린 정신의 어머니가 그저 허무하고 안타까웠다. 건강을 잃은 후, 많은 것에서 벗어나고 많은 것에 또다시 휘말리는 어머니는 했던 말 또 하고 묻던 말 다시 물으면서도 앞뒤 양옆으로 에워싸는 일행들을 보며 '이 모두가 내 자식'이라는 대견스럽고 자랑스러워하는 모성의 본능은 감추질 못했다.

일행들을 나눠 실은 승용차는 적당한 간격을 유지하며 언뜻언뜻 단풍이 비치는 치악산 기슭을 시원스레 달렸다. 왁자한 소란에 현기증을 느끼는 듯 두 눈을 감은 채 말이 없는 어머니와는 달리 시누이들의 기분은 들떠 있었다. 넓고 곧은 4차선의 고속도로가 시간이 단축되는 건 사실이나 지루하도록 멀고 꼬불꼬불했던 예전의 국도가 훨씬 정겹고 하늘을 찌를 듯 치솟은 마천루의 석양보다는 영호루映湖樓 서편의 노을이 더 장엄하고 아름다웠다는 이구동성의 두 시누이는 영락없는 우리 동기였다. 멀미에 시달린 후 먹었던 장호원의 복숭아나 국물 맛이 진한 제천역의 가락국수는 온갖 산해진미를 맛본 지금도 잊을 수 없다는 고백에는 의심의 여지없는 우리 사람이었다. 사는 곳이 다르고 사는 방식이 달랐어도 맏이인 우리 부부를 지지하고 어머니를 다독이며 일행들을 챙기는 그들은 틀림없는 우리 가족이었다.

수없이 오고간 고향길이고 숱하게 드나든 고향이지만 시누이 가족들과 동행하는 이번 여행은 내게도 모든 것이 새롭고 정겨웠다. 지금껏 느껴보지 못한 혈육의 끈끈함과 형제애의 느꺼움을 작정하고 만끽하자 가녀리기만 했던 들꽃도, 처량하기만 했던 산새도 강단 있고 활기차 보였다. 고향이 가까워질수록 각자의 상념에 젖어 말수는 적어지고 목소리는 낮아졌다. 머릿속 기억은 지워져도 생활 속 습관은 남아있는 어머니는 이미 돌아가신 집안 어른들의 안부를 일일이 물으며 빈손으로 들어가서는 안 된다고 안달을 했지만 그 누구도, 그 어떤 반응도 하지 않은 채 시댁 마을에 도착했다. 한 무리의 낯선 방문객에 놀란 동네 개가 떠나갈 듯이 짖어도 내다보는 사람이 없고 이웃들마저 떠나고 없는 빈집에는 대문이 굳게 잠겨 있었다. 한때 사리에 분명하고 인사성 밝은 사람들로 문턱이 닳았던 군자정君子亭 돌계단에는 검은 이끼가 끼어 있고 배롱나무의 늦은 꽃만이 붉은 오후를 보내고 있었다.

아련한 기억 속의 옛집에서 시누이들은 자신의 뿌리와 정체성을 사당 참배로 확인한 후, 여기저기에서 사진을 찍고 내 친정에서 내가 그랬듯 뒤란을 기웃거리다가 고목이 되어버린 모과나무와 감나무 밑을 더듬기 시작했다. 그들이 찾고 싶은 것이 과연 낙과일까? 그들이 탐을 내는 것이 진정 향기로운 모과나 잘 익은 감일까?

그토록 오랜 시간, 먼 길을 돌아와서 겨우 풀섶을 뒤지는 그들의 엎드린 등 위에 붉은 노을이 내려앉는 것을 보고 깨달았다. 지축을 울리며 중앙선 열차가 지나가는 것을 보고 나는 깨달았다. 그들이 기웃거리고 더듬는 것은 유년의 추억이란 것을. 그들이 탐을 내는 것은 다시 이방으로 돌아가서 살아갈 그들의 힘이란 것을. 그동안 보이지 않는 이방에서 그들도 나와 같은 길을, 같이 가고 있었다는 것을….

김 현 옥

2004년 「문학산책」 등단
안양문인협회 이사, 안양수필문학회 회장
수필집: 『유산』

가을 단상   _박난영

봄 가뭄과 변덕스럽고 더운 여름을 보내고 어느새 가을이 성큼 다가왔다.

나뭇잎들은 꼭대기부터 조금씩 단풍이 물들고 있다. 하루하루 지나다보면 꽃보다 아름다운 색색의 단풍들이 산과 들 모두 물들을 것이다.

나는 가을이 되면, 마음이 조금씩 쓸쓸해지곤 한다. 언제 어른이 되나 안달하던 때가 엊그제 같은데 이제는 거울 속에 낯선 여인이 보인다.

인생을 계절로 치면, 내 나이는 늦가을에 접어 든 나이다. 그렇다면 수확할 것이 많은가 물으면 가뭄과 홍수에 손에 잡히는 건 너무나 초라한 부끄러운 무게이다. 벌써 손주 몇 명 있어야 마땅한데 노총각 아들 둘이 결혼 생각이 없다고 한다. 지금 시대보다 더 어렵고 힘들었어도 둘 낳아 키웠건만, 결혼하면 무거운 책임감과, 자유롭지 않은 생활이 싫어서 인간이 당연히 해야 할 일을 기피하고 있다.

애써 지은 농사가 알곡 없이 쭉정이 뿐인 걸 보는 농부의 마음이 보인다. 시장에 나가보면, 명절 대목이기도 하지만 너무 비싼 물가에 가격만 묻고 한숨을 쉬게 된다. 상인들은 비싼 가격에 대한 핑계를 수십 가지 숨넘어가게 주워댄다. 날씨 탓에, 흉작에 장사하기 힘들다고 오히려 더 불평을 늘어놓는다. 이해는 하면서도 채우지 못한 장바구니만 애처롭게 쳐다볼 뿐이다. 올해만도, 세계 곳곳에서 자연재해가 나고 있다. 허리케인 태풍에다 홍수며 지진이며, 테러에다 전쟁 공포까지 지구는 오늘도 몸살을 앓고 있다.

아침저녁으로는 선선한 바람이, 한낮에는 다소 강렬한 태양이 곡식과 과일에 단맛을 만들고 있다. 그렇게 가을은 나름대로 자기 몫을 잘하고 있다. 이제 찬이슬 몇 번 내리면 서서히 겨울이 올 것이다.

잠시 교외로 나가보면, 억새와 갈대가 이토록 예뻤나? 놀랄 정도로 아름답다.

시간만 나면 가을의 가을만의 멋이 흐르는 것을 만끽할 수 있다.

특히 고궁이나, 고택에 가면 장독대 옆에 닭 벼슬 닮은 맨드라미꽃이 왜 심어져 있는지 알고 나면 재삼 조상님들에 지혜에 놀라게 된다. 악귀를 쫓는 의미로 붉은 맨드라미를 심은 것이다. 먹거리의 젤 중요한 장을 얼마나 잘 관리했는지 생각하는 일이다.

냉장고가 없었던 시대에는 가을에 수확한 귀한 채소들을 데치고 말려서 갈무리 해두었다가 겨울과 봄까지 두고두고 밑반찬으로 먹은 것을 보면 정말 과학적이고 현명한 일이었다.

요즘 시간만 나면, 해외로 우루루 몰려다니는데, 작지만 볼 것 많고 먹을 것 풍성한 삼천리 곳곳을 테마를 정해서 다녀보면, 여지껏 모르거나 그냥 지나쳤던 것에 눈이 떠지는 기쁨을 누릴 수 있다.

예전에는 지하철을 타면, 신문이나 책을 읽는 사람이 많았다. 하지만 요즘은 남녀노소 가리지 않고 스마트폰 들여다보는 사람들을 보게 된다. 가을이 독서의 계절이란 말이 무색해진다.

시집이라도 읽는 사람을 보게 되면 왠지 기특하고, 영혼이 맑을 것 같다는 생각이 든다.

가을도 알고 보면 짧다. 어물거리다 금세 추워진다. 자외선 강한 시간만 피해서 수시로 햇볕을 쬐야 한다. 공짜 비타민 D를 듬뿍 받아 저장하면 뼈도 건강해지고, 우울증도 나아질 수 있다고 한다.

손에 가진 것이 적어도 이웃과 나누고 나보다 어려운 사람을 위해 따로 챙기던 친정어머니가 보여주시던 모습이 떠오른다. 농부도 어부도 직장인도 사업가도 나름 고생 많았다. 나만 어려운 것이 아니다. 모두가 힘들다.

다른 계절보다 이해심이 많아지고, 너그러워지고 현자의 모습을 닮아 보고 싶은 계절이다.

보이는 것보다 보이지 않는 것을 보는 혜안과 깊은 통찰력, 그리고 자신을 돌아보는 마음이 더해진다면 가진 것이 많지 않아도 한줌 햇살도 고맙고, 소중하게 느껴진다면 올 가을은 성공한 것이겠지 웃어본다.

박 난 영

「문학예술」 수필 등단
안양문인협회 자문위원, 안양시민신문 컬럼리스트
콩트집: 『교수님과 야만인』
국제문학상 단편소설 금상수상

일장춘몽　　　_박정분

단 한 번도 복권을 사 본적이 없다. 술에 취해 퇴근을 하는 남편이 "여보 당신 선물이야." 가끔 손에 쥐어주면 "천 원짜리 지폐가 더 나은데." 쥐어주는 손이 더 부끄러울 정도로 딱 잘라서 말을 한다. 남편의 성의보다 현금을 좋아하는 속내를 들켜버려서 조금은 창피한 생각이 들지만 나를 비롯한 주부라면 누구나 그런 생각을 한 번 정도는 할 것 같다.

22년 전 결혼기념일이라고 꽃다발을 보내와서 '아이고 현금으로 주면 반찬이 달라질 텐데' 했다가 결혼 30년이 되어가는 지금까지 꽃다발 구경을 못하고 있다. 하지만 매주 복권을 대여섯 장씩 사들고 들어오는 남편이 그리 좋아보이지는 않았다. 그런데 2012년 3월 16일에 중앙일보가 큐 팟 코드 광고를 세계 신문 사상 처음으로 실시하였다. 핸드폰으로 스캔하여 번호가 나오면 상하 좌우로 흔들어서 번호를 응모하는 광고였다. 스캔을 해서 응모를 하지만 무료로 다운을 받아 응모를 하는 것이라 돈도 들어가지 않고 쏠쏠한 재미까지 있다.

2012년 4월 2일 처음으로 1등 복권 당첨자가 나왔다. 중앙일보에 찍힌 아주머니의 사진을 보는 순간 너무 많이 부러웠다. 결국 복권에 전혀 관심이 없었던 나에게 은근히 관심이 생기기 시작한 것이다. 오래 전부터 구독하고 있는 신문에 나와 있는 광고를 스캔만해서 입력을 하고 나면 토요일 날 로또복권 번호가 발표된다. 그러면 그 로또복권 번호가 큐 팟 코드의 복권 번호가 되는 것이다.

로또복권은 구매 금액이 들어가지만 큐 팟 코드는 한 번 다운로드해 놓고 스캔만 해서 번호를 입력하는 것이라 누구나 쉽게 응모할 수 있다. 1석 2조의 효과가 있다는 매력에 빠져 서서히 흥미를 느끼게 되고 아침마다 응모를 하고 주말이 되기만을 은근히 기다리게 되었다.

지난해 5월 월요일부터 토요일까지 큐 팟 코드를 스캔하여 응모를 하고, 더불어 신문까지 정독하는 습관이 생겼다. 응모를 시작하고부터는 토요일이 되기만을 손꼽아 기다린다. 어릴 적 소풍가는 날만 손꼽아 기다리던 것처럼.

큐 팟을 스캔하기 시작한지 한 달 정도 지난 6월의 넷째 주 토요일 날 때 아닌 여름감기가 심해서 퇴근해서 바로 잠이 들었다. 늘 토요일 밤 10시가 되면 행운의 큐 팟 번호가 공지사항으로 뜬다. 그런데 그날은 그 시간을 기다리지 못하고 바로 잠이 들어버린 것이다. 새벽녘에 화장실을 가려고 일어나는 순간 핸드폰에 저절로 손이 갔다.

문자가 한 통 들어와 있었다. '당첨을 축하합니다.' 깜짝 놀라서 불을 켜고 문자를 읽어 보니까 2등 당첨을 축하한다는 내용이었다. 나는 달밤에 체조를 하듯 잠을 자고 있는 식구들에게 호들갑을 떨며 소리를 질렀다. 마치 큐 팟 번호가 1등에 당첨된 것처럼….

큰딸아이가 조용히 말을 한다. '엄마? 큐 팟 1등이 아니고 2등이구요 제세공과금을 공제한 후에 통장에 입금된다고 합니다.' 잠깐 동안은 1등이 안 된 것이 실망스러웠지만 2등도 쉬운 것은 아니라는 생각에 설레었다. 세금을 공제한다고 해도 15만원은 될 텐데 이 귀한 돈을 어디에 쓸 것인가 잠시 고민에 빠져서 잠을 못 잤다.

다섯 식구들의 살림살이가 많은데 비해서 수납공간이 부족했는데 이 기회에 수납장을 사기로 마음먹었다. 입금된 금액은 16만원 정도였다. 50퍼센트 깜짝세일 기간을 선택해서 수납장 두 개를 15만원에 구입하였다.

거실을 쓸고 닦으며 수납장과 눈이 마주칠 때마다 마음이 뿌듯해진다. 그날 이후부터 복권을 사 들고 들어오는 남편을 이해하게 되었고 나도 아침 일찍부터 신문을 찾고 큐 팟 코드를 찾는다. 비록 일장춘몽이지만 혹시나 행운의 여신이 잠시 길을 잃고 내게 찾아오지 않을까? 매일매일 토요일을 기다린다.

박 정 분

2008년 「창작 수필」로 등단
안양문인협회, 안양여성문인회 회원
서현 해바라기회, 수원 애경 해바라기회, 창작 수필문인회 회원

스마트한 은행나무 　　_왕옥현

　은행 알이 뒹굴고 있다. 행인들의 발에 밟혀 으깨진 채로 있거나 환경미화원의 비질에 쓸려 구석으로 밀려난, 이미 쓰레기가 된 것들이다. 거리의 보도블록은 짓이겨진 은행의 흔적으로 얼룩덜룩 더러워졌다. 형체는 이미 사라졌으나 냄새는 남아 오가는 이의 코를 피로하게 만든다.

　나무의 우듬지 주변에 까치밥으로 남겨진 감처럼, 쪼그라든 채로 매달려 있는 둘씩 쌍을 이룬 열매들. 은행나무는 여름 내내 있는 힘을 다 해 열매를 키워냈을 것이다. 굵고 실한 열매들을 세상에 내보내 여기저기서 움 틀 것을 믿어 의심치 않았을 텐데 현실은 나락이다.

　도시의 비둘기들은 바닥에 떨어진 은행 알을 외면한다. 사실 새들 모두 같은 반응이다. 사람이라 다를까. 거리를 오가는 행인들은 인상을 찌푸린 채 은행의 잔해를 요리조리 피해 깨금발을 하거나 종종걸음이다. 해마다 가을이 깊어지는 시간이면 나타나는 흔한 풍경이다. 악취 덕에 은행 알들은 온전하게 낙하할 수 있다. 신생대로부터 살아남은, 그래서 살아있는 화석이 되기까지의 비법이랄까.

　마을버스 정류장에는 가로수로 은행나무가 줄 서 있다. 병충해에 강하고 수명도 제법 길어 가로수로 선택되는 데 걸림돌이 없었을 것이다. 버스를 기다리는 동안 가로수를 바라보는 것은 어색한 시선을 처리하는 내 오래된 습관이다. 올려다본 나무의 아래쪽 열매들은 이미 사라지고 우듬지 가까이에만 몇 개의 은행알들이 성글게 매달려 있다. 탱탱했던 과육은 이미 수분이 빠져나가 쭈글쭈글한 모양이다. 이십 년 세월을 넘기다보니 수피에는 깊은 골이 졌다.

　평촌에 신도시란 이름으로 아파트 숲이 만들어졌을 때 정말 앙상하던 나무였다. 나무 허리께쯤 감싸놓은 지지대에 의지해 겨우 서 있을 만큼 여렸다. 다른 나무들도 매한가지였지만 은행나무를 볼 때마다 언제 자라 가로수 구실을 할까, 그런 날이 오기나 할까 의문이 들었다.

　내가 더 이상 가로수에 시선을 주지 못할 만큼 아이들 양육과 살림 사느라 종종거릴 동안 나무도 그냥 있지는 않았다. 하루가 다르게 몸피가 늘더니 어느 해부터 열매를 달았다. 나무가 키워낸 열매는 튼실했다. 하지만 열매를 주렁주렁 달수록 칭찬은커녕 원성의 근원이 되어 외면당하기 일쑤다. 인간사 그러거나 말거나 나무는 정성을 다해 키운 은행들을 바닥을 향해 떨어냈다. 열매가 제대로 자리 잡아 움 틔울 확률은 현저히 낮지만 포기를 모른다. 아니 알지 못할 것이다.

　세상이 인간을 중심으로 돌아간다고 믿는 한, 흉조로 전락한 비둘기 신세처럼 은행 알들은 악취를 유발하는 것들 중 하나에 불과하다. 비단 은행나무만의 일은 아니다. 사람이 정해놓은 구획에 따라 생과 사가 갈리는 것은 동물이나 식물 세계에 파다하다.

　베르나르 베르베르의 〈인간〉은 당연하게 여기던 인간중심 세계관을 홀라당 뒤집어 놓은 희곡이다. 지구가 멸망하면서 유일하게 생존한 남녀 한 쌍, 정신을 잃었다 깨어나 보니 동물원 우리 같은 공간에 갇힌 자신을 발견한다. 그들은 지구가 핵폭발로 우주에서 사라질 때 운 좋게(?) 외계인에 의해 구조되어 목숨을 건졌다. 그러나 곧 자신들의 신세가 햄스터나 다람쥐처럼 외계인의 애완동물 신세란 것을 깨닫는다. 유일하게 생존한 지구인과 외계인의 애완동물로 전락한 현실을 두고 고민에 빠진다. 그래서 둘은 생명을 이어갈지 버릴지를 두고 토론을 벌인다. 사실 자신들의 운명을 움켜쥔 존재는 따로 있지만 절체절명의 순간에도 인간이 세상의 중심이란 생각엔 변함이 없다.

　만물의 영장이라지만 자연세계에 속한 종 어디서도 동의한다는 신호를 보낸 적 없다. 인간만이 희로애락의 감정과 사고와 문명을 이루고 산다며 스스로에게 왕관을 씌우고 자연을 상대로 전횡을 휘두르며 사는 것은 아닌가. 사람들의 기호 따위 상관없이 자신만의 생의 주기에 따라 나고 지는 들풀. 아무리 홀대해도 아랑곳 않고 묵묵히 생을 이어나가는 수많은 생명 앞에 인간의 이기심은 좀체 잦아들 줄 모른다.

인간 세상에 뿌리내리고 살기 위해 은행나무처럼 살아야 한다. 과육을 말끔히 걷어낸 은행 알은 대접이 다르다. 고급 술안주나 갈비찜의 고명으로 몸값이 비싼 말간 은행 알처럼, 인간에게 안겨줄 수 있는 미끼정도는 품고 있어야 한다. 도심에 뿌리를 내린 수많은 생명들에게 이 가을 땅바닥을 뒹구는 은행 알들은 알려주고 싶을지도 모르겠다.

왕 옥 현

「현대수필」 등단
안양문인협회 편집위원, 안양수필문학회 회원
글향 회원
수필집: 『꽃들의 수다』, 『마림바』

착한 사람 '코스프레'　　　_육금숙

　시각장애인 단체에 오랫동안 직원으로 근무하다가 정년을 앞두고 조금 일찍 퇴직한지 일 년이 지나갔다. 지나간 시간들 돌이켜보면 별별 잡다한 일들은 많았지만 기억할 만큼 큰일도 없었고, 생각하기 부끄러운 사연도 없이 잘 근무하다가 조용히 퇴사한 셈이다.

　직장을 다닐 때에는 집안일도 잘하고 단체의 일도 잘하는 사람이 되고 싶었다. 직원들에게는 닮고 싶은 윗사람으로 아무 때나 시간 날 때 술 한 잔 하고 싶은 동료로 남고 싶었다. 하지만 퇴사하면 그만이지 미련도 후회도 소용없는 일이라서 한때의 추억으로만 남기고 싶을 뿐이다.

　언제나 착한 사람, 좋은 사람 또 일 잘하는 직원이길 바라며 지내온 시간들이 모여 오늘의 나를 있게 한 것인지도 모른다. 일하는 틈틈이 자기 개발을 한답시고 돈과 시간을 투자하고 공부를 해서 교육수료중이나 실무자격증도 받아 놨으니 재취업도 할 수 있지만 아직은 더 놀고(?) 싶다.

　장애의 특성상 시각장애인은 대부분 직업이 안마사이다. 단체에서는 재활교육실을 운영하여 안마사를 배출하고 취업할 때까지 지원해주며 직장을 알선해 준다. 그 재활교육실에서는 휴일도 없이 미래 안마사들이 공부하고 실습하면서 일반인들에겐 실비만 받고 안마도 해주는 곳이다.

　입사초기부터 나는 사무실 일 외에도 교육실의 관리와 안마방을 사용하는 그들의 일정과 수입까지 관리하고 있었다. 어느 토요일, 외출하다가 시간이 남았기에 주말에도 쉬지 않고 일하는 안마사들을 위해 실습실 겸 교육장이고 안마방인 그곳에 들렀다. 그저 잠깐 청소라도 해주면 좋은 일이고 착한 사람이라는 소리도 듣고 싶었다. 그런데 착한 일이라는 것이 때로는 쓸데없는 오지랖도 된다는 것을 잊어버린 것이 문제였다.

그래서 생긴 에피소드 하나, 오라버니라고 부르며 친하게 대하는 사람이 그날 안마를 하고 있었다. 다른 사람들은 일이 없어 놀고 있었는데 앞이 보이지 않는 사람들이다보니 주고받는 대화만으로 나를 오해하게 되었다. 이런저런 격의 없고 편안한 대화를 나누었는데 친하게 얘기 하는 이유만으로 오라버니 안마사와 내가 느닷없이 연애하는 사이가 되어 한 동안은 수상한 오해에 시달려야했다.

뿐만 아니라 그 사람에게만 안마일감을 몰래 챙겨준다는 소리까지 들려 안마방 관리는 손을 놓았다. 일 하나 줄어 몸은 편했지만 툭하면 나오는 연애 이야기에 단체장의 '쉬는 날 거기 뭐 하러 갔느냐'는 훈계와 주변의 이상한 시선들을 감수하며 몇 년을 지냈다. 착한 일 하려다가 오해만 사고 말았지만 사실 잘못한 것도 없는 사소한 일이라 저절로 풀리길 기다렸다. 그러기까지 오랜 시간이 걸린, 지금 생각해도 우습기 짝이 없는 사건이었다. 진심으로 일을 했지만 그들의 잣대는 선의가 아니었다.

시각장애인은 듣는 소리만으로 모든 것을 판단하기에 변명도 해명도 필요 없고 오로지 자신들끼리 주고받는 얘기들만 믿는 경향이 있다. 하루 일과 끝난 저녁이면 전화로 다자통화를 하면서 온갖 얘기들을 주고받고 지내는 것이다. 보는 낙이 없으니 귀로 듣는 소리에 치중할 수밖에 없고 남의 얘기에 대한 관심과 애착이 유별날 수밖에 없는 것 같다.

장애인단체에서는 봉사하는 마음이 없으면 긴 시간 근무가 여타의 직장만큼 삭막하고 잔재미도 더 없다. 인간적이고 편안한 직장생활을 하려면 함께 어울리고 뭐든 같이 하려는 마음자세가 필요하다. 산책을 하거나 음식을 먹을 때에도 옆에 앉아 같이하는 것이 정말 중요하기 때문이다. 일하는 사람마다 성향이 달라서 냉정한 직원도 많지만 대개는 그들 편에 서서 봉사하고 어지간한 일은 참아가면서 근무하는 편이다.

그들과 친하게 지내다 보면 뭐든 도와주려는 마음에 이름을 빌려주는 경우도 생긴다. 대부분 보험과 은행 일에 그렇다. 장애인 기초생활 수급자는 비공식적인 수입이 있어도 통장을 제대로 만들지 못하는 상황이 생기게 되고 그러다보니 내 이름으로 여러 개를 해주었다.

그다음 만기가 도래하면 원금을 찾아줘야 하는데, 은행은 그런 일이 없지만 보험은 납입 끝나고 찾으려면 원금도 안 나오는 적이 가끔 있어 당사자에게 손해를 끼치게 된다. 퇴직하고 일 년이 훌쩍 지났지만 그런 경우가 있어 상황을 설명하니 돈을 찾을 당사자도 잘 이해를 했다. 오히려 이름을 빌려주어 도움을 받았다며 별 탈 없이 일은 해결되었다.

그런저런 모든 일들이 남을 배려해주는, 잘난 척 '착한사람 코스프레' 때문에 생긴 일인 것을 모르는 건 아니다. 조금 친하다고 부탁을 하면 뿌리치지 못해 안 해도 될 일을 떠맡아 힘들어하고, 복잡한 길거리에서나 전철역에서도 장애인을 보면 원하지도 않는데 도와준다고 나서는 것이 바로 쓸데없는 오지랖이라고 주변에선 말들을 한다.

이런 내게 지인들은 요즘 착한사람을 직역하면 약간 모자란 사람도 된다며 다들 잘 사는데 제발 앞장서서 나서지 말라고 돌직구를 날린다.

그래도 어쩌나, 직장을 다니지 않으니 이제는 자주 접하는 장애인들도 없지만 식구들에게도 남들에게도 여전히 착한사람이 되고 싶은 것을.

육 금 숙

2000년 「현대수필」 등단
안양문인협회 회원
안양수필문학회 회원
수필집 「허공에 쉼표하나」

밤 영업 _이근숙

 섹시배우처럼 반쯤 감은 눈으로 백치처럼 입술을 달싹이며 신음하던 밤, 환락으로 숨넘어가며 짧은 괴성과 뱀처럼 감긴 몸으로 할딱거리며 혼곤하게 젖도록 천둥소리 들리는 무아지경의 밤, 그런 밤이 언제 있었던가?

 꽃봉오리 필락 말락 열여섯 물오르던 시절, 치맛자락 아래로 풋 비린내를 풍기며 들어내지 못해도 공부보다 남학생에게 호감이 먼저 가는 야릇한 감정이 앞설 때, 아니면 탱탱하게 마음 부풀어 세상이 눈 아래로 보이는 스물 살 전후 이성의 눈빛만으로 몸이 먼저 반응하던 그때가 혹시 황홀한 밤?

 거룩한 밤이란? 초야를 말하는가, 실루엣조차 흐릿한 이촉 전구 아래 불빛마저 분홍빛일 때 행여 하늘이 점지한 씨앗을 품겠다고, 겨드랑에 천사처럼 날개가 돋아 아랫목에 뉘어 놓으면 포르르 날아 천장에 붙는 범상치 않은 영웅호걸을 잉태하려고 조신하게 합방한 날?

 고요한 밤, 아주 오래 전 이름조차도 낯설던 호텔에서 보낸 밤? 설렘보다도 긴장감이 탱탱하게 몸을 조여 오던 그런 밤, 공중목욕탕이 아닌 숙박자를 위한 찰랑찰랑한 욕실의 용도도 몰랐던 때 빨간책에서 누가 볼까 야릇한 생각으로 얼굴 붉히며 몰래 본 침대라는 잠자리를 생전처음 보았을 때 심장 박동이 귀를 때리던 그런 밤을 엇대어 고요한 밤이라 할까?

 가격표가 붙어있다. 바라보는 행인들 얼굴에 빙긋 미소가 스치는 것 같다. 특별한 이름으로 밤으로의 초대, 낡은 여관방 숙박비보다 싼 가격이다. 만약 그 옛날 탱탱 물올랐던 이십대 시절의 그때라면 여관보다 값이 헐한 여인숙 하룻밤 유숙비쯤 될라나? 아니다. 과객이 하룻밤 묵으며 외상도 긋던 주막집 허름한 곁방 값쯤인가, 처녀 적 가슴에 바람이 들어 은밀히 사랑 나눌 장소로는 소설처럼 물레방앗간만이 아니다. 늦봄쯤이면 키만큼 자라 푸른 수염으로 초록 커튼을 만들어 주던 보리밭 이랑도 들판 가득한데 일부러 셈 치룰 일도 없었지.

지금은 날씨가 청양고추처럼 알싸하니 어둠이 내리기 전 가늠도 어려운 물레방앗간 찾기는 그만 두고 고요한 밤, 거룩한 밤은 뒤로 미루고 왠지 입에 올리는 단어마저 전류가 찌르르 흐르는 황홀한 밤으로 다가선다. 후회 없이 눈에 딱 들어오니 앞뒤 잴 것 없이 저지르고 보자. 젊음을 주체 못하던 혈기는 시들해지지만 언제 이런 기회가 쉬울까, 때는 늘 오는 것이 아니다. 몸과 마음이 움직일 때, 찌르르 전류가 통할 때 외면하면 후회한다. 오가는 이목 따위는 상관치 말자.

가까이 다가서니 육십 전후로 보이는 덥수룩한 사내는 구레나룻수염을 멋이라고 생각하는지 모르겠지만 내 취향은 아니다. 그것까지 헤아리면 욕심이 과하지, 황홀한 밤인데 뭘 더 바라? 외모까지 마음에 쏙 들면 좋겠지만 일일이 따질 것은 아니다. 히죽 웃는 모습이 별로지만 어쩌랴, 덥석 받아드니 이름값은 하려는지 따뜻한 온기가 손바닥으로 전해오며 서서히 오감을 훈훈하게 만든다.

모 구청역 한 쪽길에 형편대로 고를 수 있는 황홀한 밤, 고요한 밤, 거룩한 밤 영업을 하는 곳이 있다. 고요한 밤 삼천 원, 거룩한 밤 오천 원, 황홀한 밤 만 원인 구레나룻 시커면 사내가 주인인 리어카좌판이다. 썰렁해서 누구에겐가 안기고 싶게 마음이 허하고 몸에 알 수 없는 생 바람이 들면 고요한 밤이거나 거룩한 밤이거나 황홀한 밤을 손 가는대로 고를 수 있다.

불타는 밤, 한 품목 더 만들어 이만 원 가격표를 정한들 누가 시비 붙일 사람 없는 밤 장수는 전문 영업(?)이다. 십팔금 단속반도 빙긋 웃고 갈뿐 못 본 척 눈감아 주는 밤 영업, 젊은 날에도 달콤한 환희로 몸 떨며 비몽사몽 하늘로 붕 떠오르는 몸의 기억이 없지만 오늘 홀랑 벗은 밤 한 톨을 입에 넣으니 키스보다 달콤하고 고소해서 끈끈한 타액이 입 안 가득 고인다.

밤꽃이 피면 그 비릿한 냄새만으로도 온몸의 감각이 비틀거리며 아득한 수렁으로 빠져드는 느낌이 든다는 오월의 어느 밤처럼 황홀한 밤을 샀다. 저 사내는 나뿐만 아니라 누군가가 다가서면 펄펄 기운이 뻗쳐 야릇한 밤으로 초대하며 환심을 산다. 원하는대로 고객의 비위를 척척 잘도 맞춘다. 아마도 저 사내는 떨이로 남으면 때도 없이 남자의 정력제라는 밤을 먹으니 젊은이나 늙은이나 다가서면 밤 영업에 신바람을 내는 모양이다.

같은 말이지만 밤夜과 밤栗이 엄연히 다르건만 나름으로 머리회전이 되는 사내인지 밤 영업에 재미를 붙인 모양이다. 음절이 짧고 긴 것을 무시하고 밤을 팔면서 동의어를 사용한다. 지금은 밤栗을 파는 사내지만 한때 정말 밤夜영업을 했는지 뒷조사하는 사람이 설마 있을라고.

그나저나 밤夜이 외로운 사람은 밤栗을 먹으면 참말로 이성 따위는 마비시킬 만큼 감성으로 젖어 흐물흐물 몸이 흥분되는지 남 말만 듣고는 모를 일이다. 이성간에 서로 손만 맞잡아도 찌릿찌릿 물불이 보이지 않을 만큼 되는지. 아니면 활활 타올라 스르르 재만 남게 되는지, 섹시배우 연기처럼 실제도 그런 느낌이 오는지, 먹어보고 느껴봐야 알 일이다.

여인이여 결혼 후 밤일이 시큰둥 밋밋하기만 해서 사는 맛까지 시들해졌다면 우선 밤을 파는 사내를 한번 찾아 볼 일이다. 뒷감당은 내 알바 아니지만 고요한 밤이거나 거룩한 밤이거나 황홀한 밤을 직접 먹어보고 느껴보시라. 우선 구레나룻 덥수룩한 사내를 찾아 실행에 옮기면 맹한 몸의 감각이 살아날지 알 수 없다. 불타는 밤은 아직 영업을 않으니 바라지 말고, 나서기 전 지갑을 꼭 챙겨야 한다.

이 근 숙

「문학산책」등단
한국문인협회, 안양문인협회, 문학이후, 시문회 회원
군포신문 리포터
시집:『생각들이 정갈한 저녁』
수필집:『두루미 날개 접다』,『텃밭 둘레길』,『감잎차 한 잔』,『산촌통신』

안양예술공원   _이영숙

꽃이 지천인 1979년 4월19일 서울 당산동에서 안양으로 보금자리를 옮겨왔다. 고향만큼이나 시골스러운 안양이 정겨웠었다. 큰아이를 걸리고 작은 놈은 포대기로 둘러업고 낯선 땅을 밟았다. 안양은 그때 막 미개발 지역에서 신시가지로 거듭나려는 발돋음을 하고 있었다. 연립주택과 다세대주택이 들어섰고 가정에서는 수도시설이 아닌 펌프 물을 써야만 했다. 비포장도로여서 그야말로 시골버스 지날 때마다 흙먼지가 풀풀 날렸다. 논과 밭이 더 많아서 아직 도시라고 하기엔 어설픈 동네였다. 30여 년 전 안양7동의 모습이다. 그 무렵 안양은 가는 곳마다 마을 어귀에 포도밭을 화단처럼 갖추고 있었다.

공휴일엔 앙증맞은 애기 벚꽃들이 피어 있는 안양유원지로 산보를 다녔다. 잊혀 진 추억은 모두 아름답듯이 우리가족이 가장 그림처럼 꿈처럼 살았던 때다. 남편의 직장이 서울 당산동이라 출퇴근하기에 좀 어려운 것 빼고는 적응이 잘돼갔다. 안양유원지는 우리의 타관살이를 안온하게 감싸줬다.

많은 세월의 풍상에 쇠락해가던 안양유원지가 안양예술공원으로 단장하여 많은 화조풍월花鳥風月 객들을 받아들이고 있다. 등산 길목에서 '세월이 가면' 이라는 LP음악카페를 만났다.

'세월이가면'은 박인환 님의 주옥같은 시가 노래로 되어 가수 박인희가 절절하게 풀어주었다.

추억의 음악카페는 DJ가 있어서 분위기를 한결 '업' 시켜준다. 나를 1970년대로 사정없이 몰고 간다. 장민욱 DJ는 30년 경력가다. 그야말로 음악다방의 흥망성쇠를 지켜온 산증인이다. 파마머리에 베레모를 눌러 쓰고선 신청곡을 받아 LP판을 능숙한 솜씨로 빼어들어 판에 올리며 멘트를 날린다.

음악카페에 앉아 있으니 아슴푸레 한 가슴 무너지는 추억이 심장을 압박한다. 파란 꿈이 뭉게구름처럼 피어오르던 스무 살 무렵 얼얼한 첫사랑의 기억이 고개를 든다. 서울 광화문 주변은 내 청춘 일번지다. 그곳에서 데이트를 하고 친구들과 영화를 관람하고 덕수궁 뜰을 내 집 드나들듯 했으니까.

집안네끼리 안면이 있어 우연히 알게 된 청년이 있었다. 몇 번의 우편엽서를 주고받다가 소식이 끊겼다. 그러던 어느 가을 그가 군대에서 제대 하던 날 데이트를 제의해왔다. 종각근처에 있는 시끌벅적한 음악다방으로 장소를 정했다. 처음 들어가 본 그 다방 안은 담배연기와 젊은이들이 빼곡했다. 신청곡이 적힌 쪽지가 오가며 젊은이들은 젊음을 토로했다. 여성처럼 섬세한 그는 나를 위해 '뷰티 풀 썬데이'를 신청했다. DJ는 우리 두 사람 이름을 나란히 불러주고 짤막한 사연을 굵직한 음성으로 멋진 멘트를 날려 주었다. 그때부터 DJ는 단순히 판을 걸어주는 사람이 아니라 해박한 지식 꾼이라는 걸 알았다.

그 후로 우리는 길게 이어지질 못했다. 아무래도 데이트장소에 사촌여동생을 동반했던 것이 그의 마음의 빗장을 잠그게 했던 것 같다.

사진을 교환하고 몇 통의 편지만 오고가다 손 한번 잡아 보지 못하고 끝났다. 세월은 많이 흘러 지금의 남편과 약혼을 했다. 어느 날 집에 놀러 온 약혼자는 앨범을 넘기다가 그 사람 사진을 보고는 소스라치게 놀랐다. 서울의 한동네에 사는 초등학교 동창생이라는 것이다. 군복 입은 청년의 사진을 간직하게 된 연유를 소상히 알리라고 종주먹을 댔다. 그리곤 상상 이상의 상상을 했다. 왜 안 그러하겠나. 그 청년은 부잣집 막내아들에다 일류대학을 나온 수재이었으니까. 동창생끼리는 보이지 않는 암투가 있는 법이다. 거기에 비교하면 남편의 처지는 정반대였다. 홀어머니 슬하에 육 남매 속에 낀 별 볼일 없는 넷째이고, 자신의 앞날을 혼자서 개척해 나가야 하는 추레한 처지였다. 사진 사건은 파혼의 국면까지 갔으나 일단 수습이 되었다. 역시나 한국 땅은 좁았다. 그래서 '네 명만 모이면 다 아는 사람' 이라고 했나보다.

사막이 아름다운 것은 오아시스가 있어서다. 인생도 아련한 첫사랑이 있어서 아름다운 것일까.

첫사랑은 모든 시간의 비밀이다.

첫사랑은 연홍지탄燕鴻之歎이라서 아련한가 보다.

첫사랑은 만나지 못해야 더 신비롭다.

가난 추억은 그리움이다.

젊었을 때 젊음을 모르듯이 사랑할 때 사랑인 줄 몰랐다.

리모델링된 안양예술공원 초입에는 포도밭 대신 멋들어진 양식집들이 들어서서 미식가들을 불러모으고 있다. 이제 아이들의 꿈을 키워 주는 놀이동산도 있다. 설치미술 작가들의 기교 넘치는 조각품들이 산기슭에 널려 있다.

세월은 흘러 아장이던 우리아이들이 장성하여 아이를 낳았고 그 아이들을 데리고 예술 공원을 찾는다. 여름엔 산간수山澗水에 수영을 시키고, 벌레모양을 한 웜 홀에 들어가 호기심을 키워준다.

안양유원지는 세월이 가면서 늙어지다 세대윤회世代輪廻로 젊어지고 있다. 가을 산곡풍山谷風이 산산한 '안양예술공원'이 관악산 정기를 받아 도두 보이는 오늘이다.

이 영 숙

「현대수필」 등단
한국문인협회, 한국불교문인협회, 현대수필문인회, 청다문학회 회원
한국저작권협회, 안양문인협회, 안양여성문인회 회원
수필:『행복의 바이러스』,『바람이 다니던 길』,『희망 리포트』

요즘 세상 　　_조복희

　지금은 세상살이가 많이 수월해졌다고들 한다. 지난 세월 헐벗고 궁핍했던 때는 아득해져 가고 모두가 넘쳐 날만큼 풍요로운 세상이다.

　그런데 세상사는 완연히 딴판으로 바뀌었으니 도대체 이유를 알다가도 모르겠다. 우선 사람들 마음부터가 예전과 지금이 완전히 상반된 것은 무슨 조화속일까? 가난했던 시절엔 양심 자체가 제자리에 곧게 자리해 있었으며, 따스한 인정 속에 서로의 어려움과 아픔을 내 일인양 걱정하며 나누는 진실이 일상이었고, 나아가 고난까지도 함께 극복해 가면서 이웃이 잘되면 진심으로 내 일처럼 좋아해 주며 반겨 주었다. 축복의 말은 제대로 할 줄 몰라도 내심으로는 티 없이, 그런가 하면 이웃 간에 서로가 헐뜯고 흉을 보는 일들은 없었고, 간혹 남의 잘못이 있으면 일깨워 주는 일은 있어도 뒤에서 흉보기로 일관되게 하는 것은 없었던 것 같다.

　지금은 얼마나 넉넉한 세상이 되었는가? 가난하던 시절엔 양심이 제자리에 자리 잡혀 있어 진실과 진심으로 서로를 도와가며 작은 것이라도 나누고 어쩌다 곤경에 처하면 오히려 감싸고 보듬어 가면서 살았는데, 풍요로워진 지금은 왜 이처럼 터무니없이 달라진 세상살이 모양새가 되었는가? 사람들은 그 사람 그대로인데 어째서 사람들 심성이 가늠할 수 없이 달라져 버렸단 말인가?

　남이 잘되는 것이 좋지 않고 이웃이 잘되는 것에 마음이 상해서 배 아파하고 오히려 시샘을 넘어 헐뜯기를 서슴지 않는 현실. 속담에 "사촌이 땅을 사면 배가 아프다"는 말이 있긴 하지만 그러기도 쉽지 않아 생긴 말인 것인데, 그렇다면 우리 인생 자체가 나쁜 심성으로 빚어진 존재란 말인가? 그러면 지난날 가난할 때는 마음의 눈이 밝아서 서로간의 양심이 제자리에 있었고 지금은 풍요로움이 그 양심마저 어둡고 흐리게 만들었단 말인가?

　어찌 생각하면 풍요로움은 우리 인생들에게 욕심을 안겨준 것이 아닌가 싶은 생각도 해보며 어떨 땐 가슴 속에 서늘하고 쓸쓸한 마음이 일렁이기도 한다. 지금은 모두가, 젊은이는 두말할 것도 없고 세월 흐름에 묻혀서 노인들까지도 지난날은 까맣게 잊은 듯 나 잘난 세상살이로 살아가려는 집착이 푼수와 주책으로 치닫는데도 전혀 느끼지 못하면서 살아가고, 그렇게 늙어가는 인생사가 혹여 나도 다를 바 없이 그렇게 살아가는 세상인지도 모르겠다.

내 주위가 나보다 나아 보이면 안되고 흉을 보고 헐뜯어서라도 내가 더 잘나 보여야 한다는 무지의 위세가 난무하는 것도 풍요로워진 세상이 가져온 허세의 산물임을 부정하기는 어렵겠다는 생각이다.

옛적엔 이웃이 따뜻했고 마음들이 푸근했는데 지금의 이웃은 예전과는 다르게 속마음들은 싸늘하기만 하다.

모든 사람들 다는 아니겠지만 도회지에서는 차라리 이웃에 누가 어떤 사람이 사는지조차 모르며 또 알려고도 하지 않는다고 한다.

남이 잘되는 것이 싫은 세상, 나 혼자서 잘나고 우쭐대야 하는 세상, 겸손과 배려심은 지난날 가난이 다 짊어진 채 주저앉아 버렸는지 진실한 양심을 엿볼 수 없을 만큼 삭막한 인생사, 그냥 세태에 맞추어 덩달아 쫓아가듯 살아가야 하는 삶이다.

지난 세월에 솔직하고 순수했던 마음들도 부유함이 다 팽개쳐 버렸고 억지적인 "체"와 "척"으로 살아가야만 하는 현실이 못마땅하기 이를 데 없으면서도 세속에 이끌려 어정쩡하게 끌려가는 세월의 삶이다. 어쩔 수 없는 것인 양 그저 모르는 척 그저 그런 척하며 세태에 맞춰가며 사는 것이 현명한 세월길임을 쓴 웃음으로 날리며 또 어쩔 수 없이 살아간다. 오늘도 또 내일도 살아 숨 쉬는 날까지 언제까지나!

이것이 요즘 세상살이의 진정한 삶의 법인 듯도 하니까.

조 복 희

「문예사조」 수필 등단
안양문인협회, 문예사조 문인회 회원
수필집: 「삶은 그리움이여라」, 「방황하는 영혼들에게」

사고의 전환   _조인순

　이른 아침에 운동을 나갔다. 아침 운동은 저녁 운동보다 새소리만큼 상쾌하다. 계절은 여름에서 초가을로 옷을 바꿔 입는 중이다. 나뭇잎들은 조금씩 노란 빛으로 물들어간다. 동네를 한 바퀴 돌고 있는데 바로 앞에 할머니 한 분이 쭈그리고 앉아 있다. '의자에 앉으시지 왜 그러고 계시나' 하고 그 앞을 지나가는데 아뿔싸, 할머니는 사람들이 다니는 길에서 볼일을 보고 계셨다. 갑자기 잠이 확 깨며 머리를 세게 한 대 얻어맞은 것 같다. '도대체 길에서 뭐하는 짓이야. 사람들이 이렇게 많은데 볼일을 보다니. 그 정도로 참기 힘들면 밖으로 나오지 말았어야지. 아니면 성인용 기저귀라도 차고 나오던지.'

　이런 잡다한 생각이 들면서 같은 여자로서 몹시 불쾌했다. 왜냐하면 지나가는 남자들이 힐끗힐끗 쳐다봤기 때문이다. 그렇지 않아도 아침마다 할아버지 한 분이 운동장 공동 화장실을 놔두고 맨날 길옆 나무에다 볼일을 봐서 시선을 어디에다 둬야 할지 난감했는데, 이젠 할머니까지 그러니 괜히 내 얼굴이 붉으락푸르락했다. 그 할아버지도 사람들이 지나가도 신경도 안 쓴다. 그곳을 지나갈 때마다 지린내가 나서 역겹기까지 한데, 도대체 어르신들이 왜들 그러는지…….

　얼마 전 산에서도 똑같은 광경을 목격했다. 산을 올라가고 있는데 할머니 한 분이 길가 의자 앞에서 볼일을 보고 있었다. 그냥 가려다가 산은 동네보다 더 위험해 험한 일이라도 당하면 어쩌나 걱정돼, 저기 뒤에 남자가 오고 있으니 숲으로 좀 들어가 볼일을 보라고 했다. 할머니는 화들짝 놀라 허둥대더니 숲 속으로 들어갔다. 생리적인 현상이니 뭐라 할 말은 없지만 그래도 외출을 생각했다면 본인의 몸 상태에 맞게 물은 좀 적게 마시는 연습도 해야 한다. 나이 들면 저렇게 조심성이 없어지나 싶어 별별 생각이 다 들고, 미래의 나도 그러지 않을 것이라는 확신도 없고, 노인들이 즐겁고 멋진 삶을 사는 것을 봐야 안심하고 늙어

갈 수 있을 텐데 그렇지 못하니 나이 먹는 것이 슬슬 겁나고 무서워진다.

어쨌든 그 할머니는 남의 시선은 아랑곳하지 않고 한참을 그곳에 있었다. 겨우 일어나 걷는 것을 보니 몸이 많이 불편하신 것 같다. 천천히 걸어가는 할머니를 보며 조금 전 그 행동이 꼭 그렇게 불쾌할 것까지는 없지 않나 싶다. 곰곰이 생각해 보니 나이가 들면 오감은 물론이고 몸의 기능이 떨어져 생리적인 현상까지도 참기 힘들어지는 것은 어쩔 수 없는 자연의 섭리다. 참을 수 없어 옷에다 실례를 하는 것보다 차라리 노상방뇨가 백배 낫지 않는가 하는 생각이 들어서다. 할머니가 잘했다는 것은 아니다. 다만 창피하고 부끄러운 것은 잠시지만 소변에 젖은 옷을 입고 집으로 들어갔을 때 가족들의 반응이 어찌 나올지 불 보듯 훤하기 때문이다. 만약에 어린 손자들이 있다면 할머니의 입장은 더욱 난처할 것이다.

어린 시절에는 연로하신 어른들을 이해하지 못했다. 몸에 좋다는 약은 쌓아놓고 드시면서 여기 아프네 저기 아프네를 입에 달고 살아 이해불가였다. 언행일치 또한 안 돼 더욱 그랬다. 7살 때 외갓집에 갔는데 외할머니가 "에고, 내가 빨리 죽어야지, 죽어야지." 하시기에 "할머니, 알았으니까 이제 그만 말하고 빨리 죽어. 우리 엄마도 죽는다고 말 안 하고 그냥 죽었어!" 라고 했다가 외삼촌이 기함을 한 적이 있다. 그 말은 관심을 가져달라는 뜻이고, 좀 더 오래 살고 싶다는 말이라는 것을 그때는 몰랐다. 세월 앞에 장사 없다고 몸이 불편해 마음까지 고단한데 남들 이목이 대수인가. 어찌 보면 그 할머니는 다행이라는 생각이 든다. 사족은 불편해도 정신은 맑으니 옷이 아닌 노상방뇨라도 할 수 있으니 말이다.

조 인 순

2014년 「현대수필」 등단
현대수필문인회 회원
안양문인협회 회원
안양여성문인회 회원

의궤에게 말을 걸다　　_홍미숙

　2011년 6월 11일 경복궁 근정전 앞뜰에서 외규장각의궤 반환 환영식이 있었다. 조선왕왕조의 또 하나의 기록유산인 의궤를 프랑스가 1866년(고종 3년) 강화도 외규장각에서 약탈해간 뒤 145년 만에 어렵게 고국으로 반환되었다.

　프랑스는 병인박해로 조선이 프랑스 선교사 12명 중 9명을 살해한 것에 대한 보복으로 청나라와 일본에 주둔하고 있던 프랑스 극동 함대를 몰고 인천과 강화도로 쳐들어왔다. 이 전쟁이 1866년(고종 3년)에 일어난 병인양요이다. 9명의 선교사를 살해한 보복으로 조선인 9,000명을 살해하겠다며 쳐들어왔지만 실패하고 철군하였다. 그리하여 병인양요는 두 달 만에 끝이 났다. 하지만 강화도 외규장각에 보관돼 있던 귀중한 도서를 비롯하여 많은 문화재를 잃었다. 프랑스인들은 우리나라의 소중한 문화재를 약탈함과 동시에 나머지는 그대로 외규장각과 함께 불태워버렸다. 그리고 그들은 조선왕조의궤朝鮮王朝儀軌를 비롯한 340여 책의 문서 및 은괴銀塊수천 량을 약탈해갔다.

　그때 그들이 약탈해간 외규장각의궤 190종, 297권의 귀중한 문화유산이 2011년 4월 14일 1차분 75책 귀환을 시작으로, 4월 29일에 2차분 73책, 5월 12일에 3차분 75책, 마지막으로 4차분 73책이 5월 27일 오전 8시 40분, 인천공항에 도착하여 오전 10시 30분에 국립중앙박물관 수장고로 이관되었다. 이에 우리나라는 다시 돌아온 외규장각의궤 반환 환영식 행사를 성대히 가졌다. 이어 식민지시대 때 일본으로 반출됐던 1205권의 도서가 2011년 12월 10일에 한국으로 돌아오게 됐다. 기록문화의 꽃인 의궤를 다시는 약탈당하는 일이 없어야 할 것이다.

　강화도에 있었던 외규장각外奎章閣은 1782년(정조 6년) 음력 2월 정조가 왕실 관련 서적을 보관할 목적으로 설치한 규장각이다. 정조는 강화도에 외규장각이 설치되자 창덕궁에 있는 원래의 규장각을 내규장각內奎章閣이라 하고, 각각의 규장각에 서적을 나누어 보관하도록 하였다. 그런데 그 외규장각이 병인양요 당시 강화도에 상륙한 프랑스 극동함대사령관 로즈 제독에 의해 일부는 약탈당하고 나머지는 모두 불태워졌다. 우리나라 문화재의 소중함을 몰랐던 프랑스인들에 의해 5,000여 권 이상의 책이 소실되고 말았다.

조선왕조의궤는 왕이 보는 어람용 의궤와 여러 곳에서 나누어 보관할 수 있도록 제작된 분상용 의궤가 있다. 어람용 의궤는 분상용 의궤와 달리 고급비단과 놋쇠물림으로 책을 꾸몄고, 최고급 안료로 여러 색을 표현하였다. 그리고 고급 종이에 해서체로 정성껏 내용을 썼다. 그래서 분상용 의궤보다 색감도 좋고 보관상태도 좋다. 의궤는 후손들이 쉽게 의례나 행사를 치를 수 있도록 만들어놓은 기록유산 중 하나이다. 선조들의 후손을 사랑하는 마음에 감격할 뿐이다.

약탈당했던 외규장각의궤가 1993년 9월 대한민국과 프랑스 정상회담을 통해 한국에 한 점이 먼저 들어왔다. 바로 '수빈휘경원원소도감의궤'가 일등으로 귀환을 했다. 그리고 18년의 세월이 흐른 뒤 돌아왔다. 다행히 프랑스국립도서관에 소장되어 있다가 무사하게 돌아왔다. 그들이 모두 불사르지 않고 약탈해 간 게 그나마 다행이었다. 모두 불태워버렸으면 어쩔 뻔 했을지 생각만 해도 아찔하다. 전쟁을 하자고 온 프랑스인들이 의궤가 어떤 자료인지 읽을 수는 없었을 것이다. 그래도 의궤가 그들에게도 귀한 자료처럼 보이긴 했던 모양이다. 강화도 외규장각에는 대부분 어람용이 보관되어 있었다.

병인양요 때 불에 타버린 그 외규장각은 2003년이 되어서야 강화도 읍내의 고려궁지 안에 복원되었다. 규모는 생각보다 아주 작았다. 나는 며칠 전 새 모습으로 복원된 외규장각에 다녀왔다. 신발을 벗고 외규장각에 발을 들여놓는 순간 긴장감이 몰려왔다. 조선시대도 아닌데 내가 어마어마한 곳에 들어간 것만 같아 관람하는 내내 가슴이 뛰었다. 진정시키기 어려울 정도로 두근거렸다.

오랜만에 돌아온 의궤 중에는 한 점밖에 없는 유일본 30책이 포함되어 있다. 나는 그 귀한 의궤를 직접 만나보기 위해 국립중앙박물관 특별 전시실에도 찾아갔다. 그런데 강화도 외규장각에 갔을 때와 달리 마음이 설레기만 했다. 고국으로 돌아온 의궤를 만나기 위해 전시실을 찾아온 사람들이 꽤 많았다. 의궤에

매료되어 나는 두 번이나 더 의궤 전시장을 찾아갔다. 의궤에서 많은 사람들이 많은 이야기를 뿜어내고 있었다. 의궤속의 사람들이 내게 말을 걸어왔고, 나도 그들에게 말을 걸었다.

약탈당해 우리나라를 떠나 있다가 돌아왔지만 의궤의 모습은 눈이 부시도록 아름다웠다. 색도 선명하고 지금 막 그려낸 그림 같았다. 약탈해 간 후 보관을 그래도 제대로 한 모양이었다. 사실 우리나라로 귀환되기까지 프랑스국립도서관에서 사서로 근무했던 박병선 박사의 노력이 컸음을 이미 들어 알고 있었지만 생각할수록 그분이 고마웠다. 어떻게 그분의 눈에 조선왕조의궤가 눈에 띄었는지 모르겠다. 먼지 속에 쌓여 있었던 조선왕조의궤가 후손인 그분의 눈에 띈 것이 생각할수록 천만다행한 일이었다. 그분은 진정한 애국자이시다. 안타깝게도 박병선 박사께서는 의궤가 귀환된 그해에 세상을 떠나셨다.

조선왕조의궤를 관람하면서 내 몸에는 전율이 일었다. 어찌 이처럼 자세하게 잘 그렸는지, 그림만 보아도 내용을 알 수 있었다. 그림 자체가 기록이었다. 선조들께 머리가 저절로 숙여졌다. 글 뿐 아니라 그림으로까지 그려 남겨 놓은 선조들 생각을 하니 후손으로서 왠지 죄송한 마음이 들었다.

가장 먼저 선발대로 들어온 「수빈휘경원원소도감」을 비롯하여 1725년(영조 1년) 제작한 「효장세자책례도감의궤」, 1849년(철종 즉위년) 제작한 「헌종대왕경릉산릉도감의궤」, 1836년(헌종 2년) 제작한 「종묘영녕전승수도감의궤」, 1902년 제작한 일월오봉도가 그려져 있는 「어진도사도감의궤」, 1637년(인조 15년)제작한 「종묘수리도감의궤」 등과 왕실의 혼인이나 책봉, 존호, 각종 진연, 진찬 등의 의식 예법을 그린 의궤 중 하나인 1651년(효종 2년) 제작한 「현종명성왕후가례도감의궤」, 1759년(영조 35년) 제작한 「영조정순왕후가례도감의궤」, 순조와 순원왕후, 효명세자, 헌종과 효현왕후의 가례도감, 인선왕후와 정성왕후의 책례도감의궤 등과 왕실의 장례에 관한 여러 의궤의 모습이 관람객들의 눈을 사로잡았다.

또한 숙종의 일생을 다룬 의궤의 모습도 인기를 끌었다. 숙종은 45년 10개월의 재위기간 동안 65건의 의궤를 제작했다고 하였다. 장례의궤의 모습 앞에서는 왠지 숙연해졌다. 모두 흰옷을 입은 장례행렬이 관람객들마저 숙연하게 만들었다. 왕과 왕비의 장례는 나라 전체의 애도 속에서 엄숙하게 치러졌다.

왕이 승하하면 당일로 장례 절차를 담당할 임시 관서인 빈전도감, 산릉도감, 국장도감 등이 설치되어 일을 주관하였다. 국왕의 승하가 선언되면 5일간 그 혼이 돌아오기를 기다린 후 입관을 하였다. 예법에 따라 입관 후 5개월 동안 빈전에 시신을 모신 재궁을 안치하였는데 이 일은 빈전도감에서 담당하였다. 산릉도감에서는 무덤인 산릉의 조성을 담당하였다. 빈전에 모신 재궁을 장지인 산릉까지 모시는 의식은 왕이 임종을 한 지 5개월이 되는 달에서 길일을 골라 치렀다. 장례가 끝나면 궁궐에 돌아와 신주를 혼전에 모셨다. 그리고 삼년상을 치른 뒤 신주를 종묘로 옮겨 모시는 부묘로 마무리 되었다. 왕비의 장례의식도 왕과 같았다. 왕과 왕비가 승하하면 큰일 중의 큰일이었다.

의궤를 보면 왕과 왕비의 모습은 그려져 있지 않다. 그리고 왕의 즉위식 의궤는 없었다. 조선시대의 국왕은 대부분 선왕이 사망하여 장례가 진행되는 도중에 왕위에 올랐으므로 국왕의 즉위식을 기록한 의궤는 없는 모양이었다. 조선시대 초기에만 왕이 죽기 전 왕위를 물려주었다. 태조, 정종, 태종까지 그랬다. 고종도 순종에게 죽기 전 양위했지만 그것은 일제에 의해 어쩔 수 없는 일이었다. 왕의 즉위식과는 달리 왕비, 왕세자, 왕세자빈, 왕세손, 왕세손빈을 정하는 의궤는 많이 남아 있는 편이다.

의궤를 관람하고 나니 내가 왕도 아닌데 힘이 들었다. 왕이 된다는 것은 보통 힘든 일이 아님을 의궤를 관람하면서 더 느껴졌다. 어느 의궤보다 장례의궤가 많았다. 왕은 왕실가족의 장례 치르는 일 하다가 세월 다 보내는 게 아닌가 싶을 정도로 많았다.

이제 우리 후손들은 145년 만에 타국에 있다가 귀환한 소중한 우리의 문화유산이자, 세계문화유산인 외규장각의궤를 잘 보관할 일만 남았다. 조선왕조의궤는 그 역사적, 문화적 가치를 이미 세계적으로 인정받아 2007년 유네스코가 제정한 세계기록유산으로 등재되었다. 조선왕조의궤는 어느 나라도 따라할 수 없는 소중한 우리의 기록문화유산이다. 전시된 의궤들 중 유일본이 많아 가슴이 더 뭉클했는지도 모른다. 그 귀한 의궤들과 무언의 이야기를 주고받아서였을까? 의궤를 만나고 나니 나까지도 귀한 사람이 된 것 같았다.

홍 미 숙

1995년 「창작수필」 등단
한국문인협회, 한국수필가협회, 창작수필문인회 회원
안양문인협회 부회장, 안양여성문인회 회원
작품집: 『그린벨트 안의 여자』, 『웃음꽃 피다』, 『마중 나온 행복』
『왕 곁에 잠들지 못한 왕의 여인들』, 『조선이 버린 왕비들』
보완판, 『사도, 왕이 되고 싶었던 남자』외 다수
시사문단에서 수필문학상, 안양시에서 안양여성상 수상.

회원문단

小
說

비밀통로 _김성금

2037년 봄

자동차가 산비탈을 내려간다. 하늘을 가린 느티나무는 온통 연둣빛이다. 팔십 년 된 노구에도 불구하고 새롭게 태어나는 잎사귀들이 신기하다.

"좌회전해서 오십 미터를 들어가면 목적지에 도착합니다."

내비게이션은 여자 목소리로 안내를 한다. 운전대는 스스로 이리저리 방향을 튼다. 이층 벽돌집은 아직 거기 서 있다. 집 옆의 민둥산이 숲이 되었다. 숲이 우거져서 붉은 벽돌집이 옛날처럼 우람해 보이지 않는다. 이십 년이나 세월이 흘렀다는 게 믿기지 않는다. 막내는 기억이 안 난다며 여기가 확실히 맞느냐고 묻는다. 주차장을 손짓하며 형은 힘차게 고개를 끄덕인다. 자동차가 정확히 주차장으로 들어가 멈춘다. 딸깍. 잠금장치가 풀린다. 운전자가 없는 자동차다. 지금은 자기 손으로 직접 운전하는 사람이 드물다. 형이 무인자동차를 산 지 5년이 되었다.

"이 집은 십 년 전부터 비어 있는 폐가인데, 터가 세서 그런지 아무도 사려는 사람이 없습니다."

부동산 업자는 이 집을 사겠다는 형을 향해 고개를 갸웃거렸다.

"주인 아들이 가끔 와서 잔디도 깎고 들여다보긴 하지만, 시골에 와서 살고 싶지는 않다고 집을 싸게 내놓았습니다."

자동차에서 내려 주변을 둘러보았다. 여기는 별로 변한 게 없다. 세상은 모든 것이 자동화되었는데, 여기는 마치 시계를 거꾸로 돌려놓은 것 같다. 형은 늘 이곳으로 되돌아오고 싶어 했다. 가끔 할머니 얘기를 할 때면 형의 표정은 꿈을 꾸는 것 같았다. 형의 꿈은 이십 년 동안 변하지 않은 것일까?

형은 이십 년 전과 똑같이 경이로운 표정으로 건물을 올려다보았다.

"이 집을 보니 언젠가 와 본 것 같아. 꿈속에서 본 것 같기도 하고."

막내는 고개를 갸웃거리며 이층집을 올려다본다. 갑자기 이마에 물방울이 툭 떨어진다. 두 번째로 속눈썹에 빗방울이 떨어진다. 주차장 시멘트 바닥이 핏방울처럼 얼룩으로 젖어든다. 지붕을 마구 두드려 대는 소리가 먼 옛날 들었던 조총소리를 불러온다. 소나무가 움찔움찔 떨기 시작한다. 그때는 어린 소나무였는데, 지금은 고개를 들고 봐야 할 정도로 큰 소나무로 자랐다. 타임머신을 타고 이십 년 전으로 돌아간 것 같다. 막대기로 소나무를 툭툭 치던 형의 모습이 떠오른다. 비를 피해 돌계단을 올라가 현관 앞에 섰다. 대야가 있던 자리다. 가끔 꿈속에 대야가 등장하고, 발을 닦아주던 할머니의 따뜻하고 부드러운 손길이 발바닥에 느껴져서 잠이 깨곤 했다.

"사나이란 말이다. 살아서 부귀영화를 누리는 것보다 죽어서 멋진 이름을 남겨야 하는 것이지."

할머니가 실감 나게 이야기해 주신 곽재우 장군과 수천 명의 의병들이 홀로그램처럼 눈앞에 어른거린다.

형의 입가에도, 막내의 입가에도 살며시 주름이 잡힌다.

＊＊＊

2017년 봄

"와, 귀신이다!"

막내는 밭 가운데 서 있는 허수아비를 보자 환성을 질렀다. 허수아비는 빨간 등산점퍼를 입고 밀짚모자를 쓰고 있다.

"땅콩을 심었는데 까치가 쏙쏙 다 빼 먹었지 뭐냐. 그래서 허수아비를 세워놓았지?"

시골할아버지가 말했다. 시골할아버지는 우리 할아버지의 친구다. 바람이 불자 허수아비가 빙그르르 돈다. 까치가 뽕나무 위에 앉아서 고개를 갸웃거리며 허수아비를 바라보다가 움찔거리더니 날개를 펴고 멀리 날아간다. 막내는 유심히 보다가 허수아비가 움직이자, 귀신이라며 형 뒤로 숨는다. 형은 열한 살, 막내는 일곱 살이다. 나는 아홉 살이다. 친척들이 모두 도시에 살고 있어서, 시골에는 처음 와보는 것이다.

자동차들이 마당으로 들어왔다. 모두 여섯 대나 되었다.

"안녕하십니까? 이렇게 해서 또 만나게 됩니다."

어른들은 차에서 내리자마자 서로 악수를 하며 인사를 나누었다.

"서울에서 개구쟁이들이 셋이나 내려왔구나. 신 나게 놀아라."

시골할아버지는 사람들에게 장화와 밀짚모자를 나눠주었다. 그리고 손바닥에 빨간 칠이 된 실장갑도 나눠주었다.

"여기 내려와 자리 잡은 지 이 년이 넘었습니다. 밭이 너무 넓어서 농사를 지을 수가 없지 뭡니까? 처음에는 칠백 평 되는 밭이 별로 커 보이지 않았지요. 막상 농사를 짓다 보니 지치고 말았어요. 전원주택의 로망은커녕 둘 다 환자가 되게 생겼지 뭡니까? 한의사가 조언을 합니다. 농촌에 오신 이유가 뭡니까? 좋은 공기 마시며 쉬려고 오신 거지요? 그럼 초심을 잃지 말아야 합니다. 농부들 다 따라 하다가는 얼마 못 가서 이곳을 떠나고 싶으실 겁니다, 라고요. 도저히 안 되겠다 싶어서 작년에 삼백 평에 과일나무를 심었습니다. 백 평에만 상추, 쑥갓, 오이, 가지, 방울토마토, 감자, 고구마 등을 심었는데, 사실 백 평도 제대로 가꾸기에는 역부족입니다. 생각다 못해 오늘 여러분을 부른 겁니다. 한 이랑씩 드릴 테니까 나무를 심고, 가끔 오셔서 풀도 좀 뽑아주시고 가을에 열매도 따 가시면 좋겠습니다."

시골할아버지의 연설이 끝나자 모두들 장화를 신고 실장갑을 끼고 밭으로 내려갔다. 우리도 농촌체험학습을 하기 위해 따라온 만큼 어른들을 따라 밭으로 내려갔다.

어른들은 밭의 풀을 뽑아서 걷어치우기 시작했다. 삽으로 흙을 파 올려 이랑을 세 줄 만들었다. 두 사람씩 짝을 지어 오십 미터쯤 되는 이랑에 검은 비닐을 덮느라 분주했다.

"우리는 뭐 할까요?"

"이랑에서 걷어낸 풀하고 돌멩이를 저쪽에다 옮겨 놓아라."

시골할아버지는 구덩이를 가리켰다. 형은 돌멩이를 대야에 담아서 들었다. 나는 양손에 두 개씩 집어 들었다. 손이 작아서 큰 장갑이 거추장스럽다. 밭이 울퉁불퉁해서 몸이 기우뚱 넘어지려고 한다. 구덩이 옆으로 회초리만한 나무들이 한 무더기 놓여 있다.

"에게, 이게 나무예요? 이 나무 이름은 뭐예요?"

시골 할아버지는 나를 쳐다보며 웃는다.

"아로니아라고 한단다. 몸에 아주 좋은 열매란다."

형은 묵묵히 돌멩이를 대야에 담아서 나른다.

"나무는 언제 심어요?"

나는 볼멘소리로 물었다.

"일단 나무 심을 두둑을 만들어놓고 나서."

나는 구덩이에 돌멩이를 집어던졌다. 어른들은 웃옷을 벗고 속옷 바람으로 일을 하는데도 이마에서 땀이 뚝뚝 떨어진다. 목에다 수건을 걸었다가 얼굴을 훔친다. 왁자지껄 떠들며 신바람 나게 일을 하는데, 나는 하나도 재미없다.

집안으로 들어갔다. 할머니가 주방에서 일을 하고 있다. 발판에 올라서서 일을 하는 할머니는 키가 형보다 작다. 할머니가 고개만 돌려서 나를 바라본다.

"왜 들어왔니?"

"할아버지가 나무는 안 심고 시시한 일만 시켜서요."

"호호호, 그래? 소파에 앉아서 티브이 볼래?"

"아니요. 이층에 올라가면 안 돼요?"

할머니의 허락이 떨어지자마자 이층으로 뛰어올라갔다. 나무계단이 어찌나 쿵쿵 소리를 내는지 깜짝 놀랐다.

이층에도 거실이 있고 아주 큰 방이 있다. 어린이도서관처럼 벽마다 책장이 있고, 중간에도 책장이 두 줄이나 있다. 책장 사이에 몸을 숨기며 숨바꼭질을 한다. 혼자서 하다 보니 금방 시들하다. 다시 쿵쾅거리며 나무계단을 내려왔다.

"할머니, 저랑 숨바꼭질하면 안 돼요? 할머니는 왜 일만 해요?"

할머니가 돌아보며 웃는다. 입가로 와이파이처럼 주름이 진다.

"호호 내가 할머니로 보이니? 너는 누가 가르쳐주지 않았는데도 어떻게 내가 할머니인 걸 알았니?"

할머니가 할머니로 보이는 게 당연한데 그런 질문을 하니까 어떻게 대답을 해야 좋을지 모르겠다. 막내가 그린 할머니 그림처럼 이마에 구불구불한 파도주름은 보이지 않았다. 그때 마침 막내가 다급하게 뛰어 들어왔다. 바지를 홀랑 벗고는 화장실로 들어갔다.

"할머니 똥 다 눴어요. 똥꼬 닦아주세요."

나는 당황스럽다. 그건 엄마가 해줘야 하는데 어쩌지? 우리 친할머니도 아닌데, 막내는 천연덕스럽게 할머니를 부른다.

"그래, 잠깐만 기다려라."

할머니는 막내의 뒤처리를 해주고 변기뚜껑을 덮은 뒤, 물을 내린다.

"어, 할머니는 잘하시네요. 우리 할머니는 변기에서 내려오지도 않았는데, 구린내가 난다며 변기에 물을 미리 내리거든요. 막내가 엉덩이에 세균 맨이 침투한다며 울고불고 난리를 쳤거든요."

할머니는 어깨를 으쓱한다. 이 할머니는 우리랑 뭔가 통하는 것 같다.

형이 벌겋게 달아오른 얼굴로 들어온다.

"잠깐 쉬려고 들어왔어요. 할머니, 우리 집은 방이 세 개거든요? 다섯 명이 살아요. 그런데 여기는 열 명도 넘게 살 수 있는데, 두 분만 사시는 거예요?"

갑자기 할머니의 얼굴이 야단을 맞는 아이처럼 달아오른다.

"이 시골에서 함께 살겠다는 자녀들이 없구나. 집이 너무 크긴 하지?"

"할머니, 벽난로도 있네요."

"집을 지을 때 아예 천장에 구멍을 뚫어서 굴뚝을 뽑았단다."

"와! 굴뚝은 어디 있어요?"

"옥상에 있단다."

"보러 가면 안 돼요?"

"안 될 거야 없지."

우리는 우당탕거리며 빠르게 이층으로 뛰어 올라간다. 할머니가 옥상으로 나가는 문을 열자, 정원과 밭이 내려다보인다. 왼쪽으로 참나무 숲이 있다. 우리는 셋이서 목청껏 소리를 지른다. 숲속에 숨어 있던 새들이 푸드득거리며 날아올라 깜짝 놀랐다. 백 마리쯤 되는 새들이 떼를 지어 날아간다. 저 하늘 높이에서 브이 자로 줄을 맞추더니 다시 방향을 틀어서 날아온다. 하늘 저 멀리 날아가는 새들이 보이지 않을 때까지 파란 하늘을 쳐다보았다. 마치 하늘이 새들을 꿀꺽 먹어버린 것 같다.

"할머니, 우리 집은 오억 원 한다는데, 할머니 집은 이십억 원은 하겠어요?"

형의 말에 깜짝 놀랐다. 꿈을 꾸다가 땅으로 떨어진 것 같아 얼떨떨하다. 할머니는 안경 너머로 형의 얼굴을 유심히 바라본다. 눈을 깜빡거리며 하늘을 한 번 쳐다보고, 형의 얼굴을 바라보더니 한숨을 내쉰다. 할머니도 기가 막혔을 거 같다. 어떻게 그런 질문을 할 수 있는 거지?

"잘 모르겠구나. 이 집을 지을 때 삼억 삼천만 원 들었다고 하더라."

"아, 그래요. 사실 시골집은 서울에 비해 좀 싼 경향이 있지요?"

할머니는 혀를 내두른다.

"아이고, 영악하기도 하지. 조선시대 같으면 벼슬도 했겠어."

우리는 할머니의 엉뚱한 말에 킥킥거리며 웃었다. 형은 새까만 눈동자를 굴리며 집을 둘러보았다.

"정말 집이 너무 좋아요. 나도 이다음에 꼭 이런 집에서 살 거예요."

막내는 넓은 옥상에서 이리저리 뛰어다니더니 할아버지를 부른다. 허리를 구부리고 이랑에 비닐을 덮던 할아버지가 올려다본다.

"이 녀석들아. 거긴 또 왜 올라갔냐? 아주머니, 힘들게 해서 죄송합니다."

할머니는 할아버지에게 손을 내저었다.

"괜찮아요. 아이들이 붙임성이 좋네요."

그 말은 막내의 화장실 사건을 두고 하는 말 같다. 할아버지는 다시 허리를 구

부린다. 이랑에 펼쳐놓은 검은 비닐이 바람에 펄럭인다. 어른들은 삽으로 양옆의 흙을 파서 비닐이 날아오르지 못하게 꼭꼭 눌러놓는다.

우리들은 또 우당탕 소리를 내며 아래층으로 내려간다.

"할머니, 음료수 주세요. 목말라요."

"그래, 냉장고에서 꺼내 먹어라."

냉장고 문에 음료수가 종류별로 있다. 우리는 입맛에 맞는 걸 고른다. 잠시 후에 또 목이 마른다. 음료수 열 몇 개가 금세 동이 났다. 우리가 훑고 지나간 자리에 남아나는 것이 없다며 소리치던 엄마의 말이 떠오른다.

"자, 다 됐다."

"할머니는 정말 잘하시네요."

막내는 찬 음료수를 많이 먹어서 배탈이 났나 보다. 벌써 세 번째 대변을 보았다. 막내는 아무렇지도 않은 듯 다시 현관 밖으로 나갔다. 나는 그런 막내가 못마땅하기도 하고, 할머니에게 미안하기도 했다. 할머니는 손가락으로 내 머리카락을 흐트러뜨렸다.

"사나이가 작은 일에 너무 신경 쓰는 거 아니란다. 너도 나가서 놀아라."

정원과 밭으로 내려가는 곳에 정원석이 사람 두 키 높이로 경계를 이루고 있다. 바위틈에는 영산홍이 꽃망울을 머금고 있다. 정원에서부터 바위를 타고 저 아래 밭까지 호스가 길게 늘어져 있어서 암벽을 타는 밧줄처럼 보인다. 형과 막내는 언제나 나를 따돌리고 둘이서만 논다. 지금도 둘이서만 탐험을 한다며 잔디밭을 뒤지고 다닌다. 달팽이를 잡아서 집을 분리시키겠다고 등껍질을 잡아 뜯는 중이다.

"저 손모가지 하고는. 남아나는 게 없다니까."

할아버지가 호미를 흔들며 소리쳤다. 등껍질을 잃어버린 민달팽이는 징그럽다. 그런데 껍데기를 다시 씌워줄 방법이 없다. 형은 좀 잔인한 구석이 있다. 소나무와 황금회화나무 사이에 쳐놓은 거미줄에 연두색 거미가 매달려 있다. 연두색 거미는 처음 본다. 형은 등산용 지팡이를 휘둘러 거미줄을 찢는다. 거미가 잔디밭으로 떨어졌다. 형은 내가 다가가면 나를 후려칠 듯이 눈을 부라리며 지팡

이를 휘두른다. 함께 놀면 재미있을 텐데……. 나는 형과 막내를 보면서 겉돌다
가 심심해서 밭으로 내려갔다. 암벽을 타듯이 호스를 잡고 바위에 발바닥을 대
고 몸을 지탱했다. 영산홍 가지가 갑자기 뚝 부러진다. 할아버지가 소리친다.

"아이고, 저 극성맞은 녀석, 가만히 있지 못해?"

나는 호스를 잡은 채로 뒤를 돌아다본다. 할아버지가 호미를 들고 당장 달려올
기세다.

"그냥 두세요. 모든 게 신기해서 좋은가 봅니다."

시골할아버지가 웃는다.

"어어,"

갑자기 말이 나오지 않는다. 영산홍이 있는 바위틈에서 뱀이 똬리를 틀고 혓바
닥을 날름거린다. 입이 바싹 마른다. 가만히 있자니 뱀이 달려들 것 같고, 뛰어
내리자니 다리가 부러질 것 같다. 다리가 부러져도 독사에 물려 죽는 것보다는
낫겠다 싶어서 그대로 뛰어내린다. 쿵.

"왜 또 무슨 일이야?"

할아버지는 널브러져 있는 내 어깨를 잡아 흔든다.

"뱀, 뱀."

말이 이어지지 않는다.

"여긴 뱀이 많단다. 건들지 않으면 물지 않아."

시골할아버지는 아무렇지도 않게 말한다. 나는 일어서서 팔다리를 흔들어본
다. 부러진 데는 없는 것 같은데 뱀에 대한 공포가 가시지 않아 다리가 후들거린
다.

할아버지가 내 어깨를 감싸 안고 집안으로 들어갔다. 막내 혼자서 등긁개를 들
고 병정놀이를 하고 있다. 소파에서 거실바닥으로 뛰어내리는 중이다. 내가 두
리번거리자, 할머니가 현관에서 기다란 구두주걱을 갖고 온다.

"자, 둘째도 이거면 놀 수 있겠지? 소파에서 뛰어내릴 때 다치지 않게 조심해
라."

할머니가 마음에 든다. 뛰지 말라고 야단치지 않고 맘대로 놀라는 어른을 본

적이 없다. 뱀에 대한 공포는 금세 잊고 칼싸움을 한다. 쿵쾅거리며 여러 번 뛰어내려도 할머니는 야단치지 않는다.

"악당아, 내 칼을 받아라."

구두주걱으로 막내의 배를 힘껏 찔렀다. 막내는 배를 움켜쥐고 거실바닥을 뒹굴며 비명을 지른다. 화장실 문이 벌컥 열리더니 형이 달려와서 내 어깨를 밀친다. 내 몸은 힘없이 벽에 부딪친다. 할머니가 물 묻은 손으로 형의 손목을 붙잡았다.

"놀다가 그럴 수도 있지. 폭력을 쓰면 안 된다."

형은 할머니에게 붙잡히지 않은 손으로 나를 때리려고 한다. 내가 피하자 다시 발로 찬다.

"이 녀석은 과잉행동장애라니까요."

형의 말이 틀린 건 아니지만, 이번에는 막내가 엄살을 부린 게 확실하다.

"너희들 싸우다가도 다른 애들과 싸움이 붙으면 형제끼리 한 편 먹지?"

"아니요. 막내는 언제나 저랑 한 편인데, 쟤는 달라요. 상대편이 잘했고, 저더러 잘못했다고 꼬박꼬박 따진다니까요. 좀 특이해요. 식구들도 쟤를 다 싫어해요."

형은 식식거리며 눈을 흘겼다.

"동생한테 그런 말 하면 못써."

형은 막내를 데리고 밖으로 나가며 돌아서서 주먹을 휘둘렀다.

"따라오면 재미없어!"

문이 닫히며 현관문에 매달아 놓은 방울이 깨질 듯이 울었다. 소파에 앉아서 밖을 내다보았다. 형과 막내가 잔디밭에서 재미나게 놀고 있다. 나를 아예 잊은 걸까? 아니면 약 올리려고 더 재미나게 노는 걸까? 눈물이 나려고 한다. 소파에 엎드려 머리를 짓찧는다. 그래도 속이 풀리지 않는다. 할머니가 다가와 기다란 구두주걱을 내게 던진다. 할머니는 막내가 갖고 놀던 등긁개를 들고 있다.

"자, 나는 일본 장수다. 너는 홍의장군해라."

"홍의장군이 누구예요?"

"임진왜란 때 왜군과 싸웠던 용맹한 의병대장이란다. 사나이가 그까짓 일로 기가 죽어서야 되겠어?"

나는 벌떡 일어나서 구두주걱을 잡았다. 할머니는 내 어깨와 다리를 툭툭 쳤다.

"이게 칼이었으면 넌 벌써 팔, 다리가 잘렸어."

할머니는 갑자기 돌려차기로 내 배를 찬다. 나는 휘청하며 거실바닥에 쓰러졌다. 재미있다.

"할머니가 어떻게 돌려차기를 하세요?"

"어렸을 때 태권도를 배웠단다."

"와, 멋져요. 할머니 더 놀아요."

"너는 이미 죽었는걸."

"야, 이 나쁜 일본 놈아, 내 칼을 받아라."

나는 벌떡 일어나서 할머니의 배를 찔렀다.

"으윽, 홍의 장군. 정말 대단하군."

할머니는 무릎을 꿇고 고꾸라진다.

"할머니, 할머니 일어나세요."

할머니가 한쪽 눈을 뜬다. 입가에 와이파이 같은 주름이 잡힌다.

"자, 이제 점심을 차려서 일꾼들에게 먹여야지? 나를 도와줄 수 있지?"

할머니는 벌떡 일어났다. 우리 친할머니는 한 번 일어나려면 에구구 소리를 하며 꿈틀꿈틀 일어나는데, 이 할머니는 정말 이상하다.

※※※

시골할아버지는 잔디밭에 탁자를 내다놓고 파라솔을 폈다. 어른들이 손을 씻고 와서 바비큐 그릴을 설치하고 숯불을 피운다. 숯불에 불판을 올려놓고 삼겹살을 굽는다. 하얀 연기가 올라오고 지글지글 소리를 내며 고소한 냄새가 난다. 할아버지가 자동차에서 아이스박스를 꺼내왔다. 엄마가 우리 먹을 걸 아이스박스에 담아서 보낸 것이다. 김밥과 과일을 탁자에 올려놓았다. 할머니가 쟁반에 상추와 샐러드를 담아주었다. 나는 할머니 심부름으로 쟁반을 들고 날랐다. 멋진 고기파티다. 막내는 고기를 한 점 받아먹고는 잔디밭을 뛰어다닌다. 아파트에서는 발뒤꿈치를 들고 사뿐사뿐 걸었는데, 맘껏 뛸 수 있어서 정말 신나한다.

"할머니 집 너무 좋아요."

형은 고기를 씹으면서도 이층집을 올려다본다. 파란 하늘이 보인다. 서울에서는 볼 수 없는 진한 파랑색이다. 파란 하늘을 배경으로 보니 빨간 벽돌집이 정말 예쁘다. 할머니랑 여기서 살았으면 좋겠다.

"식사 다 하시고, 설거지는 주방에 옮겨놓으세요. 이제부터 저는 아이들과 놀아야겠어요. 아까부터 놀아달라고 조르니, 놀아줘야지요."

할머니는 앞장서서 이층으로 올라간다. 내가 혼자서 숨바꼭질하던 서재로 들어간다.

"여기는 정말 책이 많아요. 할머니는 이 책을 다 읽으셨나요?"

할머니는 내 어깨를 두드린다.

"아직 안 읽은 책도 몇 권 있단다. 자 지금부터 우리는 다른 세계로 넘어갈 거다. 각오는 되어 있겠지?"

"에이, 할머니, 그런 게 어디 있어요?"

형은 비아냥거린다. 나는 할머니의 손을 꼭 잡았다.

"할머니, 저는 무조건 할머니 따라 갈 거예요."

"큰형아 가자. 큰형아가 가면 나도 갈 거야."

막내는 형의 손을 잡아 흔든다.

"비밀 통로는 못 봤지? 어른들에게는 보여주지 않는 곳이란다. 다시는 집으로 돌아올 수 없을지도 몰라. 자신 없으면 따라오지 않아도 된단다."

"저는 간다니까요. 다시 돌아오지 않아도 돼요."

나는 신바람이 났다. 아무도 날 좋아해 주지 않았다. 나는 정말 할머니랑 함께라면 어디라도 갈 수 있다.

"나도 나도."

막내가 내 손을 슬쩍 잡는다. 나는 매몰차게 뿌리친다.

"에이, 그런 게 요즘 세상에 어디 있어요? 다 동화책에나 나오는 얘기죠."

형은 잠시 망설이더니 따라나선다.

"아싸!"

"어, 할머니는 그런 말 안 쓰는데요?"

"내가 할머니로 보이니? 자세히 봐."

할머니가 이상하다. 예쁜 누나로 변한 것 같다. 졸려서 눈을 게슴츠레 뜨고 걷는 막내를 형이 꼭 붙들었다. 어른들은 파라솔 아래에서 커피를 마신다. 어른들은 가만히 앉아서 이야기만 나눠도 재미있나보다. 갑자기 웃음소리가 대포 소리처럼 터진다. 할아버지는 우리를 할머니에게 맡겨놓고 안심을 하는지 우리 삼형제에게는 아예 신경도 쓰지 않는다.

"자, 여기 무기가 있다. 하나씩 들어라."

할머니는 나에게는 구두주걱을 막내에게는 등긁개를, 형에게는 등산용 지팡이를 나눠주었다. 할머니는 국자를 들었다.

우리는 무기를 들고 한 쪽 벽을 다 차지하고 있는 책장 앞에 섰다.

"책장을 옆으로 밀면 뭐가 있을까?"

"비밀 통로요."

"어떻게 알았지?"

"동화책에서 읽었어요. 어떤 동화책은 책 표지에 손을 대고 '나 여기에 가고 싶다' 하고 주문을 외워요. 그러면 어느 시대, 어느 나라 건 갈 수 있어요. 정말 그런 걸 믿지는 않아요. 상상으로 가는 거겠죠. 정말 비밀통로가 있을 리가 없잖아요?"

그런데 형의 말과는 달리 책장을 미닫이처럼 옆으로 밀자 문이 하나 나온다. 할머니가 둥근 손잡이를 잡아당기자 쇠가 갈리는 소리가 난다. 삐걱이는 소리에 소름이 끼친다. 아래로 길게 늘어진 계단에 거미줄이 보이고, 커다란 연두색 거미가 눈을 깜빡인다. 아까 정원에서 형과 막내가 거미줄을 막대기로 찢었던 생각이 나며 등이 오싹해진다. 스위치를 올리자 계단 중간 중간에 전등이

켜진다.

"자, 이제부터 진짜 모험이 시작되는 거야."

할머니의 뒤를 따라 조심조심 난간을 잡고 내려가기 시작한다. 이층으로 올라갈 때처럼 마구 뛸 수가 없다. 등불이 보이지 않는 지하는 무저갱처럼 계단의 끝이 보이지 않는다. 한참을 내려가자 평탄한 곳에 발이 닿았다. 동굴 끝에 문이 하나 달려 있다. 우리는 숨도 크게 쉬지 못하고 할머니를 따라간다. 문을 밀자 갑자기 빛이 쏟아져 들어온다. 하늘도 파랗고 들판도 파랗다.

"어, 여기는 어디지?"

그때 빨간 옷을 입은 허수아비가 긴 칼을 들고 서 있다.

"와, 귀신이다!"

우리는 허수아비를 향해 달려갔다.

"얘들아, 이곳에 온 걸 환영한다."

||*

1592년 봄

"오늘은 1592년 4월 24일이다. 나는 지금 의병을 조직하는 중이다. 시작은 수십 명이지만, 뜻을 같이할 사람들이 많아질 것이다. 왜군들이 쳐들어와서 우리나라를 쑥대밭으로 만들고 있어. 이럴 때는 어떻게 해야 하지?"

"나가서 싸워야 합니다."

형과 나는 목청껏 소리 질렀다.

"돌격! 앞으로!"

커다란 함성 소리가 들린다. 뒤를 돌아보니 곡괭이와 낫을 높이 든 사람들이 소리를 지르고 있다. 갑자기 심장이 빨리 뛴다. 우리들이 들고 있던 지팡이와 구두주걱과 등긁개가 긴 칼로 변했다.

"자, 지금은 전쟁 중이란다. 임진왜란에 대해 배웠지? 나는 홍의장군 곽재우다."

그는 빨간 비단옷을 휘날리며 달려 나갔다. 곡괭이와 낫을 든 남자들이 함성을 지르며 그 뒤를 따랐다. 왜군들은 조총을 들고 쳐들어왔다. 탕 탕 탕! 조총 소리가 멀리서 들려온다.

"자, 여기 관군들이 버리고 간 무기가 있습니다."

이천 명으로 늘어난 의병들은 무기를 받아들고 달려 나갔다.

"자, 여기 군량미도 넉넉합니다. 밥은 제가 책임지겠습니다."

할머니는 앞치마를 두르고 국자를 들었다.

"이건 말도 안 돼. 어떻게 현실에서 떠날 수 있지?"

형은 고개를 갸웃거리며 서 있다. 나는 홍의장군을 따라간다.

"둘째야, 기다려. 형도 간다."

붉은 옷을 휘날리는 곽재우 장군은 키가 작은 왜적들 틈에서 단연 돋보인다. 형과 나는 등을 맞대고 다가오는 왜적들에게 칼을 휘두른다. 백병전에서는 조총이 힘을 못 쓴다.

"이순신 함대가 옥포 해전에서 왜선 30척을 물리쳤다. 우리도 용감하게 싸우자."

"순찰사 김 수를 잡아라. 나라가 위태로울 때 밀양으로 도망을 쳤다. 우리 의병들은 힘을 합쳐서 의령, 합천, 창녕, 영산 등 여러 고을을 수복했다. 우리는 관군이 버리고 간 군기랑 군량미를 거두어 썼을 뿐이었어."

"맞아요. 그걸로 할머니가 밥을 해 주셨어요."

"그런데 산속으로 도망갔던 김수가 오히려 내가 반란을 일으키려 한다고 모함했지. 하지만 지나간 역사는 알고 있단다. 4백여 년이 지난 지금까지도 나 곽재우는 추앙을 받지만, 관찰사 김수는 손가락질을 받는 거지. 진짜 사나이란 살았을 때 부귀영화를 누리는 게 아니라, 죽어서 아름다운 이름으로 남는 것이 아니겠는가?"

"네, 장군님. 명심하겠습니다."

"할머니, 나라가 어려운 지경에 빠졌어요. 나랑 형은 홍의장군을 따라갈 거니까, 우리 막내를 잘 부탁해요."

나는 형을 향해 다급하게 달려갔다. 하나 둘 셋…

2017년 봄

…넷 다섯 여섯… 열여덟.

"어어 여기가 어디지? 왜병들은 다 어디로 갔지?"

발이 진흙 속에 빠졌다. 장딴지까지 축축하게 감기는 느낌이 영 기분 나쁘다. 형이 내 손을 붙잡았다. 형이 함께 있어서 안심이 되었다. 이것이 할머니가 말한 형제애라는 것일까.

할머니 옆에 섰던 막내가 소리친다.

"큰형, 작은형!"

우리는 질척한 논바닥에 발이 빠졌다. 할머니의 이층집이 바로 옆에 있다.

"아, 이 녀석들아. 니들 더러워서 차에 안 태운다."

할아버지의 야단치는 소리가 들린다. 할아버지의 목소리가 이렇게 반가울 수가 없다. 현실로 돌아온 것이다. 전쟁은 이미 오래 전에 끝났고, 우리는 평화로운 시대에 살고 있는 것이다.

할머니가 물이 가득 든 대야를 들고 오셨다.

"한 사람씩 의자에 앉아서 발을 담가라."

물이 따뜻하다. 할머니가 발을 씻겨준다.

"할머니, 너무 부드럽고 따뜻해요."

나는 할머니의 뺨에 뽀뽀를 한다.

"할머니 집이 정말 좋아요."

형은 또 할머니 집을 올려다본다.

"이십 억짜리 같아서가 아니고요. 할머니의 이야기가 살아 있는 집이잖아요. 저도 이다음에 이런 집을 지을 거예요. 할머니는 정말 멋져요."

발톱 속에까지 까만 개흙이 끼었다. 운동화도 엉망이다. 할머니는 운동화도

물에 흔들어 빨았다. 수건으로 깨끗이 닦아서 신을 신겨준다.

"어휴, 난리법석을 피우고 갑니다."

우리 삼 형제는 자동차 뒷좌석에 가서 앉는다. 할머니가 차창에 다가와 윙크를 한다.

"비밀통로는 어른들에게는 비밀이다. 우리들만 아는 거야."

"할머니, 또 놀러올게요."

자동차는 마당을 빠져나와 언덕으로 올라갔다. 할머니의 빨간 벽돌집이 한 눈에 내려다보인다. 저 멀리 밭에서 빨간 옷의 허수아비가 빙그르르 돌며 인사를 한다. 밭에는 어른들이 심어놓은 아로니아가 줄지어 서 있다. 우리 발을 씻긴 대야가 현관 앞에 덩그러니 놓여 있다.

❋❋❋

2037년 봄

비가 그쳤나 보다. 우리는 대야가 놓여 있던 자리를 물끄러미 바라보다가 현관문을 열었다. 이제 할머니는 안 계신다. 또 놀러오겠다고 약속하고, 이십 년동안 한 번도 와보지 못했다. 그렇지만 꿈속에서는 여러 번 여기를 찾아왔다. 집은 정말 볼품없이 낡았다. 빨간색 벽돌도 칙칙해졌다. 밭은 정글이 되었다. 빨간 옷의 허수아비도 사라지고 없지만, 나는 아직도 그때의 장면을 생생하게 기억한다. 할머니와 함께 이야기 속으로 빨려 들어갔던 상상의 세계에서 나는 주인공이 된다. 이층 서재로 들어가 책장을 밀면 비밀통로가 있는 게 아니라, 책 속에 비밀통로가 있다는 걸 어른이 되어 깨달았다.

할머니와 서재에서 보낸 한 나절이었을 뿐인데, 이기적인 생각이 바뀌는 계기가 되었다. 형은 그때 이후로 변했다. 나에게 잘해 주었다. 나도 형에게 친밀감을 느끼기 시작했다. 홍의장군 이야기는 사백 년 넘게 전승되고 있지만, 그 이야기를 전해준 할머니는 돌아가셨다.

"세상 어른들의 눈높이에 맞춰 세상에서 돈이 최고인 줄 알았는데, 돈으로 계산할 수 없는 게 있다는 걸 깨달았지. 아마도 그때 할머니는 애어른인 나를 어린 아이로 되돌려놓고 싶었던 게 아닐까? 꿈과 상상력이 더 행복한 가치라는 걸 할머니가 가르쳐주신 거야. 게다가 나라사랑과 형제애를 가르쳐주셨어. 이 집을 리모델링할 때 나는 이층 서재 뒤에 지하까지 엘리베이터를 설치할 거야. 진짜 비밀통로를 만드는 거지."

우리 삼형제는 여기서 함께 살기로 약속했다. 시골할아버지의 밭은 온통 잡초로 뒤덮여 있다. 비름, 쇠비름, 개망초, 민들레가 지천으로 깔려 있다. 두릅은 동산을 이루었고, 아로니아는 덤불숲을 이루었다. 요즘 사람들은 잡초가 사람을 살린다며 구하러 다니는데, 여기가 보물창고인 셈이다.

"여기는 너무 넓어서 열 명도 더 살겠어요."

형이 할머니에게 했던 말이 오롯이 떠오른다. 멋진 우리들만의 세계를 만들어 살고 싶다. 아직 세 명 모두 결혼을 하지 않았다. 우리와 뜻이 맞는 여자들을 만나 아이들을 낳고 열 명도 넘게 이곳에서 살고 싶다.

모든 일을 컴퓨터가 하고, 단추 하나만 누르면 다 되는 편리한 세상이 되었다. 하지만 사람들은 모두 약해빠졌다. 몸을 움직여 땀을 흘리는 일을 해야만 건강하게 오래 살 수 있을 것이다.

이층으로 올라가기 위해 계단에 발을 올려놓았다. 한 사람씩 조심조심 올라가도 계단은 비명을 지르며 쑥쑥 내려앉았다.

서재로 들어갔다. 휑뎅그렁한 느낌이 들었다. 사방에 둘러쳐진 책장과 중간쯤 있던 책장은 모두 사라졌다. 한쪽 벽면의 책장만 남아 있다. 가슴이 아프다. 옛날 기억을 떠올리며 책장을 옆으로 밀었다. 책장이 미닫이처럼 옆으로 밀렸다. 와우, 그건 동화가 아니었다. 둥근 손잡이를 잡아당기자 삐거덕거리며 문이 열렸다. 거미줄은 더 많았다. 계단이 있다. 어릴 때 느꼈던 끝없이 긴 계단도 아니고 동굴도 아니었다. 지하창고로 이어지는 비상구였다. 창고 벽면에 선반이 있다. 작은 유리병들이 줄지어 놓여 있다. 병 하나를 집어 들었다.

2017년 6월 7일 보리수, 2017년 6월 7일 앵두. 2017년 10월 머루. 우리가 이 집에

왔던 해에 담근 것들이다. 이십 년이나 지난 효소들이다. 병뚜껑을 열었다. 할머니의 앞치마에서 맡았던 향기가 난다. 할머니가 보고 싶다.

창고 문을 열고 나가자 밭이다. 빨간 옷의 허수아비는 온데간데없다. 작은 과일나무들은 거목이 되어 숲을 이루었다. 아로니아와 풀이 엉키어서 정글이 되었다. 부동산업자의 말대로 이곳이 터가 센 곳이긴 하다. 적들에게 빼앗겼다가 찾기를 얼마나 반복하며 살았는가. 수천 년을 일궈온 조상들의 피와 땀으로 다져진 땅이니까, 터가 센 것이 당연하지, 터가 세다고 겁먹을 필요는 없다.

나는 할머니처럼 아이들에게 이야기를 전승해주는 통로가 되고 싶다.

"저 책장 뒤에 무엇이 있을까? 비밀통로를 통해 다른 세계로 넘어가고 싶지 않니? 다시는 돌아올 수 없을 지도 몰라."

눈을 반짝이던 할머니는 '아싸 신난다' 하며 다시는 돌아올 수 없는 세계로 넘어갔을까?

덤불숲에서 수런거리는 소리가 나더니 수백 마리의 새들이 파닥파닥 날갯짓을 하며 파란 하늘로 날아오른다.

김 성 금

1993년 「문화일보」로 등단
한국문인협회, 한국소설가협회, 젊은 소설 동인
안양문인협회, 안양여성문인회 회원
소설집: 『민달팽이』, 『자리찾기』, 『이매의 꿈』, 장편소설: 『티눈』
2002년 제28회 한국소설문학상, 2017년 제5회 항공문학상 대상 수상

교도소 대합실   _김정대

  연회색 하늘이 내리 깔리는 교도소 뒤뜰에는 담장 안이 아니더라도 바람 한 점 없을 것 같았다.

  습기 찬 공기는 피부에 끈적끈적 와 닿는데 후덥지근한 그 놈을 콧구멍 안으로 삼키자니 썩 좋은 기분은 못되는 오후였다.

  잘한 짓 없이 들어가 있는 놈을 친구 내외를 봐서 같이 왔더니만, 이놈은 그 속에서 또 어디로 뺑소니를 하였던 감 남들은 다 나오는데 왜 이리 더딘 걸까?

  담배를 네 개피째 붙여 무는데 딱딱한 나무의자 옆자리에 웬 아낙이 등에 아기를 업은 채 앉는 것이었다. 살결이 곱다하고 개름한 틀에 화장기가 없는 것이 눈에 띄어 보였다. 등에 짐만 없었으면 아낙인지 각신지 헷갈릴 것만 같았다.

  "선생님, 말씀 좀 여쭈어도 괜찮겠어요?"

  아낙은 조심스레 내 표정을 살폈다.

  "애기 아빠가 교통사고로 들어와 있는데 재판을 해서 형을 살게 되면 면허증이 취소되나요?"

  아직 미결수인 모양이었다.

  헌데 아낙은 면허증 취소가 제일 걱정거리인 모양이었다. 아빠가 이 무더운 여름 한철을 저 숨막힐 콘크리트벽 속에서 고생할 일은 다음 차례인 것 같은 말투였다. 면허가 취소되면 직업이 없어지고 앞으로 살 일이 걱정은 되겠지만 요즘 사람들 계산부터 앞세운다 싶어 뒷맛이 개운치 못해지기 시작하는 것이었다.

  나는 담배를 깊이 한 모금 빨아 내뿜으며 아낙 쪽으로 턱을 돌렸다.

  "몇 주 진단이요?"

  "몇 주라뇨! 어린애가 죽었어요."

  아낙은 피곤해 보이는 해쓱한 화장기 없는 얼굴을 떨구며 힘없는 대답이었다.

  "죽었다! 사고가 컸구만?"

달리 할 말이 없어졌다.

"근데 이상한 것도 많고 사람들이 영 사람 같질 않아요. 기가 막혀 말을 못하겠어요."

"이상한 게 많다니?"

×　　　×　　　×

차들이 홍수가 져 빠져나가지 못하는 시간 남대문시장 뒤 퇴계로였다.

박 기사는 버스 뒤에 가려 답답하고 신경질이 끓어오르는 참에 2차선에 차들이 빠지며 마침 뒤차는 머뭇거리고 직진을 않고 있는 찰나 차선을 바꾸며 얼른 차를 뽑는 순간이었다.

"악!"

박 기사는 외마디를 치고 브레이크를 밟으며 핸들을 끌어안은 채 정신을 잃었다.

어렴풋이 정신이 들어 눈을 떴을 때는 병실에 흰 침대였다. 옆에는 험상스러워 보이는 사나이 둘이 의자에 버티고 앉아있었다.

"아이는 어찌 되었을까!' 죽지나 않은 걸까? 차는 누가 어떻게 하였을까? 갖가지 상념을 되씹으면서도 입이 떨어지지를 않는 것이었다.

"임마? 사람 죽인 놈이 뻔뻔히 누워만 있어? 엉!"

사나이 중에 덜 우람스러워 보이는 자의 첫마디였다.

"억!"

박 기사는 다시 외마디 괴성을 토하고 눈을 감아버렸다. 죽었구나! 다시 눈을 뜨고 싶지 않았다. 영영 이대로 잠이나 들었으면 싶었다.

"임마, 뭐 잘한 짓 있다고 뻔뻔스레 누워있어?"

어렴풋이 귓가에 기어드는 소리였다.

그 홍수 속에 누가 어린애를 흘렸을까? 콩나물 시루에 노란 콩 알맹이 들어차듯 보도를 꽉 메운 차시루속으로 그 아이는 왜 빠져 들어와 있었던 걸까?

누가 밀어 넣어도 끼어들 틈이 있어 보이지 않는 그 속에….

"엄마, 냉큼 일어나. 내 자식을 살려 놓든지 자식 덕 볼일 끝난 사람 평생 먹여 살리든지 해얄 것 아냐?"

벼락치는 소리에 고막이 찡하는 듯 박 기사는 어쩌야 할 지 생각이 머리에 들지 않았다. 그저 이대로 죽었으면 좋겠다는 생각이 실오라기 같이 스치고 지나며 의식이 몽롱해갔다.

×　　　×　　　×

"정말 알 수가 없다구요!"

"자기 자식이 아닌 것 같구요. 돈만 많이 내라고 엄포들을 부리지 아이 불쌍해 하는 사람은 하나도 없어요. 더 이상한 것은 아이가 호적이 없어요."

"호적이 없다니?"

"하두 이상해서 그 사람 주소에 주민등록등본을 떼어 보고 거기에 나온 본적지 군청에 가서 호적등본을 떼어 봤더니 여섯 살 먹었다는 사내자식이 없단 말이예요. 그리고 그 사람은 전과가 벌겋게 적혀 있더래요."

"전과가?"

나는 점점 이상한 느낌에 사로잡혀들기 시작했다.

"아! 유괴된 어린이."

엄마, 아빠, 가족들이 애타게 기다리며 피가 마르도록 불안 속에 그래도 행여 살아오겠지. 기다리는 아이들은 그렇게 소모품으로 써버려지는 것일까…!

"근데, 더 이상하고 답답한 게 있어요. 합의금을 덜 주었는데 그 사나이들이 종적을 감췄어요."

"뭐! 종적을…."

"270만 원에 합의를 하고 미처 준비가 안 돼서 전세를 뽑아 170만 원을 주었더니 나머지 100만 원을 가져와야 합의서에 도장을 찍겠다고 빨리 해가지고 따지자고 얼러대더니 이틀 뒤에 돈을 가지고 가보니 없어졌어요."

"틀림없구나…."

"돈만 띠고 합의서도 못받고 애 아빠만 죽게 됐다구요."

"없어진지 며칠이나 됐수?"

"벌써 달포나 지났어요."

"주민등록은 어쩌구?"

"그거 다 가짜예요. 그대로 있는데 살던 소굴과 주소도 안 맞어요."

어허! 이럴수가? 분명하구나! 놈들은 아이를 유괴해다 찻길로 밀어 넣었구나!
협박으로 떠밀어 넣었거나 잘 꾀어서 디밀었단 말이야.

빨리 뛰어 들어가 쪼그만 다치고 나와. 그럼 아저씨가 잘 치료해 주구, 맛있는
거 많이 사 주구, 스카이 콩콩도 사줄게…. 그리고 집에도 보내주구….

"정주신, 이희순…."

그때 대기실 방송이 면회 신청자의 차례를 불러대는 것이었다.

그 아낙이 벌떡 일어나며 고개를 까딱하고 면회실 쪽으로 등에 업은 것을 출렁
대며 뛰어가고 있었다.

나는 머리깎은 자식을 만나고 꽤나 언짢아하며 멍하니 얼빠진 소 같은 친구내
외의 등을 밀고 교도소 문을 나오는 참이었다.

"선생님! 드릴 말씀이 있어서 기다렸어요."

아까 그 아낙이었다.

"선생님! 그놈들 짓이었어요. 범인들의 하수인이 아빠를 찾아와 고백을 했대
요."

"고백을?"

"유괴했던 아이를 찻길로 떠 밀쳐 넣어 죽게 하고 돈을 뜯어 낸 것이래요."

나는 아까 어슴프레 떠오르던 생각이 이렇게 현실로 다가 올 줄은 정말 몰랐
다. 아니기를 바라고 이내 지워버렸던 상념이 다시 눈앞에 또렷한 사실로 나타
남에 모골이 송연해지기 시작하는 것이었다.

"자기는 죄지은 것은 없지만 말리지 못한 죄가 가슴에 무겁고 죽은 애가 자꾸

꿈에 보여 괴롭다며 당신에게라도 털어놓고 나면 좀 나을 듯해서 찾아왔노라고. 그 놈들은 다 내빼고 찾을 길 없으니, 법정에서 당신 증인으로 나서고는 싶지만 내가 뒤집어 쓸까봐 그럴 수도 없노라고 미안하다면서 영치금을 조금 넣고 갔대요.”

나는 앞이 희뿌옇게 눈에 현기가 오며 귀가 멍하니 말소리가 들려오지 않았다.

“선생님! 어떡하면 좋죠?”

아낙이 버럭 소리를 치는 바람에 내 정신은 겨우 제 자리로 달려온 듯싶었다. 나는 친구와 부인이 좀 떨어져서 기다리고 있음을 그제서야 느끼고 얼른 아낙에게 명함 하나를 꺼내 주었다.

그날 저녁 친구 집에서 조그만 술상을 놓고 마주 앉았다.

“정 박사! 낮에 그 애기 업은 여자와 무슨 얘기가 길었어?”

“남이야 얘기가 길든 짧든 자넨 늘 나를 가짜 박사 만들 참이야.”

“자네가 변론에는 박사 아닌감?”

“그런가 허허. 헌데 아까 그 아낙 내외가 참 안됐어.”

“무슨 일인데.”

“참 세상 말세도 이런 꼴은 드문 일일걸세. 교통사고를 빙자한 타살, 그것도 살해 목적이 돈이야. 더더구나, 어린이를 유괴하다가 이용물로 삼고. 기가 막혀. 또 가슴이 답답해 오는군. 자! 술이나 한 잔 드세.”

나는 단숨에 독한 양주를 꿀꺽 들이키고 말았다.

“글쎄, 젊은 내외를 동정이라기보다 너무 악랄한 참상을 규명해서 황금에 썩는 양심들 앞에 고발하고 싶은 심정일세.”

“그럼, 내 얘길 좀 참고하게.”

친구가 자동차 보험회사 소장하던 때의 경험을 들려주겠다는 것이었다.

사고를 접수하고 병원으로 달려 나간 직원이 조사 보고를 받고 몹시 분개했다는 것이다.

다친 부위의 X-Ray 사진을 보니 오래된 골절이었는데 의사도 무심결에 이를 발견치 못한 것을 직원의 오랜 경험이 의사의 볼을 저질렀다는 것이다.

방금 다친 뼈는 골절선이 뾰족한 파상인데 그 사진은 몇 해나 지난 상처인지 골절선 주위에 진액이 굳어져 선이 곱게 능선이 되어 있었다는 것이다.

의사도 깜짝 놀라 오래 전의 골절이라며 자기 부주의를 시인하더라는 것이다.

자해집단의 왕초는 새로 영입한 부하들을 각목으로 정강이나 손목을 쳐서 골절상을 입혀가지고 부하로 삼아 준다는 것이다.

환부가 다 영글면 사업에 참여한다는 것이다. 달리는 차에다 손목이나 무릎을 적당히 부딪는 사업이란다.

"헌데 그것들이 아직도 남아 있어? 끔찍하게 발전했구나. 허 참!"

친구는 긴 얘기 끝에 한숨을 토해냈다.

    ×   ×   ×

아낙은 아침 일찍 내 방으로 찾아들었다. 나는 사건의 전모로부터 피고의 신상명세를 기록하기 시작하여 전말을 정리하고 문제점을 짚어 나가기 시작했다.

그날 오후, 여인과 함께 예의 그 교도소를 찾아 피고를 만나 일단 피고를 안심시켜 놓고 문제점을 파헤쳐 들어가기 시작했다.

사건 다 7 / 8 120697의 변론은 그날로부터 3주일이나 지나 서울지방법원 형사 제2부 103호 법정에서 있기로 결정되었다.

나의 변론 시간은 째각째각 다가오고 있었다. 나는 아무말도 입에서 나올 것 같지 않았다. 마음에 정리된 어구는 "그것뿐입니다. 잘 참작해 주시기 바랍니다." 더 이상은 하고 싶은 말이 없었다.

더 이상 잔소리일 것만 같았고 그 내용을 여러 방청인들 앞에 내 입으로 읊조리기가 머뭇거려졌다. 분개하며 흥분이 앞서는 것이었다.

검사의 준엄한 논고가 진행되고 있었다. 나의 차례는 한 치 두 치 다가들고 있었다.

"다음은 변호인의 변론을 듣겠습니다."

학교의 스물두 해 후배인 총각 판사 김은하의 비릿한 목소리였다.

"변론은 제출한 서류로 끝내겠습니다. 그것뿐입니다. 잘 읽어 주시고 참고 바랍니다. 이상."

이렇게 도망가는 식의 변론은 참으로 처음이었다. 내 나이 오십이 넘도록 그 많은 사건 때마다 명론에 다변 열변으로 소문난 나, 인간 정진동이가 쫓겨가는 식이라니 변론박사라는 별호도 오늘이 마지막인 것 같았다.

나의 변호서래야 그 아낙에게 들은 이야기를 순서대로 나열해 놓았을 뿐이다. 마치 3류 주간지에 사건기사 같은 거였다.

×　　　×　　　×

하수인이 그 소굴에 잡혀든 것은 1년 전 이었더란다. 공부가 지겨워 집을 뛰쳐나온 지 달포 만에 소매치기를 하다가 그 놈들에게 들켜서 끌려갔다는 것이다.

"야! 임마 도망갈 궁리 하지 말어. 토껴봐야 12시간 안에 내 앞에 잡혀든다. 그 때는 큰집으로 묶어 보낼거야. 너 몇 번이나 치기 해 먹었어."

지하실 방에 응접실까지 차리고 앉아 왕초는 잡혀드는 놈들의 교육 담당관이었다.

"꼭 두 번째예요."

하수인은 축축이 땀에 젖은 손바닥을 마주 비벼대며 애원조였으나 왕초의 목적은 저 멀리 있었던 것이다.

잘 먹이고, 따뜻한 연탄방에 재워주고 청바지에 잠바를 사 주는 것이 아닌가?

먹고 잘 데 없어 집으로 돌아가려면 술에 만취한 아버지의 고함소리가 귀에 윙- 하는 것 같고 주먹따귀가 갑자기 날아들어 눈에서 불이 번쩍하던 모습이 눈에 아른아른하는 것이었다.

갈 데 올 데 없던 그에게는 그곳이 따뜻하였고 왕초가 형 같은 기분이 들기 시작했다.

잡혀올 때의 불안감이 봄눈 녹아 없어지듯 하며 그곳에 적응하기 시작한 것이었다.

"야! 몰치야! 너 오늘도 끌고나가. 못 끝내면 각오해. 임마!"

지난 달 데려온 여섯 살짜리를 하필 나보고 처치하라는 것이 아닌가?

그것도 보상금을 뜯어내게 차로에 밀어 넣어 치사시키라는 명령이 나흘 전에 떨어졌다. 나는 할 수가 없었다.

오늘은 서두르는 폼이 내가 도망을 치지 않고는 못 배겨 낼 것 같았다.

헌데 그 명령 이후는 늘 그림자가 따라붙은 것 같은 예감이 드는 것은 어쩐 일인가? 분명 누가 감시하고 있었다. 미행하고 있는 것이다.

나는 하는 수 없었다. 내가 살기 위해서는, 그날 아침 나는 그 놈에게 밥을 많이 먹어두라고 했다. 나쁜 짓만 한 해가 넘도록 시키는 대로 해 온 내게도 가슴 깊은 곳에 마지막 눈물이 있었던 모양이다.

나는 아이를 데리고 퇴계로 쪽으로 나갔다. 밀물처럼 밀어 닥치고 엉켜 붙어 달리는 차들의 홍수 속으로 그를 밀어 넣고 말았다.

눈을 딱 감고 이를 악물고, 물론 그 녀석에게는 찻길 건너로 도망을 치라고 인정을 베푸는 척 했다.

아니 그렇게 기적같이 빠져 도망이라도 쳤으면 하는 심정이 더 바라는 쪽이었는지도 몰랐다.

피고에게서 들은 하수인의 독백의 전말이었다.

×　　　×　　　×

나는 논고를 마치고 계속 음미해 보고 있었다. 신빙성이 있는 근거는 아무것도 없었다.

피고를 찾아왔다는 하수인의 독백을 근거로 자동차 자해집단들의 소행이니 운전기사에게 책임이 없다는 요지로 끝맺음을 할 수밖에 없었다.

하수임을 찾은 것도 아니요 주소나 성명을 아는 것도 아니요 안다면 피고의 희미한 기억 속에 남아 있는 인상착의뿐이었다. 그것도 면회 창구에 비친 상체 일부의 모습일 뿐이었다.

병원에 와서 어르던 놈들은 험악한 인상이라는 것뿐 몽롱했던 의식 속에서는 기록된 기억이 거의 없다는 것이다.

피고가 꾸며낸 거짓말이라고 보면 서면변론은 한 오라기 지나가는 바람결 같은 효과 이외는 기대를 걸 수가 없는 것이다.

재판은 2주일 뒤 속개하겠다는 판사의 간단한 말로 종결되었다.

돌아오면서 아낙은 조바심을 냈다.

나도 불안하고 꺼림칙했다. 더 찾을 것이 없을까?

디룩디룩 등에 업힌 아이를 흔들며 만리동 고개를 허우적대며 기어 넘는 아낙의 뒷모습이 사라질 때까지 나는 그 자리에 멍하니 서 있는 것이었다.

후두둑.

빗방울 서너 개 얼굴에 와 닿는 것이었다.

김 정 대

안양문화원장 역임, 한국문화원연합회경기도지부장, 국사편찬위원회 사료조사위원
안양문인협회 회원
창작집:『서성이는 양금』,『흐르지 않는 江』
논문집:『시흥·안양 宗教史』,『大倧教와 槽君奉讚會』

살아나는 땅　　　　　_정동수

　여행을 하면서부터 나는 줄곧 아버지를 생각하고 있었다. 어쩌면 이번 여행은 아버지를 위한, 아니 아버지를 위한다기 보다 아버지로부터 스스로 벗어나려는 여행이 될지도 모른다고 생각했다. 수년 내 아버지와 황소, 그 어둡고 무거운 그림자가 나를 누르고 있다.

　아버지를 머리에 떠올리면 그림자처럼 황소가 따라와 함께 자리한다. 아버지에 대한 생각을 하려면 어머니를 옆에 놓고 떠올리는 것이 당연하고도 자연스러운 일일 것이다. 그런데 어머니보다도 황소의 모습이 먼저 자리해 버리는 것은 왜일까. 물론 아버지와 어머니가 함께 생각날 때도 있다. 그러나 그것은 특수한 기억, 이를테면 어머니의 환갑연에 내외가 나란히 앉아있는 장면들을 사진으로 보고 있을 때라든지 그런 특별한 경우가 아니고는 좀처럼 드문 일이다. 일상의 아버지를 기억하게 될 때는 황소의 모습이 늘 함께 하고 있는 것이다.

　아버지와 아버지를 거쳐 간 소 들은 대체 어떤 인연이었을까. 소와의 인연은 아버지 한 사람하고만 이어지는 것은 아니었다. 아버지의 아버지, 또 그 위로 올라가면서 이어지는 인연임이 분명했다.

　아버지와 소의 인연에 관한 이야기를 처음 들은 것은 내 나이 아직 어렸을 때였다. 할머니로부터였다. 할머니는 어린 내게 옛날이야기를 해 주시곤 했는데 콩쥐 팥쥐 이야기라든가 심 봉사 이야기, 혹은 섬돌목 이야기, 천하의 박색인 박씨 부인 이야기, 떡을 이고 집으로 가는 할멈을 잡아먹은 음흉한 호랑이 이야기 등이 그 것이다. 그런데 할머니의 이야기는 그 가짓수가 한정돼 있어서 나는 새로운 이야기를 요구하곤 했는데 그런 이야기들의 틈틈이 옛날이야기 같은 아버지의 어릴 적 이야기가 끼어들었던 것이다.

　"네 아범이 세 살 되던 해에 할아범이 저 세상으로 갔단다."

　할머니의 이야기는 자신은 딸만 여섯을 낳아서 어지간히 시부모의 눈총을 받았다는 것, 그리고 그 여섯 딸을 낳은 다음에 낳은 아들이 내 아버지라는 것, 아버지를 낳았을 때는 정말 지옥에서 다시 살아온 듯 힘이 솟았다는 것 등이었으며 그런 지난 이야기를 입술에 침을 발라가며 해 주었다. 할머니는 제법 이야기 솜씨가 있었다. 당신이 고생했다는 대목에서는 얼굴을 찡그리거나 목소리에 힘을 빼고 기운이 솟는 대목에서는 정말 기운이 솟는다는 듯 얼굴을 펴고 목소리에 기를 돋웠다.

그렇게 어렵게 아들을 보았건만 할아버지는 그 아들이 장성하기도 전에 세상을 버렸다고 했다.

"너의 할아버지가 세상을 떠났을 때는 우리 집에 큰 황소가 있었단다."

그 황소는 어지간히 크기도 했거니와 힘도 세고 사나워서 억센 할아버지나 부릴 수 있었지 다른 사람은 얼씬도 못했다는 것이다. 할아버지는 소를 다루는데 남다른 솜씨가 있다고 했다.

"너의 할아버지 손에 들어가면 아무리 사나운 소도 순해지는 것이었어."

할머니의 목소리는 그 대목에서 힘이 들어갔다.

"헌헌장부였지, 헌헌장부여. 소가 사나우니 조심하라고 하면 너의 할아버지는 뭐랬는지 알아?"

할머니는 큰기침을 두어 번 하고 말을 이어갔다.

"받는 소를 부릴 줄 모르면 농사꾼이 아니라는 거여."

그러나 그 말끝에 할머니는 한 숨을 한번 길게 토해냈다. 그리고 풀이 죽은 목소리로 말했다.

"아무리 헌헌장부면 뭘 하누, 팔자 도둑질은 못하는 걸."

그렇게 건장하던 할아버지가 어느 해 휩쓴 전염병에 평소 골골 하던 사람보다 먼저 쓰러졌다는 것이다.

할아버지가 세상을 뜨고 나서 집안에 소를 부릴 사람이 없었다. 종조부가 있었지만 그 분은 책상물림이라 농사일하고는 거리가 멀었다.

"하는 수 없이 소를 팔아야겠는데 너의 아범이 글쎄 소를 팔지 못하게 하는 게 아니겠어. 그 것도 내력인지 원, 다니던 학교는 그만두고 소를 거두는 일에 매달리는 거야. 나는 어떻게든 저 하나 공부를 시키려고 했었는데…"

아버지가 하도 못 팔게 하는 바람에 한동안 소를 장으로 내가지 않고 있었지만 부리지도 못할 소를 언제까지 먹일 수 없는 노릇이었다. 할머니는 어린 아들의 마음이 가라앉길 기다리고 있었노라고 했다.

그러던 어느 날이었다. 점심을 먹고 쉬고 있는데 동네 사람들의 웅성거리는 소리가 들렸다. 무슨 일이야 왜 그래, 큰일이라도 난 듯 사람들은 마을 뒤 언덕 쪽으로 달려가는 것이었다. 그곳은 큰 소나무와 굴참나무가 어우러져 있고 그늘이 좋아서 동네 소들을 매다 놓는 곳이었다. 사람들이 그 쪽으로 몰려 갈 때는 뉘 집 소가 고삐를 끊고 달아났거나 아니면 고삐가 꼬여서 소가 모로 쓰러졌거나 그도 아니면 고삐가 풀려 소들끼리 싸움을 하는 일이 있는 경우였다. 그리고 간혹 사람이 소를 잘 못 다루다가 받히는 일이 있었다. 소에게 받히면 골병이 들지 않으면 불구가 되기도 하고 심할 때는 죽는 경우도 있었다.

할머니는 사람들이 뛰어가는 것을 보고 마음이 불안했다. 사나운 소의 주인이 가질 수 있는 불안한 예감이었다.

"왜 무슨 일이 있데…?"

달려가는 사람들한테 물었다.

"몰라요. 무슨 일이 있는가 봐요."

할머니는 그 사람들 뒤를 따라 달렸다. 혹시 주인이 없는 데서 황소가 무슨 일을 저지르지나 않나 불안했던 것이다. 할머니가 언덕으로 갔을 때 십여 명이나 되는 사람들이 소를 에워싸고 있었다. 사람들이 에워싼 가운데로 소의 잔등이 보였다. 등만 보고도 그 소가 우리 소라는 것을 알 수 있었다.

"무슨 일이야?"

할머니는 소 앞에 이르러 그만 혼절할 뻔 했다. 이런 일이, 이런 일이 있을 수 있는 것인가.

"글쎄 네 아범이 말이지, 그 큰 황소의 코뚜레를 잡고 대롱대롱 매달려 있는 것이 아니겠니. 소는 침을 흘리며 식식 거리고… 여러 사람이 코뚜레를 잡고 아이를 안아 떼어놓아서 무사하기는 했다만…."

할머니는 그 때 그 일만 생각하면 등골이 오싹 하다는 듯 진저리를 쳤다.

"집에 돌아와서 아범한테 묻지 않았겠니, 어떻게 된 거냐고. 그랬더니 글쎄. 소 목덜미에 진드기가 붙어서 그걸 떼주려 했다는 거야. 그런데 소가 고갯짓을 하더라는 거 아니겠어. 그 때 할아버지가 하던 말씀이 생각났다는 게지…"

할머니는 그 쯤 해서 뜸을 잠간 들였다.

"소가 달려들 땐 코뚜레만 놓지 않으면 별일 없다는 말이 생각나서 대롱대롱 매달렸다는 거야…. 참 내력은 못 속여, 그래 어른들이 떼 놓으니까 물러나서 씩 웃던걸. 무슨 놈의 사내들이 소한테는 겁을 안 내누."

할머니의 이야기는 거기서 일단락 지었다. 그리고는 입이 군성거리는 모양으로,

"에미야 고구마라도 좀 찌지 그러니?"

말하며 내 머리를 쓰다듬었다.

"결국 소를 장에 내다 팔기는 팔았지. 줄을 매고 코뚜레에 작대기를 둘씩이나 걸고 해서, 장정들이 끌고 너의 종조부가 따라가고 그랬지. 그런데 글쎄 삼십 리나 되는 뱀내장터엘 아범이 따라갔다는 거야. 그 때는 학교엘 다니던 중이었는데, 글쎄 학교 간 줄 알았던 아이가 소 팔러가는 장터엘 따라간 거야. 거긴 왜 갔느냐고 하니까 코뚜레를 가지러 갔다는 거야. 이젠 한 동안 소를 기를 수 없는데 굳이 그걸 빼 달라고 해서 가지고 온 거야. 아이가 하도 그러니까 네 종조부가 철물점에 가서 철사를 사다가 판 소의 코뚜레를 해서 보내고…"

할머니는 그 대목에서 눈물을 글썽였다.

그때 소를 팔고 가져온 코뚜레를 아버지는 소중히 보관했다. 그 후 10년이 채 지나지 않아서 드디어 우리 집에 다시 소를 사 놓았다고 했다. 송아지였다. 그 때 아버지의 나이는 열여덟이었다고 했다. 아버지는 실한 큰 황소를 사자고 했지만 어린 송아지를 기르면서 길들이는 것이 좋을 것 같다는 할머니의 뜻대로 겨우 젖 떨어진 송아지를 사 놓았다. 아버지는 소를 먹이는 일에 온갖 정성을 쏟았다. 목매기가 자라서 코를 뚫게 되었다.

"아 글쎄 아범이 말이다. 코를 뚫고 코뚜레를 해서 채우려는데 어디다 두었던

지 전의 그 황소 코뚜레를 가져 온 거야."

그렇게 말하는 할머니는 사뭇 격앙된 목소리였고 코를 훌쩍 거리며 행주치마 자락을 눈으로 가져갔다. 그 코뚜레는 나도 늘 보아왔던 것이다. 노관주 나무를 구워서 만든 단단하기가 쇠꼬챙이 같던 코뚜레, 우리 집에 소는 가끔 바뀌었으나 코뚜레는 바뀌는 일이 없었다.

"하지만 그 소도 큰 구실을 하기 전에 팔았지 뭐냐. 애비가 군댈 간 거야."

아버지가 그 코뚜레를 얼마큼 소중히 여기고 챙기었던지 나는 잘 알고 있다. 물론 그 것은 할머니가 돌아가신 이후의 이야기다. 할머니는 내가 중학교에 입학하던 해에 여든넷의 적지 않은 세월을 살다가 세상을 떠났다.

할머니의 장례를 치루고 나서도 소를 없애야 했다. 아직 다 자라지 않은 중소였는데. 그리고 다시 산 것이 목매기였다. 아버지는 조금만 틈이 나도 늘 소의 곁에 붙어 있었다. 그리고 입버릇처럼 말했다.

"농사꾼에게 소가 없으면 그건 반쪽짜리야. 신 일꾼(센 일꾼, 소를 붙여 땅을 갈거나 힘든 일을 할 줄 아는 사람)은 품도 두 몫을 치는 까닭을 알아야 하는 거야."

아버지는 어린 나를 두고 하는 말 같았지만 나는 귀담아 듣지 않았다.

결코 넉넉지 못한 농촌 살림이지만 아버지 덕분에 나는 큰 걱정 없이 학교에 다닐 수 있었다. 내가 다닌 중 고등학교는 자전거로 통학할 수 있는 거리의 시골학교였다. 그런데 학교를 다니는 내게 아버지가 지워주는 일 중에 가장 귀찮은 것은 소를 거두게 하는 일이었다. 소를 거둔다고 해 봐야 해가 긴 여름 한철 꼴을 베거나 소에게 풀을 뜯기는 일이었다. 꼴을 베는 것도 그렇지만 소에게 풀을 뜯기는 일, 소가 풀을 뜯어먹도록 하는 일은 꼼짝 없이 소의 꽁무니를 따라다니는 일이라 답답하지 않을 수 없었다. 나는 그린 일들이 하기 싫어서 학교가 끝나면 도서실에서 공부를 한다는 핑계로 해가 저물어서야 귀가했다. 그러나 평일에는 그것이 용납되었지만 토요일이나 일요일에는 빠질 도리가 없었다. 아버지는 숫제 전날 저녁에 소먹이 풀을 한 망테기 베어다 놓으라고 하지 않으면 일찍 와서 소에게 풀을 뜯기라고 엄명을 내렸다. 여름 방학엔 더 했다.

"저녁에 해 좀 기울거든 쇠풀을 좀 뜯겨라."

한마디 일러 놓고는 들로 나가는 것이다. 하지만 워낙 노는 일에 정신을 팔던 나는 아버지의 그런 엄명을 꼬박꼬박 이행할 수 없었다. 노는 것에 정신을 팔다 보면 해가 서산마루에 기울 때쯤에서야 소에게 풀을 뜯겨야 한다는 생각이 들었다. 그날도 나는 아이들과 노느라고 해가 기울 무렵에서야 소에게 풀을 뜯겨야 한다는 생각이 들어서 소를 끌고 들로 나갔다. 내가 들로 나갔을 때는 이미 해가 거의 기울어 들판의 미루나무 그림자가 마을에까지 이어져 있었다.

"뱃구레가 불룩 나오도록 풀을 뜯겨야 해."

아버지는 들에서 들어오면 우선 소의 배부터 살펴보는 것이 일과였다. 아침에 나갈 때는 소의 온몸을 싸리비로 목욕을 시키듯이 쓸어주고 저녁에는 배가 부른가, 어떤가, 확인하는 것으로 일과를 마무리 했다.

해는 기울고 소의 뱃구레는 장마철 썩은 호박처럼 꿀렁해 있었다. 나는 아버지로부터 한차례 꾸중을 들을 것이 싫었다. 그 순간 내 머릿속을 날렵하게 지나가는 한 생각이 있었다. 소를 으슥한 산모퉁이로 몰았다. 산 그림자가 이미 수수밭 서쪽 끝까지 내려와 있었다. 찜통처럼 삶아대던 더위는 어느새 시들고 으스스한 기가 느껴졌다. 길섶의 쑥대를 꺾었다. 실팍하고 키가 우쭐한 놈으로 골랐다. 한 움큼 꺾은 쑥대로 소의 궁둥이를 쳤다. 궁둥이를 맞은 소는 앞으로 뛰었다. 이야! 이랴! 계속 소를 몰았다. 소는 씩씩 가쁜 숨을 몰아쉬며 달렸다. 얼마나 그렇게 달린 것일까. 산 그림자가 이젠 온 천지를 덮어버렸다. 조금 있으면 땅거미가 내릴 것이다. 달리고 또 달렸다. 소의 전신이 땀으로 젖었다. 한기를 느끼던 내 몸도 다시 열을 뿜었고 땀줄기가 벌레처럼 전신을 흘러내렸다. 잠시 숨을 돌리고 소를 물가로 몰았다. 땀을 흘린 소는 물을 보자 벌컥벌컥 들이키기 시작했다. 코를 벌름거리며 물을 들이키던 소는 한참 후에 고개를 들고 쉬었다가 다시 물로 입을 가져갔다. 웅덩이처럼 쑥 들어갔던 뱃구레가 불쑥 튀어 나왔다. 나는 소를 몰고 집으로 향했다. 얼마 후에 아버지가 돌아왔다. 소는 마당 끝 말뚝에 매어 있었다. 지친 듯 눈을 껌벅이고 있는 소는 처량스러워 보였다. 이랴, 이랴, 아버지는 소에서 눈을 떼지 않고 찬찬히 훑어 봤다. 그러더니 내게 눈길을 보냈다.

"소를 어떻게 했길래….."

나는 말없이 고개만 숙였다. 아버지는 끝내 소를 일으켜 세웠다. 일어선 소는 배 밑으로 물줄기를 뽑아냈다. 그 물줄기는 쉽게 그치지 않았다. 아버지는 다시 한 번 나를 바라보았다. 아버지의 눈빛이 예사롭지가 않았다. 분노였을까, 파란 빛이 이는 듯했다.

"소를 어디로 몰고 다녔어?"

나는 대답할 수가 없었다.

"아무리 철이 없다고 해도….."

아버지는 더 길게 말을 하지 않았지만 말을 하는 것보다 더 무겁게 아버지의 눈빛은 내 가슴에 아프게 꽂혀왔다.

그 후로 아버지는 내게 소에게 풀을 뜯기란 말을 하지 않았다. 그러나 나는 그 이후로 말이 없는 아버지가 더 어려웠고 풀을 뜯기란 말보다도 더 조심스러웠고 소에게 풀을 먹이는 일을 소홀히 할 수가 없었다.

아버지가 소를 장으로 끌어다 파는 일은 좀처럼 볼 수 없었다. 다른 사람들은 농사가 끝나면 한두 달 소를 잘 먹여 살찌워서 장에 팔고 이듬해 봄에 조금 작거나 마른 소를 사다가 길러서 다소의 차액을 챙기고는 했지만 우리는 처음 송아지를 사오면 몇 년이고 장성하도록 팔지를 않았다.

그러던 아버지가 소를 끌고 장으로 간 것은 내가 대학에 입학하게 되어 등록금을 낼 때였다. 고등학교에 입학하고 나서부터 나는 소를 먹이는 일은 거들떠보지도 않았다. 아버지는 내가 어떤 진로를 택할 것인지, 어느 대학 무슨 과를 목표로 하는 지를 물은 일이 없었다. 나는 학교 공부에만 최선을 다했다. 저녁 늦게 집으로 돌아왔고 새벽같이 집을 나왔다. 토요일이고 일요일이고 방학이고 할 것 없이 도서실에서 살다시피 했다. 그러는 내게 아버지는 농사일은 마음에 안 드냐? 한 번 물은 일이 있었다. 농사는 안 지을 겁니다. 나는 분명하게 말했다. 그러는 나를 보고 아버지는 길게 한 숨을 내 뿜을 뿐 아무 말도 하지 않고 입을 다물었다. 내가 대학 입학시험을 치루고 합격이 돼서 합격통지서와 등록금

고지서를 아버지 앞에 내밀었을 때도 아버지는 말이 없었다. 아버지가 우리 집에서 먹이던 황소를 끌고 가는 것을 본 것은 등록금 마감일을 사흘 앞둔 날이었다.

소를 팔러가는 날, 아버지는 코뚜레를 갈아 끼워 철사로 만든 임시 코뚜레를 채웠다. 소를 장으로 끌고 가기 며칠 전부터 아버지는 유난히 정성을 들여 소를 보살폈다. 쇠죽에 더 많은 콩을 넣어주기도 하고 싸리비로 세심하게 소잔등을 쓸어내렸다. 소는 아버지가 싸리비로 등허리를 쓸어 줄 때마다 시원해 하면서 지그시 눈을 감았다. 나는 그 모습을 보면서 내가 어릴 적 어머니의 무릎을 베고 양지바른 앞마당에 누워 있던 생각을 했다. 어머니는 내가 무릎을 베고 누우면 쪽에 꽂았던 귀지게를 꺼내서 귀를 후벼주곤 했다. 아픈 듯하면서도 시원한 행복감을 느끼며 나는 어머니의 냄새를 맡았다.

큰 황소의 눈빛이 저렇게 순할 수 있다니….

장으로 가는 날 아침 소는 죽을 먹지 않았다. 구성진 목청으로 울음소리를 낼 뿐이었다. 소를 팔고 돌아온 아버지는 아무 말도, 아무 표정도 드러내지 않았다. 다만 등록금을 낼 만큼의 돈을 내 앞으로 밀어 놓았을 뿐이다. 이웃 사람들은 내가 서울의 대학에 입학하게 됐다고 집안에 경사가 났다고 했지만 그런 말에도 아버지는 일체 대꾸를 하지 않았다.

오랫동안 집에서 기르던 그 큰 황소를 팔고 다시 작은 소를 산 것은 그 후 얼마 안 되어서였다. 나는 학교를 다니느라 집을 떠나 있었다. 등록금은 부모한테 의지해야 했지만 숙식비와 용돈은 내가 벌어야 했다. 입주 가정교사 자리를 얻었다. 큰 다행이었다. 한 달이나 혹은 두어 달에 한 번쯤 집엘 들렀다. 그때 새로 소를 산 것을 알았다. 그러나 그 전처럼 한 마리의 소를 오래 먹이지 않았다. 소는 영락없이 육 개월에 한 번씩 바뀌었다. 그 때마다 소의 크기가 줄었다. 소를 팔고 산 차액이 내 등록금의 일부가 된다는 것을 나는 뻔히 알고 있었다. 하지만 나는 아버지가 내 주는 등록금을 챙기면서 그런 저런 말을 하지 않았다. 재학 중에 입대를 했다. 내가 입대할 무렵 소는 거의 목매기나 다름없는 송아지로 줄었다. 그러던 것이 제대를 하고 돌아왔을 때는 제법 실팍한 황소가 돼 있었다. 그러던 소가 또 차츰 줄어서 대학을 졸업했을 때는 그것마저 팔아버리고 난 후였다. 마지막 학기 등록금을 해 주면서도 아버지는 아무 말도 안 했다. 그러나 옆에 있던 어머니는 안쓰러운 표정으로 조금은 기대감을 감추지 못하는 듯 지나가는 말처럼 한마디 했다.

"빨리 돈 벌어서 황소 한 마리 사드려라, 송아지라도….."

어머니의 말을 들으면서 나를 바라보는 아버지의 눈빛은 깊이 가라앉아 있었다.

학교를 졸업했지만, 나는 한동안 취직을 하지 못했다. 그렇다고 졸업을 하고 나서까지 가정교사자리를 전전하기는 싫었다. 집으로 내려갈 수도 없었다. 서울에 방을 얻어 자취를 하면서 취직자리를 알아 볼 수밖에 없었다. 그런 나를 바라보며 아프게 마음을 졸이는 것은 어머니였다.

"아직도 좋은 소식 없어?"

생활고를 견디지 못해 집으로 내려가면 어머니는 애처롭게 말했다. 그런 가운데도 내가 졸업을 하고 반년인가 지나자 아버지는 송아지 한 마리를 사왔다. 황 송아지였다. 그러나 그 송아지도 크게 성장하지 못했다. 졸업을 하고 이년쯤 있다가 나는 취직이라는 것을 했지만 월급이 박하기로 소문난 출판사였기 때문에 그날그날 굶지 않고 혼자 살기에도 빠듯한 지경이었다. 첫 월급을 타서 부모님한테 선물을 한 번 한 것 외에 이렇다 할 도움을 주지 못했다. 집에다 손을 내밀지 않는 것만을 다행으로 알아야 할 형편이었다. 그런데도 결혼을 해야 했다. 어머니가 서두른 결혼이었다. 집을 사줄 형편은 아니었지만 셋방이라도 얻자니 소를 팔 수밖에 없었다.

그렇게 해서 소를 없애고 다시 송아지를 산 것은 이년 뒤였다. 그 때 아버지는 이미 환갑을 지난 나이였다. 그러나 아버지의 기골은 쇄해 보이지 않았다. 힘든 일을 하거나 소를 부리는 솜씨는 젊은 사람보다 오히려 능숙하고 꿋꿋해 보였다. 가끔 고향에 내려가서 보았던 아버지에게선 힘들어하는 기색을 느낄 수 없었다.

"송아지이지만 먹성이 좋아서 이놈은 쉬 부릴 수 있을 거다."

아버지는 모처럼 얼굴에 웃음을 보이며 말했다. 아버지의 말을 들으면서 씁쓸한 기분이 되지 않을 수 없었다.

'이제 네놈이 돈을 뜯어가지 않으니까 소를 팔아먹을 일이 없어져 안심이다.'

그렇게 말하는 것 같았다.

그러나 그런 아버지가 마지막 기대를 걸었던 송아지가 다 자라기도 전에 팔지 않으면 안 될 일이 벌어졌다. 농터가 없어지고 공단이 들어선 것이다. 고향 마을뿐 아니라 그 일대가 모두 공단으로 변하게 되었다. 고향에 공단이 들어서게 되었다는 사실을 내가 처음 안 것은 신문과 방송을 통해서였다. 포장된 도로가 없었던 곳, 협궤철도가 지나가는 곳, 그곳에 공단이 들어선다고 했을 때 내 머릿속으로 지나가는 섬광과 같은 한 가지 생각은, 그러면 그곳에서 농사를 짓던 사람들의 문제는 어떻게 처리할 것인가, 하는 것이었다. 그 중에서도 내가 제일 궁금해 한 것은 농지에 대한 보상 문제였다. 어쩌면 나도 집을 한 채 가질 수 있을지도 모른다고 생각했다. 그리고 그런 나의 생각은 단순한 환상이 아닌 현실로 다가오고 있었다.

"좀 내려와 봐라."

공단이 들어선다는 보도가 있은 지 일주일쯤 된 어느 날 어머니가 전화를 했다. 나는 내심 그 문제 때문일 거라고 짐작하고 있었지만 무슨 일이냐고 물었다.

"아! 텔레비전 못 봤어? 여긴 지금 난리들이다."

역시 그 문제였다. 나는 일요일을 기다려 바로 고향으로 갔다.

"이제 농사는 다 짓게 됐나 본데 어떻게 하면 좋겠냐?"

어머니의 말이었다. 아버지는 아무 말도 없었다.

"이제 농사일도 하기가 힘드시니까…."

"일없다, 아직은 신일도 할 수 있어."

아버지는 내 말을 자르면서 단호하게 말했다.

"글쎄. 쓸데없는 고집 부리지 말아요. 옛날 같으면 중늙은이도 지난 상늙은이예요. 뒷짐 지고 물고나 보러 다닐 나이에…."

"아니 이런 할망구가!"

"내가 할망구면 그러는 당신은… 나는 더는 농사 못해요."

내외가 서로 의견을 달리하는 부분은, 아버지는 아직 수족이 멀쩡한데 빈둥거릴 수 없는 노릇이니 보상을 받으면 시골에 가서 농터를 사서 농사를 짓겠다는 것이고 어머니는 이참에 보상받으면 하나뿐인 아들인 내게 집이나 사 주고 나머지 가지고 용돈 쓸 궁리나 해보자는 것이었다.

"보상은 얼마나 나온다는데요.?"

사실 현실적으로 가장 문제가 되는 것은 보상의 액수였다. 그런데 아버지는 예사롭지 않은 눈빛으로 나를 힐끗 바라보는 것이었다. 불만과 힐책의 감정이 진하게 배어 있는 눈빛이었다.

"현재 가격대로 쳐준다더라…. 대추나무, 감나무, 몇 그루 있는 것까지 다 적어갔어. 그것도 다 가격을 쳐서 보상한다더라."

어머니는 상당한 기대를 거는 눈치였다. 그날 내가 고향에 내려가 봤지만 그곳 돌아가는 사정을 조금 안 것 외에 이렇다 할 결론을 얻을 수는 없었다.

공단지역 주민들에 대한 보상이 나온 것은 그로부터 일 년이 지나서였다. 아버지는 농터를 사서 농사를 짓겠다는 주장을 폈으나 끝까지 고집하지는 않았다. 이주민들에게는 신도시 지역에 집터를 하나씩 분양해 주었고, 그러다보니 자연 대토를 해서 농사를 지을 수가 없었던 것이다. 거기에는 물론 어머니의 주장이 강했던 것에도 원인이 있었다. 어머니는 이제는 죽어도 농사를 지을 수 없다고 버텼던 것이다.

"도회에 사는 사람 집 없는 설움이 오죽하겠어요."

어머니는 끝내 내게 조그만 아파트라도 사주어야한다고 버텼다.

"아, 집이라도 사 줘야 늙어 수족 없을 때 자식 의지할 염치가 있을 것 아니유."

다행히 아버지 앞으로 배당된 집터는 몫이 좋은 곳이었다. 도로변으로서 상가와 맞붙은 곳이었기 때문에 일층과 이층엔 가계와 사무실을 지어 세를 놓았다. 그러자니 건축비가 좀 많이 들었으나 전세 임대보증금으로 메웠다. 그리고 내게는 아파트를 사주었다. 전액을 다 채울 수는 없었고 나도 은행 융자를 얻을 수 있어서 다행이었다.

결국 아버지의 농사짓겠다는 꿈은 무산되고 건물 세를 받아 생활하게 된 것인데, 농사를 짓지 않게 되자 어머니는 서울에 있는 우리 아파트를 드나드는 일이 잦게 되었다. 나는 어머니를 자주 볼 수 있다는 것이 좋았다. 우선 어머니가 이따금 해 주는 음식을 맛볼 수 있다는 일이 즐거웠다. 그러나 아내는 불편해 하는 눈치였다. 그런데 날이 갈수록 어머니는 나를 잡고 아버지 걱정을 늘어놓는 시간이 길어졌다.

"얘야, 큰일이다. 허구헌 날 술로만 사시니…."

"왜요, 약주도 좀 드시고 그러시라 그러죠 뭐…."

나는 전에 아버지가 술에 취한 모습을 본 일이 없기 때문에 이제는 좀 여유롭게 조금씩 마시는 것이 오히려 좋다고 생각했다. 그런데 어머니의 걱정은 심각했다.

"동네서 조금씩 마시면야 누가 뭐라 하겠냐. 요즘은 그 장터 병이 생겼어."

장터라니, 어머니가 무슨 말을 할까 긴장이 됐다.

"뱀내장이고 발안장이고 장날만 되면 새벽 일찍 나가서 오밤중에 취해갖고 들어오는 거여 글쎄."

내가 아버지의 술 취한 모습을 보게 된 것은 그 후로도 반 년이 지난 후였다. 고등학교 동창생의 아버지가 세상을 떴다고 해서 고향엘 갔다가 집엘 들렀다. 그날은 마침 토요일이어서 시간의 여유가 있었다. 내가 문상을 마치고 집에 들렀을 때는 아홉시가 지난 늦은 시간이었다. 집 앞에 다다랐을 때, 나는 몇 발짝 앞서가는 취객을 볼 수 있었다. 걸음이 많이 휘청거리고 있었다. 그는 무어라 알 수 없는 소리를 흥얼거렸다. 콧노래를 부르는 소리 같기도 하고 취중에 누군가를 욕하는 소리 같기도 한 목소리를 입안에 넣고 흥얼거리는 사람, 나는 아버지의 술 취한 모습을 본 일이 한 번도 없었기 때문에 그가 아버지일 거라고 생각하지 못했다. 그러나 가까이 가자 그가 아버지라는 걸 알았다.

"취하셨어요, 아버지?"

나는 아버지의 팔을 부추기며 팔짱을 끼었다.

"누구야?"

아버지는 내 손을 뿌리쳤다.

"저예요 아버지."

"누구…?"

그러다가 잠시 후 나를 알아보고는 음, 신음소리 같은 한마디를 흘렸다. 아버지는 몸을 바로 세우려는 듯 걸음을 멈추고 중심을 잡았다.

"어쩐 일이냐?"

"들어가세요."

나는 아버지를 부축하고 집안으로 들어갔다.

"또 취했군요."

어머니가 안쓰런 눈빛을 아버지한테 보냈다.

"뭐야! 내가 왜 취해."

아버지는 어머니한테 억지를 부렸다. 나는 내심 아버지가 어머니한테라도 억지를 부릴 수 있다는 것이 다행이라 생각했다.

"술 좀 가져와."

아버지가 방에 들어가 앉으며 말했다.

"취하시구선."

"가져와 괜찮아. 너는 이리 앉고, 오늘…."

아버지는 내게 무슨 말인가를 할 듯하다가 입을 다물고 나를 빤히 쳐다보기만 했다. 초점이 풀린 듯 취한 눈빛이었다.

"저녁은 먹었냐?"

주방으로 나가며 어머니가 나를 향해 물었다. 나는 상가에 다녀오는 길이라고 말했다. 잠시 후에 어머니가 작은 소반에 소고기 군 것과 김치며 술을 내왔다. 두 분이 사는 형편은 농사를 지을 때와는 전혀 비교될 수 없을 만큼 풍족해 보였다. 새로 들여놓은 냉장고, 편리하게 꾸며진 주방, 화장실, 그런 걸 볼 때마다 나는 그나마 부모를 모시지 못하는 죄책감으로부터 다소나마 벗어날 수가 있었다.

"한잔 들자."

"괜찮으시겠어요?"

"괜찮아."

아버지는 술기운 탓으로 몸을 가누기 힘이 드는지 상체를 좌우로 흔들면서도 괜찮다고 했다. 나는 조심스럽게 아버지의 잔에 술을 따랐다. 아버지는 술잔을 입으로 가져가려다가 다시 내려놓으며 내게 말했다.

"너 말이다."

아버지는 나를 바로 처다보았다. 눈빛에 힘을 주려는 듯 미간을 찌푸렸다. 그 동안 많이 변해 있었다. 농사를 지을 때는 아버지의 취한 모습을 볼 수 없었다. 일을 하다가 목이 마르면 그저 막걸리 한 대접 물을 마시듯 들이키면 그만이었다.

"너 말이다. 넌 뭣 때문에 사냐?"

"네?"

나는 아버지가 무슨 말을 하려는지 의중을 알 수 없어 어정쩡하게 눈치를 살필 수밖에 없었다.

"뭘하고 사느냐 말야. 뭐 한 가지, 그래도 세상을 살려면 뜻하는 게 있어야 할 게 아니냐? 네가 농사는 죽어도 안 짓겠다. 이 애비처럼 땅 두더지는 되기가 싫다고 했을 때 말이다. 그 후로는 말이다. 너한테 아무 말 않기로 했다. 하나, 농사라는 게 땅 두더지 노릇만 하는 건…."

아버지는 한 동안 말을 잇지 않고 나를 바라보기만 했다. 그리고 무겁게 입을 열었다.

"그런데 지금 넌 그래, 뭘 생각하고 있는 거냔 말이다. 뭐가 되느냐 그런 것이 아니고 네 가슴속에, 네 가슴속에 살아 있는 게 뭐냔 말이다. 사람은 가슴 속에 든든한 뿌리를 안고 살아야 하는 거여. 그게 없으면, 그게 없으니까 사기나 치려고 지랄들인 거여."

처음엔 이해가 되지 않았지만, 아버지의 말은 차츰 내 가슴을 후벼 파는 아픔으로 다가왔다. 하지만 나는 그걸 내색하지 않았다. 아버지는 나를 한참 뚫어지게 바라보더니 술을 한잔 입에 털어 넣고 더 견딜 수 없는 듯 자리에 누웠다. 나는 상을 들고 주방으로 나갔다. 어머니가 상을 받으며 말했다.

"어느 장이고 장날만 되면 나가서 저렇게 취해가지고 돌아오니 무슨 조화속인지… 장에 가서 뭘 하는 건지 모르겠다."

"다른 일은 없구요?"

나는 그제서 어머니한테 안부를 물었다.

"무슨 걱정이 있겠니, 전에 농사짓고 살 때보다야 호강이지, 한 가지 심심한 게 뭣하지만… 참 할 일 없이 산다는 것도 사람 할 짓은 못되는 것이긴 하다만… 그러니 어쩌겠니, 이제 나이는 들었고…."

어머니와 이야기 하고 있는 동안 잠시의 시간이 흘렀는데 아버지는 어느새 코고는 소리를 내기 시작했다. 아버지는 코를 골다가 입을 쩝쩝 다셔가며 잠꼬대를 했다. 아버지의 잠꼬대는 처음엔 무슨 소리인지 알아들을 수 없었으나 잠시 후엔 알아들을 수 있을 정도로 큰 소리로 변했다.

"없어, 없어. 전부 비루먹은 놈 아니면 가둬놓고 처먹이기만 해서 살만 쪘지, 쓸만한 놈은 없어. 이런 젠장…."

아버지의 목소리는 잠꼬대 하는 사람답지 않게 또렷했다.

"도대체 무슨 말을 하는 것인지…."

어머니가 말했다.

일손을 놓고 있던 아버지는 그렇게 술에 취해 지내더니 몇 해를 더 사시다가 시름시름 앓다가 세상을 떠났다.

"난 말이다. 큰 소를 한번 부려보고 싶었다. 황소를, 너의 할아버지가 돌아가실 때 물려주셨던 그런 소를 말이다. 그런데 그 소를 한 번 판 뒤 다시는 한 번도…."

아버지가 눈을 감기 전에 내게 남긴 말이었다. 아버지의 그 말을 듣고 나는 아버지를 물끄러미 바라만 보고 있을 수밖에 없었다. 아버지의 그런 심중을 나는 한 번도 생각해보지 않았다. 아버지의 장례를 모시고 나서 나는 저간에 미처 생각하지 못했던 죄책감과 무거운 부채감이 한아름 가슴으로 밀려옴을 느꼈다.

"쇠귀신이 붙은 사람이여, 쇠귀신!"

아버지의 장례를 마치고 어머니는 내 등을 주먹으로 치며 끝내 참았던 울음을 토해냈다.

아버지가 장만하고 싶었던 황소, 그런 모습의 소를 본다 한들 내가 지금 무얼 어떻게 한단 말인가 하지만 그건 아무래도 좋았다.

'아무리 찾아봐도 쓸만한 놈이 이젠 없어….'

아버지가 한 번만이라도 보고자 했던 소가 어떤 소일까. 나는 일찍이 그런 소를 그려보지 않았고 또 까마득히 오래전 일이라서 구체적인 소의 모습이 떠오르지 않았지만, 많은 소를 놓고 보면 어딘가 내 심중에 짚여 오는 느낌이 드는 소가 있을 것 같은 생각이 들었다.

이번 취재 여행을 화개장터로 잡은 것은, 아니 어쩌면 처음부터 이 시대에 사라져가는 많은 것들 중에서 장터를 찾아 소개할 기획을 세운데는 나의 저간의 세월이 가져다 준 심중이 밑바닥에 깔려 있었던 것인지도 모른다. 그런데 왜 화개장터일까 경상도와 전라도가 한데 어우러지는 곳. 나는 막연하게 그곳에는 아직도 장터의 모습이 남아 있으리란 생각을 했다.

화개장터.

내가 차에서 내려섰을 때 해는 이미 서산으로 넘어갔고 계곡으로부터 서서히 어둠이 밀려오기 시작했다. 수려한 경관이었다. 강을 따라 도로가 이어지고 길 밑으로 논과 밭이 펼쳐져 있었다.

어더더더더…

저쪽 들판 끝에서 금방 아버지가 소를 몰고 걸어 나올 것 같은 환상이 내 시야를 흐리게 했다.

장터를 찾았다. 아무리 보아도 장터 같이 보이는 곳이라고는 없었다. 삼거리엔 도회에서나 볼 수 있는 기와집이 몇 채 길을 따라 있었고 그 밑에 슈퍼라고 쓴 가게와 다방과 여관과 이발소가 있었다.

"어디가 장터라는 거야?"

두리번거리던 나는 겨우 화개장터라고 돌에 새긴 비문을 발견할 수 있었다. 장터에 비문이라니….

"여기 쇠장 서는 데가 어디지요?"

나는 길을 가는 늙수그레한 사내에게 물었다.

"쇠 장터라예? 쇠 장터는 구예 내일이 장날이니까네 여게 목판 펼쳐놓는 사람들이 쬐매 있을 깁니다."

그 사람의 말을 듣고 나는 실소를 흘릴 수밖에 없었다. 화개는 장이 아니다. 나는 다시 차에 올라 화개를 빠져나와 남해로 달렸다. 다음날 화개로 온 시간은 열시가 지났는데도 장터라는 곳엔 사람의 그림자조차 얼씬하지 않았다. 쌍계사 구경이나 하려고 차를 몰았다. 쌍계사를 보고 빙어회로 동동주를 마시고 돌아와도 화개는 여전히 잠자고 있을 뿐 장판이 벌어질 조짐이 없었다. 허전했다. 온 김에 쌍계사를 둘러보긴 했지만 허전함을 때울 수는 없었다.

"원 제기랄."

왜 그런 것일까. 허전하기도 했지만 내 가슴 속에서는 울컥울컥 더운 핏덩이 같은 것이 솟구치는 느낌이었다.

"소다운 쇠 꼬라지를 한번 만이라도 좀 봤으면."

하던 아버지의 가슴은 어땠을까. 나는 이대로 돌아가고 싶지가 않았다. 아직 포장이 되지 않은 길로 접어들기라도 하면 쇠장 서는 곳이 있을 것인가 나는 핸들을 다시 하동 쪽으로 꺾었다. 아침에 달려온 길을 되돌아가는 것이다. 한 시간이 채 못 된 시간을 달렸을 때 길은 강을 따라가고 있었다. 반시간을 더 차를 몰고 가다가 왼편으로 난 좁은 길을 향해 핸들을 꺾었다. 그 길이 어디로 이어지는지 알 수 없었다. 다만 핸들을 잡은 나의 시야 속으로 한 마리의 소가 눈에 띄었을 뿐이다. 마차를 끌고 가는 소였다. 마차에는 아무것도 실려 있지 않았다. 우마차 옆으로 한 중년의 사내가 걸어가고 있었다. 어쩌면 빈 마차에 올라 탈 법도 한데 그는 소와 함께 걷고 있었다.

짐을 실은 위에 올라타다니…. 아버지는 혹시라도 짐을 실은 마차에 짐과 함께 사람이 올라탄 것을 보면 혀를 찼다. 아버지는 소를 무리하게 부리는 일이 없었다.

"사람이 소를 부리면 안 되는 것이야. 소와 함께 일을 하는 것이지…."

소를 기르는 사람라면 쇠장이 서는 것을 알 테지 하는 생각에 말을 걸었다.

"오늘이 화개 장이니기루 내일이 하동 장이제…"

가까운 곳에 쇠장이 서는 곳을 묻는 내게 소와 함께 걷던 그는 무심히 일러주었다.

"악양은 이곳에서 멉니까?"

"멀지는 않지만 거겐 이젠 쇠장은 안 서는 기라."

나는 결국 하동에서 하룻밤을 묵기로 했다. 그날 밤 여관에서 누웠지만 좀처럼 잠이 오지 않았다. 아버지가 장터를 찾아다니며 보고 싶었던 소, 건강하고 우람하고 믿음직한 소. 그런 소가 어디에 있을까 기계로 농사를 짓는 마당에 소는 고깃감으로만 필요하게 된 세월에 그런 소를 발견한들 그게 대체 어떻다는 건가, 아니 그런 소가 있기나 한 것일까. 나는 체념을 하면서도 이상하게 그런 소를 한 번만이라도 보고 싶은 간절한 마음이 되어가고 있었다. 내 머릿속으로 자꾸 아버지의 모습이 젖어왔던 것이다.

'난 말이지 내 손으로 길러서, 소를 길러서 말이지…. 이런 제기랄 그게 대단한 것두 아닌데 평생 그 원을 한 번 못 풀고….'

술에 취해 장터에서 돌아온 아버지.

하동장도 장으로써의 면모를 제대로 갖춘 것은 아니었다. 내가 어릴 적 보아왔던 뱀내 장이나 혹은 연전에 가 보았던 발안 장보다도 오히려 장터다운 맛이 없었다. 쇠장을 더구나 빈약했다. 그저 이십 마리나 될까 말까한 소들이 말뚝에 매 있었다. 목매기가 두어 마리, 이제 겨우 코를 뚫었을 것 같은 놈이 두 마리 그런데 이상한 일이었다. 소는 많지 않은데 소를 둘러싸고 있는 사람들은 의외로 많았던 것이다. 소를 사려는 사람들일까. 그들이 소를 놓고 나누는 대화를 귀가로 듣던 나는 그들이 고기장수들임을 알 수 있었다. 그들은 소의 생김새를 보고 먹성이 좋다거나 길마 자리가 잡혔다거나 일을 해본 소인가 어떤가를 말하지 않았다. 정육 삼백 근짜리는 될까, 아니면 삼백 오십 근 정도? 어쩌구 하는 품새들이 고기장수들이 분명했다.

장을 아무리 둘러봐도 아버지의 소는 보이질 않았다. 허전함이 가슴으로 밀려들었다. 그런데 장을 둘러보고 막 장터를 벗어나려고 걸음을 옮기려 할 때였다. 저쪽 구석에서 와자지껄 떠드는 소리가 들렸다. 내 발걸음이 그 쪽으로 향했다. 무슨 일일까. 그곳에는 두 사내가 살찐 중소의 코뚜레를 잡고 실랑이를 벌이고 있다. 그 주위로 사람들이 지켜보고 있었다.

"나 이런 남의 소를 그래…."

그렇게 말하는 사람은 환갑이 가까이 돼 보이는 농사꾼 차림의 사내였다.

"생사람 잡지 말아요 이 소가 어째 댁의 소라는 거요? 무슨 증거루…"

그렇게 말하는 사람은 이제 삼십은 넘었을까, 건장하게 생긴 작업복 차림의 사내였다. 그의 모습으로는 특별히 어떤 일에 종사하는 사람이라고 꼭 집어 말 할 수 있는 특징이 보이지 않았다.

"여러 말 할 것 없어, 경찰을 부르러 갔으니까."

삼십대가 말했다. 둘은 서로 어처구니없다는 투로 혀를 차며 노려보았다. 한 눈에 그들은 소 한 마리를 두고 서로 자기 소라고 다투고 있다는 걸 알 수 있었다. 잠시 후에 정복 차림의 경찰관이 나타났다.

"무슨 일이오?"

경찰관이 말했다.

"아, 글씨 이 소가 분명히 내 소가 맞는디 말이씨…."

노인이 말했다. 그는 전라도 말씨를 쓰고 있었다.

"아, 글쎄 증거를 대란 말이오. 내가 가지고 온 소를 무턱대고 자기 소라고 하니 나 원…."

양쪽의 이야기를 듣고 있던 경찰관이 말했다.

"무슨 얘긴지 알겠는데… 어째서 댁의 소라는 거요?"

노인에게 물었다. 그러자 노인은 어처구니없는 소리를 다 한다는 듯,

"아, 내가 내소를 모르간디…?"

별 가당치도 않다는 듯 말하는 것이었다.

"글세 증거를 대란 말이오."

"증거? 내 소를 내 소라하는디 무신 증거, 아, 소도 안다잖소. 이, 아, 이 소 눈을 보라고, 나를 보는 저 눈빛을 아, 저 눈에 내가 들어 있잖는가베…"

노인의 말을 듣고 있던 주위 사람들이 한꺼번에 웃음을 터뜨렸다. 그런데 나는 그 모습을 보고 웃을 수가 없었다. 아니 웃음은커녕 찌릿한 아픔이 가슴을 파고 들어 코끝에 전해왔다. 노인의 표정, 그 눈빛은 소의 눈빛과 닮아 있었다. 두 사람의 시비는 쉽게 끝날 것 같지 않았다.

"댁에서 분명한 증거를 대지 않는 한, 이 소는 이 사람의 거라고 할 수밖에 없소. 옛날처럼 카드가 있으면 몰라도…"

그 말을 들은 노인은 절망하는 표정이 됐다. 얼굴이 창백하게 일그러졌다. 그런데 그때 나는 문득 할머니의 말이 떠올랐다. 화롯가에서 들려주던 말이었다.

"글쎄 아범이 말이다. 뱀내 장터에서 소를 팔고 온 날 코뚜레를 들고 오더니 연필 깎는 칼로 제 이름을 새기지 않겠니, 내 네 할아버지 세상 떠나 보내고도 안 울었었는데 그만… 그걸 보고는…"

노인 앞에 있는 소의 코뚜레를 보았다. 나무 코뚜레였다. 나는 천천히 노인에게로 갔다.

"저 좀 볼까요."

나는 노인을 끌고 한쪽 구석으로 갔다. 쇠장으로부터 다소 벗어난 쪽으로 끌자 노인은 자꾸 내 얼굴을 힐끔 거렸다. 의혹에 찬 눈빛이었다.

"제가 좀 도와드릴 수 있을까 해서…"

노인은 내가 자기한테 해를 끼칠 사람이 아닐 것이란 느낌이 들어서인지 순순히 나를 따랐다.

"혹시 댁의 소코뚜레에 무슨 표시 같은 거 해 놓지 않았어요? 아이들이 장난삼아 이름을 새겨 두었든지 하는…"

나를 물끄러미 바라보던 노인은 내 얘기가 끝나기도 전에 눈빛에 생기를 일으키더니 몸을 돌려 소 앞으로 갔다. 노인은 당당히 그들 앞으로 나섰다.

"증거라 했소잉?"

노인의 말투, 노인의 손짓은 활기를 띠고 있었다. 코뚜레에 표시가 있다고 한들 그것이 결정적인 증거가 될 수 있을까. 나는 차라리 결과를 보고 싶지가 않아 그곳을 떠났다. 조금 전 노인의 목소리만이 귓전에 남아 윙윙거렸다.

"아 나가 내 소를 모르간디…? 소도 안다잖소이, 소 눈을 보라고, 나를 보는 저 눈빛을….″

나는 그 길로 허름한 대포집을 찾아 막걸리를 두어 사발 들이켰다. 아버지의 소는 거기에도 없었다. 해는 아직도 중천을 벗어나지 않고 있다. 장터를 뒤로하고 다시 차에 올랐다. 바닷가 쪽으로 차를 몰아갔다.

바닷바람이라도….

허전했다. 그런 기분으로 돌아가고 싶지 않았다. 바닷가 작은 음식점에서 점심을 때우고 한잔 소주 기운으로 가뭇가뭇 졸다가 잠이 들었다. 내가 잠에서 깨어났을 때는 붉은 노을빛이 차창에 서릴 듯했고 잔잔한 물결들이 반짝반짝 촐랑거리며 어지럽게 바다를 간지럽히는 듯했다. 바다를 등 뒤로하고 떠난 지 몇 분 안 돼서 갈림길이 나왔다. 문득 장터에서 보았던 그 노인의 모습이 떠올랐다.

소 눈빛을 보라고….

나는 서쪽으로 핸들을 꺾었다. 하동을 지나는 갈림길에서 반시간 가량을 달렸을까, 붉게 익은 태양이 막 서쪽 들판 속으로 빠지려 할 순간이었다. 차선을 바꾸려고 백미러를 보았다. 그런데 나는 거기 비쳐진 달을 보았다. 한쪽이 조금 일그러지기는 했지만 둥근 모양을 갖춘 달이었다. 백미러 속에도 달이… 그러자 그런 생각도 한 순간일 뿐 나는 불현듯 차를 세웠다.

큰길 옆으로 난 작은 논둑길을 걸어가는 소를 보았던 것이다. 저무는 노을빛을 가슴으로 안으며 논길을 걸어가는 소, 그 뒤를 노인이 따르고 있었다. 잠뱅이 가랑이를 비뚜름하게 걷어 올린 차림이었다. 그 노인일까?

소 눈빛을 보라고…

그 노인인지 알 수는 없었다. 하지만 내게는 저기 들판을 걸어가는 사람이 장터에서 보았던 그 사람으로 여겨지는 것이었다.

그리고…

그때 나는 문득 아버지를 보았다. 콧노래를 흥얼거리며 소를 몰고 들로 나가는 아버지를.

이랴, 어뎌뎌……이랴 이소

아버지의 우렁찬 음성이 방죽배미 넓은 들판으로 퍼져가고 있었다. 춤을 추듯 온 들판이 살아서 출렁이고 있었다.

정 동 수

「월간문학」 소설 등단.
한국문인협회, 소설가협회 회원, 안양문인협회 고문
소설집: 「떠도는 섬」, 「불꽃여행」「옥수수 하모니카」, 「42.195」.
장편소설: 「육식동물은 냄새가 난다」, 「역사의 길목에서 세월을 줍다」
「소설 삼국유사」, 「모기」외 다수 등 유승규문학상, 단국문학상

부엉이　　　　_채정운

　2007년은 새해 벽두부터 유난스러웠다.

　600년 만에 찾아온 황금돼지 해에다가 음력으로 병술년은 쌍춘년이라서 입춘인 2월 4일 이전에 결혼식을 치러야 길하다고 서둘렀다. 덩달아서 결혼정보회사는 고객을 놓칠세라 이벤트를 주선하느라고 야단법석을 떨었다.

　예식장은 예약이 봇물처럼 터졌고 신혼 보금자리를 마련하느라 진작부터 전셋집이 동이 났다. 백화점은 혼수용품을 주문받으랴 배송하랴 직원들은 호황으로 달귀진 번철 위를 달리듯 팔짝팔짝 뛰었다.

　신랑신부 양가 부모님들은 거들먹거리면서 호텔 커피숍에서 상견례를 마치고 안사돈끼리 따로 만났다. 결혼예단은 어느 선에서 할 것인가 저울질할 때에는 속마음을 거침없이 내보였다가 한편으로 자존심을 챙기느라 머리에서 쥐가 날 지경이다. 처녀 총각들은 그동안 결혼이란 통과의례를 까맣게 잊고 사귀다가 세상 돌아가는 결혼열풍에 휩싸여서 자기 자신을 돌아보게 되었다.

　남지수와 이아영은 방년 스물다섯 동갑이다. 그들은 아직 결혼까지는 꿈도 꾸지 않았다. 그러나 청춘남녀가 가깝게 만나다보면 마음이 앞서고 어찌어찌하다가 화학적 관계가 자연스럽게 이루어지고 행복을 꿈꾸기에 충분했다.

바로 엊그제 일이다. 퇴근길에 아영이 지수에게 불쑥 말했다.

"나 어떻게 해."

"뭘? 너 지금 노래 불러?"

　지수의 억양이 농담조로 높았다.

"나, 임신했다구. 농담할 기분아냐."

"뭐라구?"

"나 아기 가졌어."

　지수는 달리던 자전거 페달에서 오른발을 길가에 내려놓고 갓길로 슬금슬금

비켜섰다. 그리고 입술이 달싹거리는 것을 꾹 참고 속으로 중얼거렸다.

'뭐라구? 그러니까 날 더러 책임지라는 말이냐. 아이를 낳고 안 낳고는 여자의 소관이야. 우리는 밀레니엄 세대란 말이야. 임신을 빌미로 남자의 발목을 잡던 선사시대는 이미 지나갔어.'

그러나 지수는 속마음과는 다르게 아영에게 부드럽게 말했다.

"축하해."

"정말? 난 무척 고민되는데."

아영은 지수에게 몸을 기울여서 다정하게 속삭였다.

"고민을 왜 하니. 건강한 정자여행이 난자의 생산공장에 입점을 했는데…."

"그럼 우리 결혼하는 거야−아야?"

아영이 말끝을 묘하게 끌어올리면서 말했다. 그리고 자전거 페달을 힘차게 밟고 지수를 앞질러 속력을 냈다. '결혼하는 거야_아야'의 어미가 아영의 언저리를 맴돌던 공기의 저항으로 한 톤 높게 끌어올렸다.

지수는 그녀를 뒤쫓으면서 '거야_아야'의 의미를 곱씹었다. 이미 아영은 지수가 그녀의 의도를 정확하게 판단하기 위해 말을 되걸기에는 멀리 앞서서 달려가고 있었다. 그녀의 날렵한 동작으로 미루어 보건데 벌써 고민따위는 말끔하게 털어버린 것 같다. 지수는 아영에게 이끌려서 결혼이라는 통과의례를 향해 거침없이 달려가고 있었다. 미루어 보건데 아영의 '거야_아야'의 한 톤 높은 억양은 서로가 사랑을 의심 않고 주고받았으며 결혼까지도 다짐한다는 마침표로 생각하는 것이 옳았다.

"이제 난 죽었다. 집에서 쫓겨 날지도 몰러."

지수는 순간의 혼란스러움을 잊어버리려고 자전거 핸들을 으스러지도록 움켜잡았다. 그러나 얼마되지 않아서 곧 팔의 힘은 소진되었고 어깨쭉지에서 맥이 쭈욱 빠져나갔다.

"뭐 어떻게 되겠지. 설마 날 쫓아낼까?"

지수는 페달을 열나게 밟았다. 그래도 그녀와의 거리는 좀처럼 좁혀지지 않았다. 아영은 지수에게 뒤질세라 속력을 더 했다. 페달을 밟을 때마다 큰 수박을 절반으로 쪼개놓은 것 같은 엉덩이 살이 가속의 리듬을 타고 율동을 멈추지 않았다. 그녀의 엉덩이가 귀엽다. 아영은 스폰지 따위로 엉덩이 근육을 보완하지 않았어도 S라인이 끝내준다. 가슴은 더없이 풍만하다. 그녀의 비너스의 계곡은 정말 신이 내린 걸작이다. 부풀어 오른 그녀의 앞가슴은 보고만 있어도 검지로 톡 건드리고 싶어진다.

그날, 지수는 아영을 보자마자 단번에 '부엉이'라고 불렀다.

아영은 어리둥절했다. 그녀는 눈을 크게 뜨고 사위를 둘러보았다.

그때, 왜 그 자리에는 지수와 아영을 제외하고 아무도 없었을까. 동사무소 민원실 안에는 지수와 아영만이 마주보고 서 있었다. 창밖은 나뭇잎 하나 까딱하지 않았다. 순간의 고요함이 살아있는 것들의 동작을 꼼짝 못하도록 멈추게 하고 석고처럼 응고시켰다. 그리고 오로지 두 남녀의 심장만을 가동시켜 뜨거운 피를 펌프질하게 했다. 열정은 곧 민원실 안의 공기를 열기로 바꿔놓았다. 그리고 안과 밖의 뜨겁고 차가운 공기의 대류작용은 잠시 후 굳었던 삼라만상을 천천히 깨워 흔들어 요동치게 했다. 정원의 단풍나무 잎이 아기손 처럼 나부끼고 느티나무의 길쭉한 잎새가 살랑거렸다. 그리고 눈부신 아침햇살이 지수와 아영의 눈을 찔렀다.

갑자기 바깥의 차가운 기류가 방안으로 확 밀려들어왔다. 부녀회장님의 육중한 체구와 함께 높은 음의 아침인사가 지수와 아영을 놀래켰다.

"좋은 아침!"

"좋은 아침 되십시요."

"과장님도 좋은 아침 되세요. 커피 드릴까요."

"OK!"

"병장님도 커피하실래요?"

"괜찮습니다."

지수는 말끝을 낮추고 낮은 목소리로 사양했다. 그의 목소리는 침착했고 믿음직스러웠다. 아영이 정수기 앞으로 다가오자 지수는 재빠르게 그녀 곁을 스치면서 속삭였다

퇴근 후 '부엉이'에서 기다릴게."

부녀회장님은 커피 잔을 받아들면서 아영을 쳐다보았다. 마치 그동안 너희들의 수작을 모두 눈치 챘다는 듯이. 아영의 손이 떨렸다. 부녀회장님은 커피를한 모금 마시고 나서 눈을 감고 고개를 끄덕였다. 그녀의 끄덕임은 오늘 아침 커피 맛이 괜찮다는 것인지 아니면 너희들의 꼼수를 알아봤다는 뜻인지 모호했다.

근무시간 8시간이 어떻게 지나갔는지 아영은 정신없이 바빴다. 지수가 저음으로 말한 '부엉이'란 단어가 귓가에서 하루 종일 떠나지 않았다.

월말이라 민원창구는 붐볐다. 아영은 헤아릴 수 없을 만큼 여러 통의 주민등록등초본과 인감증명서를 발급했다. 소공시의 달동네 11단지가 곧 재건축에 들어가서 행복단지로 탈바꿈을 할 것이라는 신호였다. 그러나 지수에게는 지루한하루였다. 하루 종일 그의 눈과 머릿속은 온통 '부엉이'로 뒤죽박죽이 됐다.

지수는 하루 종일 앉았다가 섰다가를 반복했다. 그리고 사무실 안의 시계 바늘이 아라비아 숫자 1자를 가리켰을 때 책상 서랍을 잠그고 빨딱 일어섰다. 해는아직 금채산 머리 꼭대기에 높이 떠 있었다. 지수는 자전거 페달을 여유 있게 느릿느릿 밟고 희망단지로 진출했다.

'부엉이'는 희망단지 상가 일층에 얼마 전 입점한 패밀리 레스토랑과 스포츠 바를 접목시킨 레스토랑이다. 다양한 버거류와 치킨 윙, 씨푸드를 주 메뉴로 하는새로운 외식 문화공간으로 떠오르고 있었다. 인테리어도 독특하지만 무엇보다'부엉이 아가씨'의 민소매와 핫팬츠 차림으로 음식을 날라 입소문만 들어도흥미진진했다. 시원하고 깨끗한 생맥주는 금상첨화였고 '부엉이 아가씨'들은한가할 땐 훌라후프를 돌려가며 손님들을 즐겁게 해준다. 소공시에 '부엉이'가입점한 것만 해도 시민들의 씀씀이나 문화적 취향을 알만했다.

술집이 비교적 적은 소공시에서 유일무이하게 '부엉이'는 절대 외설스럽지 않았으며 여성을 상업적으로 이용하고 있다는 비난을 제치고 신선한 인식으로 부상했다. 부엉이의 동그란 눈은 여성의 가슴을 상징했다. 혹시라도 손님 중에서

'부엉이 아가씨'를 만졌다 하면 가차없이 추방이다. 그것으로 끝이 아니다. 영영 '부엉이'에는 얼씬도 못한다. 절대 만질 수 없는 살아있는 바비 인형들의 확다른 색깔의 서비스를 제공받으면서 맛있는 음식과 시원하고 깨끗한 맥주를 마시면 보송보송해지는 기분이 또 다른 무엇에 비견할 수 없을 만큼 상쾌함 그 자체였다.

홀 안은 손님들이 별로 없었다. 각 테이블마다 오렌지색 풍선이 천장을 치받을 것처럼 높이 솟아오르고 있었다. 부엉이 아가씨들은 저녁시간을 위해 휴식을 취하느라 바 의자에 걸터앉아서 다리짓을 하면서 수다를 떨고 있었다. 지수가 들어서자 토끼눈을 뜨고 모두들 자리에서 일어나서 지수를 맞이했다.

"이쪽으로 앉으실래요!"

부엉이 아가씨가 스포츠 바쪽으로 자리를 권했다. 지수는 씽긋 웃어주고 앉았다. 그리고 맥주를 청했다. 맥주는 곧 감자튀김과 함께 그의 앞에 놓였다. 지수는 옆에 놓인 양념 통 속에서 케찹을 꺼내 접시 위에 짜서 담았다. 붉은 색 토마토케찹은 언제 보아도 고추장과 혼돈된다.

'인석아 그걸 음식이라고 쳐 먹냐?'

어머니의 이중적인 언어 구조가 뜬금없이 생각나서 지수는 피식 혼자서 웃었다. 어찌되었거나 '쳐 먹느냐'의 먹는다는 단어는 통일된 의미일 터이고 문제는 쳐라는 말머리에 관해서 생각하게 된다. 지수는 왜 이토록 병적으로 말에 민감한 것일까. 어머니가 '쳐 먹냐' 했으면 그 뜻이 먹다의 낮은 말이면 어떻고 적은 분량의 액체나 가루를 따르거나 뿌려 넣으라고 꾸짖는 언사라면 그런 것이지 어미가 돼가지고 자식에게 어째서 일일이 갖추어서 말을 해야 옳단 말인가. 그냥 무심하게 넘어가도 될 일을 지수는 사사건건 만사가 입속의 가시처럼 목에 걸렸다. 지수는 이렇게 고약한 사춘기를 넘기고 지금은 공익근무요원으로 동사무소에서 근무 중이다.

생맥주의 쌉싸름한 감칠맛이 혀끝에서 맴돌다가 목구멍으로 솔솔 넘어갔다. 쓴 맛은 짜릿하게 혀끝에서 식도를 타고 몸속으로 퍼졌다. 튀김감자를 케찹에 찍어서 와삭와삭 씹는다. 고소하고 상쾌하다.

그녀는 이곳에 와 줄까?

지수가 맥주 삼매경에 빠져 있을 때 누군가가 등 뒤에서 그의 두눈을 조였다. 지수는 반사적으로 그의 눈을 감싸 쥔 손목을 우악스럽게 잡고 돌려 세웠다. 그리고 눈을 떴다. 아영이 환하게 웃고 서 있었다. 아영과 부엉이 아가씨가 혼동되었다. 역시 아영이는 예뻤다.

"우리 자리 옮기자."

지수는 아영의 손을 놓지 않고 테이블로 자리를 옮겨 앉았다.

"오래 기다렸지?"

"별루."

지수가 어깨를 으쓱거리면서 두 팔을 벌려서 몸짓했다.

지수와 아영은 저녁을 먹고 맥주를 마시고 부녀회장님에 관해서 이야기 했다. 그 밖에 하룻 동안 일터에서 일어났던 사소한 사건들을 말하면서 더욱 언성을 높였다가 소리 내어 웃었다.

"여기 자주 오니?"

"가끔씩."

"밥값이 만만치 않을 텐데 방돌이가 감당할 수 있겠어?"

"감당할 수 있을 때만 와."

아영은 무슨 말을 하려다가 입을 꼭 다물었다. 그러더니 쌀쌀하게 말했다.

"그럼 오늘은 더치 하자."

"좋아."

아영이 카드를 내밀었다. 지수는 호주머니 속을 살뜰하게 뒤져서 자기 몫의 현금을 내놓았다. 아영이 손빠르게 지수가 내놓은 현금을 지갑 속에 챙겨 넣고 카드로 계산을 끝냈다. 음식 값은 과했다. 그 밖에 봉사료가 10% 가산되어서 정확하게 일인당 3만원 꼴이 됐다. 아영은 봉사료를 혼자서 옴팍 지불하고 나니까 아깝지만 곧 잊기로 했다.

아영은 단 한 번이라고 못 박으면서 '부엉이'를 나왔다.

밖은 어두웠다.

계수나무 사이로 암모니아 가로등이 오렌지 빛으로 탐스럽게 익고 있었다. 오늘따라 지수의 눈에는 온통 둥근 것만 보였다. 희망로에서 불어오는 저녁바람이 살갗을 기분 좋게 간질렀다.

"집으로 갈 거니?"

지수가 헤어지기 아쉬운 듯 그녀의 가슴을 올려다보고 말했다.

"가."

아영이 또 애매모호하게 대답했다. 그녀의 말꼬리는 가라는 말인지 가도 되느냐고 묻는 말인지 지수는 갈피를 잡을 수 없었다.

지수는 오른손으로 자신의 이마를 탁 쳤다. 그리고 소리 질렀다.

"가~"

아영은 재빠르게 희망단지를 벗어나서 소공로를 가로지르고 12단지 관리사무실 쪽으로 진입했다. 지수도 뒤따랐다. 앞만 보고 달리던 아영이 지수를 돌아보고 손을 흔들었다. 작별인사치고 지나치게 제멋대로이다. 지수는 전원주택단지 방향을 손가락질 했다. 지수가 집으로 가자면 12단지는 건너 뛸 수 없이 거쳐서 가야하는 행로였다. 그의 집은 12단지를 한 블럭 지나서 가좌마을에 있었다.

그 날 이후, 지수와 아영의 만남은 매우 순조로웠다. 직장에서 혹은 출퇴근길에서 자주 자주 마주쳤다. 한 번 보고 두 번 보고 우연한 곳에서 또는 서로 의기투합해서 가끔 '부엉이'에서 만났다. 밥 먹고 차 마시고 맥주 마시고 또 술 마시고 퇴근길에 공원벤치에서 또는 은밀한 장소에서 만나 거리를 좁혀 갔다. 그들의 만남을 옹호해 주고 주선해 주듯 계절은 바야흐로 한여름으로 치달았다. 밤은 짧아지고 낮은 길어졌다. 지수와 아영은 시간가는 줄 몰랐다. 잠깐이 곧 12시를 넘겼다. 지수와 아영은 천천히 그리고 자연스럽게 서로가 서로의 상황을 더듬었다. 그리고 누가 먼저랄 것도 없이 각자의 껍질을 스스로 벗었다.

여름 해는 마냥 길었다. 그 날은 누구라도 따분하고 짜증스러운 날이었다. 곧 장마가 올 것이라는 일기예보를 뒷받침 해 주듯이 온종일 무덥고 끈적끈적한

하루였다. 아영은 오늘 아침에 어머니와 심하게 다투었다. 항상 노랫말처럼 들어왔던 잔소리가 포화상태에서 드디어 폭발했다.

"일찍 일찍 들어오거라. 무슨 생각을 하면서 사는지 도무지 맘에 안 든다."

"언제는 남자친구 하나 못 사귄다고 핀잔을 주더니 이제는 늦는다고 야단이야."

"역시였구나. 대책 없이 어떤 놈이냐. 오밤중까지 미쳐서 만나는 놈이."

"엄마는 알지도 못하면서 이놈 저놈 해? 도대체 대화가 안 돼요."

"네 멋대로구나."

"만나야 뭔가 이루어지지. 밀레니엄시대에는 밤 문화가 정상적이야. 24시간 편의점 심야극장 연중무휴 24시간 문 열고 손님 기다려주는 밥집, 마트 등등 강남에 가보세요. 밤이 얼마나 낮보다 활기찬가를."

'일 없다.'

엄마는 단칼에 아영의 제안을 잘라버렸다. 아영도 입을 다물었다. 말을 하자면 밑도 끝도 없이 길어질 것이다. 엄마의 고정관념은 절구통에 넣고 쇠공이로 짓빻아도 결코 깨질 수 없는 불능이다. 그날 아영은 지수에게 퇴근 후, 중앙공원에서 만나자고 문자를 보냈다. 지수를 만나 마음껏 떠들어야 살 것 같다. 더듬이로 서로간의 탐색따위도 권태롭다. 변화를 택해야지.

지수는 벌써 와서 기다리고 있었다.

그의 얼룩무늬 군복은 자귀나무 휘어진 가지에 가려서 잘 보이지 않았다. 지수보다 자귀나무 꽃들의 군무가 눈부시게 아름다웠다. 산책로 여기저기에 저녁운동을 나온 시민들로 붐볐다. 유모차에 아기를 태워서 밀고 다니는 여자와 개를 데리고 나와 산책하는 사람들도 많이 있었다.

개 주인들은 개목걸이 줄을 힘껏 잡아당겨 가면서 걷는 속도를 조절했다. 또 개는 주인에게 밥값을 하느라고 역할을 바꿔 주인을 부단히 끌고 다니면서 훈련시켰다.

"복구야. 쉬엄쉬엄 가자."

개주인은 숨을 헐떡거리면서 자귀나무 밑 벤치에 걸터앉았다.

지수는 아영을 보자 마시고 있던 맥주 캔을 그녀 앞으로 내밀었다.

"시원해, 마셔봐."

아영이 그의 곁에 앉으면서 맥주 한 모금을 마셨다. 아직 차고 시원했다. 아마도 지수는 방금 이곳에 왔을 것이다. 그의 군복 등허리가 땀에 푹 젖어 있었다. 아영은 지수가 믿음직스러웠다.

아무와도 상관없이 공원안의 시민들은 모두 다 평화스러웠고 행복해 보였다.

지수가 불쑥 말했다.

"요즈음에 끝내주는 일등 신붓감이 누군 줄 아니?"

"오늘따라 너마저도 왜 그러니? 내 속을 박박 긁어 놓을 참이구나."

그러나 아영은 천연덕스럽게 맞장구를 쳤다.

"뭔데?"

"너와는 상관없으니까, 그냥 심심풀이로 들어 봐."

"말해 보라니까."

"일등 신붓감은 어여쁜 여교사."

"흥!"

"2순위는 못생긴 여교사."

"그럼 3순위는?"

"나이 먹은 독신 여교사. 4순위는 이혼한 여교사, 5순위는 애 둘 딸린 여교사. 10위까지 있어. 말 할까 말까?"

"제발 그만 좀 해두라."

아영이 지수의 입을 두 손으로 틀어막았다. 그래도 지수는 거푸 말하려고 했다. 둘은 몸싸움을 했다. 벤치에 앉아있던 개 주인이 불쾌한 듯 벌떡 일어섰다.

"가자! 복구야."

개 주인은 복구를 질질 끌고 자귀나무를 떠났다.

"이번에는 네가 들어줘야 할 차례야. 일등 신랑감은 '사'지는 싫고 '자' 자만 들어가면 돼."

지수가 자리를 박차고 어린이 놀이터 쪽으로 성큼성큼 걸어갔다.

"왜 너만 이야기 하구 나에게는 말할 기회를 안 주고 피하니?"

"들어보나 마나 뻔 한 소리잖아. 그래 나는 형편없는 백수 남자다. 어쩔래?"

"어쩌긴 뭘 어째. 울 엄마가 오늘 아침 어떤 놈이냐고 했으니까. 난 이놈이라고 널 보여주고 싶어."

지수는 피식 웃었다. 아영은 옥신각신하다가 마침내 지수를 자기 집으로 안내했다. 아영의 집은 아니 그녀의 어머니 집은 12단지 연립주택이었다. 3층 복층으로 지었고 각층마다 발코니가 있는 아담한 공동주택이었다. 어머니와 여동생 한명과 함께 세식구가 살고 있었다. 1층은 방 하나와 거실 주방 그리고 화장실이 달려있고 단지안의 공원을 내 집 정원처럼 바라볼 수 있는 그런 구조였다.

아영은 지수를 데리고 현관문을 들어서자마자 그녀의 어머니에게 지수를 소개했다.

"내 친구야. 목이 말라서 물마시려고 잠깐 데리고 들어왔어. 괜찮지?"

그녀의 어머니는 못마땅한 기색이 역력했다. 그러나 곧 안색을 바꾸고 이층을 향해 소리 질렀다.

"준영아. 이리 좀 내려오니라."

이층 계단을 통통거리면서 내려온 준영은 놀랍게도 또 한 명의 아영이었다.

"내 동생 준영이야."

지수는 아영과 준영을 이쪽저쪽 고개를 돌려가며 세밀하게 살펴보았다. 입고 있는 옷만 달랐다 뿐이지 똑같은 판박이였다.

"세상에 이럴 수가!"

지수가 아영을 쳐다보고 가볍게 머리를 저었다. 아영은 흥미진진한 표정으로 지수에게 잘 해보자는 그녀 특유의 몸짓으로 신호를 보냈다. 준영이 냉장고 안에서 오렌지 주스를 꺼내어 크리스탈 컵에 3잔만 담아왔다.

"난 올라가도 되지?"

준영은 지수를 또 한 번 훑어보고 이층 자기 방으로 잠적했다.

"덥죠. 목말랐다며 어서 마셔요."

"감사합니다."

지수의 목소리는 세상의 모든 소리를 흡수할 만큼 믿음직스러운 절대음에 가까웠다. 분위기가 단박에 평온해졌다.

지수가 오렌지 주스를 미처 다 마시기도 전에 그녀의 어머니는 성급하게 질문 공세를 퍼부었다.

집은 어디냐, 몇 살이냐, 성씨는 뭐냐 형제는 몇이냐 부모님은 무슨 일을 하시느냐, 대학은 졸업했냐, 제대는 언제 하느냐, 제대하면 무슨 일을 할 거냐 등등. 질문 중 가장 관심 있고 심도 깊은 질문은 어느 단지에 살고 있느냐는 질문이었다.

지수가 가장 자신 있게 대답할 수 있었던 것은 첫 번째 집에 대해서였다. 그의 답변을 요약해 보면 이러했다. 남지수는 가좌동에서 대지 250평에 건평 45평 이층전원 주택에 살고 있는 대한민국 국적을 가진 25세의 신체건강한 남성으로 1남 7녀 중 막내 외아들이며 현재에는 연로하신 부모님과 세 식구가 살고 있다. 생활은 부모님이 전적으로 책임지고 700평의 답(畓)을 임대해서 일 년 동안 먹을 쌀은 걱정 없으며 예금한 토지보상금 이자로 그럭저럭 살고 있다. 2007년 2월 말에 공익근무를 제대하고 나서 복학할 생각보다는 현재 가지고 있는 1급 전기기사 자격증으로 한 살이라도 젊었을 때 생활전선에 투신해 돈을 벌어 보고 싶다고 말했다. 신원확인은 이쯤에서 끝났다. 지수는 느낌이 괜찮았다.

소공시는 인구 10만이 안 되는 소도시였다. 그러면서도 언제까지나 살고 싶은 전국 1위의 친환경도시이며 행복을 꿈꾸는 시민들은 자부심이 대단했다. 희망단지는 간판을 시류에 부응해서 희망부동산이 행복부동산으로 희망 베이커리가 행복한 빵집으로 행복 클리닝, 행복 놀이방, 행복 마트로 바꿔 1등급 상향조정해서 장식했다. 금채산과 청옥산 사이에 자리 잡은 소공시는 역사적으로도 유서가 깊었다. 흠을 잡자면 단지가 바로 아파트 평수대로 획일화 되었다는 점이 아쉬웠다.

지수가 아영이 일란성 쌍둥이라는 것을 알게된 그 다음날이었다.

지수는 아영을 만나자 배신감을 느꼈다고 따졌다. 어째서 자신이 일란성 쌍둥이임을 밝히지 않았느냐고 추궁했다. 아영은 그러한 지수에게 화를 냈다.

"그런 걸 너에게 시시콜콜 고백할 의무가 없잖니. 내가 쌍둥이로 태어나고 싶어서 태어난 게 아니잖아. 난 내 동생하고 똑같다는 것에 대해 25년이나 시달려왔어. 지금 너에게 고백하고 싶은 것은 너는 내 소원을 들어줘야 해. 나는 준영이와 구별되고 차별화되고 싶거든. 내 소원을 들어주겠다고 약속해 줘. 넌"

"말도 안 돼. 어떻게 내가 너를 변화시킬 수 있다고 생각해. 네가 변해야 되는 거야. 너 스스로."

"이기주의자. 비겁해."

아영이 앵돌아졌다. 지수가 토라진 아영을 앞으로 돌려세워놓고 껴안았다. 펌프질 하던 뜨거운 피의 역류가 지수에게서 그녀에게 전위되었다. 마치 가동을 멈추었던 새 펌프에 맞이물을 부었을 때처럼, 저 200미터 지하 깊은 곳에 고여 있던 샘물을 자아올리듯, 급한 혈류가 머리끝에서 발끝까지 넘쳐흘렀다. 부드럽고 포근하고 따뜻했다. 그냥 이렇게 아무 생각 없이 오래도록 함께 있고 싶었다. 지수와 아영은 있는 힘을 다해 껴안았으며 그리고 입술을 포개었다. 아영이 갑자기 지수를 밀어냈다.

"나 집에 갈 거야."

지수가 그녀를 잡기도 전에 아영은 도망쳤다.

"왜 또 그러니?"

지수가 아영을 놓치지 않았다. 그녀의 집에는 아무도 없었다. 어머니는 외출 중이다. 동생 준영이도 귀가 전이다. 열쇠로 현관문을 열고 아영이 서둘러서 3층 자기 방으로 뛰어서 올라갔다.

"왜 또 화를 내는 거니."

아영은 대답하지 않고 침대 위에 얼굴을 묻었다.

"왜 그래?"

"넌 바보야. 바보천치."

"그래 천치바보다. 이제 알았냐. 오늘따라 왜 골을 부리는지 난 전혀 모르겠는데."

"이 바보야. 넌 똥인지 된장인지 보면 몰라. 꼭 손가락으로 찍어서 냄새를 맡아 봐야 아는 멍청이야."

"……"

지수는 할 말이 없었다. 아영은 폭포수처럼 불만을 쏟아놓았다.

"무서워 무섭구나. 부엉이!"

"야, 너는 왜 나를 너희 집에 한 번도 같이 가자는 말을 안 하니. 우리 집에 와 봤으면 당연히 너희 집에도 내가 가봐야 형평성에 맞는 거지."

"내가 말했잖아. 아버지가 중병을 앓고 계시다고."

"핑계야 핑계. 꼭 집안에서 만나지 않더라도 너희 집 정원이면 어때서. 난 네가 사는 집에 가보고 싶단 말이야."

"알았어. 데리고 갈게."

지수가 아영의 머리를 손가락으로 쓰다듬었다. 아영이 집 이야기를 하니까 지수는 어머니의 축 늘어진 젖가슴이 눈앞에 떠올랐다. 지금 이 시점에서 왜 어머니의 젖가슴이 생각났는지 알 수 없었다. 지수는 모유가 아닌 우유로 키웠다고 들었다. 젖이 부족해서가 아닌 그보다는 늦둥이라서? 이런 저런 의혹이 성장기에 그를 부단히 괴롭혔다. 열 살을 넘기면서 지수는 출생의 비밀을 알아냈다. 지금 어머니가 생모가 아닌 것은 확실한데 아버지가 생부인가에 대해서는 전혀 알 수 없었다. 철들면서 아마 고등학교 졸업을 앞두고였던 것 같다. 진학문제로 어머니와 심하게 다퉜다. 언제나 아버지는 무관심했다. 온갖 주도권은 어머니에게 있었다. 지수가 음대에 가겠다고 말하니까 어머니가 펄쩍 뛰었다. 음대는 절대로 보낼 수 없으니 전문대에 진학해서 기술자가 되라고 우겼다.

세상에서 하나밖에 없는 아들이 저 하겠다는 것을 허락하지 않는다는 데 지수는 분노가 치받쳤다. 지수는 어머니에게 대들었다.

"책임질 수 없으면 왜 날 이 집에 데려왔어요."

"너 무슨 소릴 지금 하고 있는 거냐. 내가 오늘날까지 책임 안 진 게 뭐있냐. 유치원엘 안 보냈냐 학교를 안 보냈냐. 너 피아노도 가르쳤어. 공부도 너 싫어서 못 한 거야. 네가 그동안 내 속을 얼마나 썩였는지 알고나 말해. 억울하면 지금이라도 네 에미 찾아가라.”

“내가 어떻게 알구 찾아가요.”

“너 백일 전에 네 할머니하고 큰고모가 짜구서 널 데려왔어. 그러니까 할머니
는 돌아가셨으니까 그렇고 큰고모한테 가서 물어서 네 에미 찾아가거라. 그 돈
이라면 내 얼마든지 대어 주마. 에구에구. 아들 못 낳아 대 끊긴다고 얼토당토 않
는 아들 손주 심어 놓더니 이날 이적 내 속을 썩게 만들고 옛말에 자식 빌려 절에
갔다가 재물 빌더라는 말이 참말이네. 너 오늘부터 네 에미 찾아나서거라. 듣자
하니 너 떼어놓고 딴 데 시집갔다더라.”

어머니는 바로 오늘을 준비하고 기다리고 있었다는 듯이 몰아부쳤다.

지수는 머리를 저었다. 그리고 문득 나무꾼과 선녀 이야기를 생각했다.

초등학교 때 읽었던 전래동화 속에서 비밀은 무덤 속까지 가지고 가야한다는
교훈을 잊지 않았다.

지수는 아영의 머리카락을 쓰다듬으면서 어색하게 말했다.

“부끄러운 이야기인데 우리집은 덩치만 크지 누추해. 아버지가 오랫동안 노환
중이라서 추한 냄새가 고약해. 너는 와서 보면 아마도 토할껄.”

지수는 머뭇거리지 않고 거짓말을 했다.

아영이 그제서야 몸을 바로하고 지수를 빤하게 쳐다보았다

“정말 고약해? 청소를 하면 될 텐데…”

“어머니가 늙으셨어. 누구라도 늙으면 힘이 없어 일을 잘 못해.”

“그럼 간병인을 쓰면 될 게 아냐?”

“우리 어머니는 절대로 아버지를 남의 손에 맡길 분이 아니셔.”

“……”

그녀의 방은 청결했다. 열어놓은 창문 가장자리로 반짝이는 담쟁이 잎이 초록
색 레이스 커튼처럼 찰랑거렸다. 한두 가닥 웃자란 덩굴이 창틀 밖으로 애교머
리처럼 허공에 매달려서 그네를 탔다. 덩굴손은 눈곱만 한 빨판을 매달고 착지
를 고르느라 안간힘을 썼다.

조금만 더 조금만 더 덩굴손을 뻗어봐. 그래 그래 유리창은 안된다니까. 유리창은 너무 반들거려 네가 결코 빨판을 붙일 수가 없어. 창틀에다 빨판을 붙여보라구. 옳지옳지 됐어. 자 지금부터 네 안에 있는 공기를 밖으로 밀어내. 어떻게 밀어내느냐고. 넌 스스로 알고 있잖아. 수만 년 동안 담쟁이 덩굴과라는 식물의 종을 진화시켜 왔으니까.

창문 너머로 저녁노을이 하늘을 보라색으로 색칠했다.

아영은 몸을 떨었다. 밖은 어둑어둑 해졌다.

아영이 벌떡 일어나서 책꽂이의 문제집들을 뭉텅뭉텅 들어냈다.

"도와줘."

지수가 책들을 간추려서 박스에 담았다.

"나는 1등 신붓감은 아니야."

"그냥 떠도는 이야기를 말했을 뿐인데. 오해 하지마."

"상관없어. 난 너를 만나기 이전부터 9급 공무원 임용고사를 준비해 왔어. 번번히 낙방했으면서도, 울 엄마 억지에 밀려서였다고 변명할 수도 있지만. 울 엄마는 말이다, 아버지의 유언을 평생 떠받들고 살아."

"유언?"

"그래 유언, 이 집을 유언과 함께 유산으로 받았거든. 내 외할아버지는 실향민이셔. 통일이 되면 북쪽에 두고 나온 아들 3형제에게 이집을 똑같이 상속한다는 유언장을 금고 속에 보관하고 있어."

"어머님 생전에 통일이 안 되면?"

"나는 이 집안의 장녀야. 당연히 그 유언은 내가 상속받아야 한대. 만약에 내가 못 이루면 내 다음 세대로까지 이어져야 한대. 그래서 남자에게 절대로 속지 말라는 게 우리 집 가훈이야.

"정말 지독하고 위대한 유산이구나. 그런데 너는 쌍둥이니까 장녀의 책임도 절반으로 감소될 텐데."

"비꼬지마. 간만의 차이로 태어난 쌍둥이에게도 세대차가 있다는 말 못들었구나. 엄마는 이 집을 지키려고 평생 공무원 생활을 하다가 퇴직했어."

"그럼 아버지는?"

"아버지는 평생 엄마에게 매여 살다가 3년 전에 폐암으로 돌아가셨구."

"많이 우울했겠다."

지수는 우울을 성장기에 많이 학습했기 때문에 진심으로 그녀를 위로했다.

"슬픔은 시간이 지나가면 희미해져. 그런데 엄마는 전보다 더 집요하게 직업까지도 물려받아야 한다고 강요하지만 공무원이 하늘에 별따기인데 난 절대로 싫어."

지수는 아영이 내던지는 대로 문제집을 상자 속에 차곡차곡 담아서 묶었다. 지수는 선녀가 무지개를 타고 비단폭포에 내려와서 목욕하는 장면을 훔쳐보는 나무꾼의 심사가 어떠했을까 상상해 보았다. 그리고 선녀의 천의무봉한 날개옷을 감추듯 문제집이 들어있는 상자를 그녀의 집 문 밖에 내다버렸다.

언제 귀가했는지 2층 준영의 방에서 노래 소리가 잔잔하게 흘러나왔다. 지수는 준영의 방문 앞에 멈춰 서서 귀를 기울였다.

깨우지 마라 모두 잠들어 있네. 글라디올라스와 흰 백합, 내 슬픔을 꽃들에게 알리고 싶지 않아. 내 눈물을 보면 꽃들은 죽어어버릴 테니까.

애절한 노래가 반복되었다.

지수는 움직이지 않았다.

아영이 부엉이처럼 소리 없이 날아와서 그의 곁에 서 있었다.

"재는 지금부터 작업개시야. 작사 작곡을 혼자서 다 한다니까. 방해하면 야단나"

아영은 조용히 작별인사를 서둘렀다.

쌍춘년은 지수에게 아주 특별했다. 2007년 1월은 더더욱 지수에게 변화무쌍했다. 지수는 죽었다 생각하고 어머니와의 면담을 요청했다. 날짜도 잊혀지지 않았다. 2007년 1월 20일이었다.

쌍춘년을 불과 10여 일 남겨둔 무렵이다.

"그래 인석아, 긴급하게 할 말이 있다니 어디 들어보자꾸나."

어머니는 어떠한 기상천외한 일이라도 준비가 돼 있다는 듯 침대머리에 책상다리를 하고 앉아 지수를 다그쳤다.

"어서 이야기 해 보라니깐 긴급히 상의할 일이 뭣인지 궁금하다."

"그게 아니라 저어."

"어서 말해 보라니까."

"저어. 제가 사고를 쳤어요."

"내 그럴 줄 알았다. 항상 조마조마 하더니만. 그래, 그 사고라는게 감옥에 갈 일이라도 저질렀다는 게냐."

"네, 그럴 수도 있어요."

"에에라 빌어먹을 놈 같으니라구. 도대체 이번에는 또 무슨 사고를 쳤기에 그러느냐. 아이고 내 팔자야."

"여자친구에게 임신을 시켰어요."

"에구머니나, 인석아, 그건 사고가 아니라 경사니라. 이번이야 말로 제대로 사고를 쳤구나."

천만뜻밖이었다. 어머니는 희색을 감추지 못했다. 그리고 다정하게 물었다.

"인석아, 네게서 처음 들어보는 반가운 소식이다. 그래 색시는 어떤 여자냐."

"동회에서 알바 일해요."

"저런. 애기 선지는 얼마나 됐고?"

"3개월이라나 봐요."

"잘해줘야 한다. 얼마나 고민을 많이 했겠니? 그러지 않아도 여자가 아기 설 때 힘든 건데 도둑애를 가졌으니 불쌍타. 뉘집 딸년인지 몰라도."

어머니는 쌍춘년을 빌미삼아 10일동안 모든 절차를 지딱 지딱 밟고 2007년 2

월 3일 12시에 지수를 아영과 결혼시켰다. 인륜지대사를 치르면서 양가의 갈등이 없지 않았다. 그럼에도 불구하고 생명의 잉태는 만사를 너그럽게 봐주고 양보하게 했다. 신혼살림집을 마련하는 데도 의견은 어긋났다. 지수쪽에서는 방 두 개짜리 지하 월세집을 고집했고 아영의 어머니는 최소한 원룸이라도 한 채 사 줄 것을 건의했다. 그러나 어림없었다. 결국 딸을 생각한 아영의 어머니가 고집을 꺾고 월세방보다는 차라리 그녀의 집에서 함께 살기로 양보했다. 지수는 자기 집으로부터 밀려났다는 느낌이 들었으나 곧 좋아졌다. 겉보기에는 어엿한 있는 집 외아들이었다. 제대하고 곧바로 취직도 되었다.

부엉이는 배불뚝이가 되더니 드디어 황금돼지 해 7월에 건강한 딸을 분만했다. 시부모보다 처가쪽에서 더 서운하게 생각했다. 만약에 옥동자를 낳았더라면 아무리 짠돌이 시집이지만 스물다섯 평 행복아파트를 사달라고 조를 수 있었는데 그 희망마저도 접어야 했다. 그래도 천진난만한 아기는 넉넉한 모유로 무럭무럭 자랐다.

때때로 아영은 지수에게 물었다.

"자기 남씨 집 아들 맞아?"

"그거야 네가 더 잘 알아볼 수 있었지 않니. 넌 동사무소 민원실에 근무했었으니까."

아기가 방긋방긋 웃을 때마다 아영이 지수에게 졸랐다.

"우리 언제 살림 날 수 있어?"

"기다려야지."

지수는 느긋하게 대답했다.

지수는 아영이가 아기를 네 명 낳아도 출생의 비밀을 무덤까지 가지고 갈 각오를 단단히 했다.

금채산에서는 오늘도 밤이 되면 부엉이가 울었다.

떡해먹자 부엉 양식없다 부엉

걱정말게 부엉 뭐다하지 부엉
언제갚지 부엉 갈에갚지 부엉

채 정 운

1979년 「현대문학」 소설 추천완료 등단
한국문인협회 회원, 한국여성문학인회, 농민문학회 이사
한국소설가협회 중앙위원, 한국저작권협회, 안양문인협회 회원
소설집: 「문원리의 봄」, 「춤추는 천사」, 「상수리 수풀에 이르러」
장편소설: 「진경산수」 외. 율목문학상, 한국소설문학상, 박영준문학상

시인열전 김대규 시집 | 2016. 11. 28 출간

이 책은 최남선 이후의 한국 현대시인 721명에 대한 해당 시인의 특정 시어나 시행, 이미지나 스타일, 주제의식이나 캐릭터 등을 패러디한 1인 1매 원칙의 실명 시집이다.

변형국판 768면 | 토담미디어 | 18,000원

들길을 걸으며 김미자 에세이 | 2016. 12. 01 출간

김미자 수필가의 에세이를 수록한 책이다. '들길을 걸으며', '여인천국 들여다보기', '그리움은 추억이다', '세 여인의 삶', '마음이 담긴 선물', '자유여행에서 소통의 길을 찾다' 등 주옥같은 작품을 수록했다.

변형국판 168면 | 아동문학평론 | 11,000원

시는 내게 과분한 축복이었노라

김대규 시 자서전 | 2016. 12. 22 출간

연로한 시인의 잊을 수 없는 소녀 이야기, 첫사랑의 추억과 조병화 시인과의 운명적인 만남, 한하운 · 박목월 시인과의 인연, 기억에 남는 독자들, 시로 대신한 석사학위 논문, 멕시코 한일월드컵 '축시'의 에피소드, 눈물 자아내는 어머니와 딸에 대한 시들의 사연, 대표작 「엽서」와 애송시 「가을의 노래」에 얽힌 이야기, 그리고 노년기의 병과 죽음에 대한 체험적인 이야기 등의 시화詩話들이 흥미롭고 감동스럽게 펼쳐진다.

변형국판 272면 | 도서출판 시인 | 15,000원

벼락의 꼬리 정미소 제2시집 | 2017. 01. 30 출간

정미소 시인의 시 작품을 담은 책이다. 크게 4부로 나뉘어 있으며 제1부 노래하는 사람, 제2부 깔딱고개, 제3부 애기나리꽃, 제4부 우란분절으로 구성되어 있다.

변형국판 120면 | 리토피아 | 9,000원

너에게 가는 길 홍경임 시집 | 2017. 02. 28 출간

홍경임 시인의 시 작품들을 만나볼 수 있는 책이다. '그대가 나에게', '당신 마음의 사랑', '아버지', '성탄 메시지', '근황', '봄날' 등 홍경임 시인의 시편들이 수록되어 있다.

변형판 124면 | 순수문학 | 10,000원

너도 꽃이었구나 이여진 시집 | 2017. 03. 30 출간

그의 제3시집 『저 눈물江 건너』를 발간한 이후 6년 만에 선보이는 시집으로 제3시집 발간 후 갑자기 찾아온 암으로 5년째 투병의 과정에서 겪은 지나온 삶의 성찰, 그리고 회환을 80여 편의 주옥같은 시 작품으로 승화시켜 수록했다. 이여진 시인의 제4시집 『너도 꽃이었구나』를 한마디로 요약해서 말한다면, '삶의 비애와 유한함에서 비롯되는 짙은 정한을 노래한 순수 서정의 세계'라고 할 수 있다.

변형국판 160면 | 도서출판 시인 | 10,000원

무지개가 뜨면 원선화 동화 | 2017. 04 .05 출간

『무지개가 뜨면』은 동화작가 원선화가 글을 짓고 그림을 그린 동화책이다. 무지개를 좋아하던 소년이 자라 어른이 되고 노인이 되어 어릴 적 동경했던 꿈을 그리워하는 내용이다.

B5형 48면 | 토담미디어 | 11,000원

곤줄박이 수사일지 이혜순 시집 | 2017. 05. 05 출간

이혜순 시집『곤줄박이 수사일지』. 이혜순 시인의 시 작품을 담은 책이다. 책에 담긴 주옥같은 시편들을 통해 독자들을 작가의 시 세계로 안내한다.

변형국판 127면 | 한국문현 | 9,000원

내 마음에 물망초 김낙연 시집 | 2017. 05. 30 출간

김낙연의 시집 『내 마음에 물망초』. 이 시집은 김낙연의 시 작품을
엮은 책이다. 책에 담긴 주옥같은 시편들을 통해 독자들을 시인의
시 세계로 안내한다.

변형국판 246면 | 태영출판사 | 15,000원

산촌통신 이근숙 수필집 | 2017. 06. 01 출간

수도권 위성도시 군포에 십 년 넘게 살면서 처음은 객원기자라는 이름으로
지역신문 한 꼭지에 여물지 못한 글을 썼습니다. A+용지 한 장 분량이었습
니다. 그리고 그곳을 떠나게 되었습니다. 일을 손 놓은 남편이 충효의 고장
예천으로 귀촌을 결행했습니다. 실과 바늘의 관계라 그곳에서 3년을 살았습
니다. 리포트란 이름으로 그때 '산촌통신'을 70회 연재했습니다. 주부가 일
상에서 느끼는 자잘한 소품 같은 생각들입니다. 살아온 편린 같은 흔적들이
300여 편, 그것들을 나름대로 추려보았습니다.
병원 갈 일이 생겨 꿈에 부풀던 귀촌을 접고 처음 살던 서울로 돌아왔습니
다. 인연을 만나지 못했으면 흔적 없이 스러질 소품 같은 일상입니다.

변형국판 218면 | 대양미디어 | 4,500원

왈왈 김산옥 수필집 | 2017. 08. 07 출간

이 책은 김산옥의 에세이 작품을 엮은 책이다. 고향 색시골, 그리
고 58개띠 동창생들 이야기를 통해 독자들을 작가의 에세이 세계
로 안내한다.

변형국판 232면 | 우인북스 | 13,000원

바람이 묻혀온 별소리 이문자 시집 | 2017. 08. 11 출간

이문자의 시집 『바람이 묻혀온 별소리』. 이 시집은 이문자의 시 작
품을 엮은 책이다. 크게 4부로 나뉘어 있으며 책에 담긴 주옥같은
시편들을 통해 독자들을 시인의 시 세계로 안내한다.

변형국판 143면 | 그림과 책 | 10,000원

화요문학 제27집 안양여성문인회 | 2017. 11. 20 출간

안양여성문인회 동인지 『화요문학』제27집은 28명의 동인이 참여했다. 시, 소설, 수필, 콩트 등 다양한 장르가 조화를 이루며, 김대규 선생님을 구심점으로 38년의 역사를 이어가고 있는 안양여성문인회 (화요문학회), 이번 『화요문학』 27집은 신입회원들의 특집과 많은 동인의 참여로 풍요로움을 더했다.

신국판 205면 | 우인북스 | 10,000원

사각 횃댓보 문학산책문인회 글향 제 13집 | 2017. 11 .20 출간

누구나 태어날 때부터 주어지는 띠는 십이지라 하여 열두 개의 동물로 되어있다. 지금 글은 남녀노소 누구나 쓸 수 있으니 글을 쓰는 일도 십이지와 연관성이 있겠다. 억지 같지만, 각자의 위치에서 몇 가지 이상의 일들을 해내며 꾸준히 글을 쓰는 동인들의 '지금 이대로'를 위하여 의미를 부여해보고 싶어 찾아본 숫자 12와 관련된 것들이다.

변형국판 172면 | 북나비 | 10,000원

내일 안양수필문학회 제 12집 | 2017. 11. 20 출간

안양수필문학회의 열두 번째 동인지, 『내일』에는 글밭을 열심히 가꾸는 회원들의 모습이 있습니다. 늘 한마음으로 동참하는 문우들, 신발 끈 다시 조이고 활기차게 세상을 향해 전진.

변형국판 192면 | 북나비 | 10,000원

문향 제19집 문향동인회 | 2017. 11. 21출간

문향 동인지 『문향』 제19집을 발간했다.
겨울 뜨락에서 글향기 물씬 풍기며, 삶과 문학의 줄다리기 속에서 문학지도를 해주시는 김대규 선생님을 비롯한 10명의 동인들의 시, 수필, 소설들이 실려 있다.

신국판 144면 | 우인북스 | 10,000원

,를 찍으며 김산옥 에세이 | 2017 .12. 01 출간

김산옥 수필가의 제13회 『구름카페 문학상』 수상집. 아무도 알아주지 않아도, 아무런 대가가 없어도 먼 훗날 마침표를 찍는 그날까지 잘 견뎌줄 나만의 위한 쉼표 하나를 찍습니다.

신국판 184면 | 문학관 | 8,000원

토요수필 제10집 토요수필문학회 | 2017 .12. 02 출간

2007년에 첫 발을 내딛은 토요수필문학회가 2017년 10집으로 특별 수필집을 발간했다. 10년의 세월이 주는 시간만큼 재미있고 탄탄한 문장으로 시선을 끈다. 이미 등단하여 창작활동을 활발하게 하는 회원들이 대부분이며 신춘문예 최종심까지 올랐는가하면 마로니에백일장에서 장원을 차지하는 등 그동안 끊임없이 실력을 키워 왔다. 이번 10집에 참여한 회원은 김말희 시인을 비롯한 15명이다.

변형국판 150면 | 문학산책사 | 10,000원

안양시학 제6집 안양여성문학회 | 2017. 12. 10 출간

동인들의 50여 편의 주옥같은 시들이 수록되어 있다. 울퉁불퉁합니다. 못생겼습니다. 눈길이 갑니다. 향기에 끌립니다. 초록을 지나 가을을 건너 바람으로 떨어지는 모과 같은 시 한 줄 한 줄 담아 보았습니다. 가끔 마음의 쉼이 절실해지는 날, 있거든 그 자리에 놓아 두겠습니다.

신국판 144면 | 도서출판 시인 | 10,000원

글길문학 제44집 글길문학동인회 | 2017 .12. 20 출간

올해로 창립 35년된 글길문학동인회가 글길문학 44집을 발간했다. 김대규 시인의 권두시와 함께 문학단체 대표들의 작품을 특집으로 구성했으며, 동인들의 주옥같은 시와 수필작품들을 실었다.

신국판 244면 | 도서출판 시인 | 10,000원

회원 주소록

이름	분야	주　　소	E-mail
강백진	시	안양시 동안구 비산동 1108-1 동안프라자 305호 강백진의 사진공간	photosence@hanmail.net
강상임	시	안양시 만안구 박달로525번길 30-15 (박달동)	kanggoodv@hanmail.net
강영서	시	안양시 동안구 관악대로106번길 72 (비산동, 비산롯데캐슬) 116-1504	mchang415@hanmail.net
고동률	소설	안양시 만안구 창박로 38.수리산힐스테이트 301동 604호	drdrgdr@hanmail.net
권장수	시	군포시 번영로 328 (산본동, 한라2차아파트) 411동 104호	tksqhstlfla@hanmail.net
김경숙	아동	안양시 만안구 성결대학로 16 보떼	fldk007@hanmail.net
김귀자	시	안양시 동안구 경수대로797번길 5 (호계동, 한마음아파트) 105-1501	lovelymari@hanmail.net
김기화	수필	안양시 만안구 박달로 344 (박달동, 대림한숲타운아파트) 103동 1108호	jaunyoung@naver.com
김낙연	시	안양시 만안구 안양로532번길 12 (석수동, 현대아파트) 103동 2106호	nakyonk@hanmail.net
김대규	시	안양시 만안구 양화로 36번길 25(안양동)	kee0602@naver.com
김말희	시	안양시 동안구 귀인로190번길 76 (평촌동) 2층	lipt3@hanmail.net
김미자	수필	안양시 동안구 관악대로 121 (비산동, 삼성래미안아파트) 102-601	k-mija@hanmail.net
김산옥	수필	안양시 만안구 안양천서로 99-20(안양동) 201호	s2k2y@hanmail.net
김선화	수필	의왕시 오전로 208 (오전동, 매화아파트) 101-1114호	morakjung@hanmail.net
김성금	소설	양평군 개군면 추읍로 77번길 50-4	stargold44@hanmail.net
김성녀	시	안양시 동안구 귀인로 210 (평촌동, 귀인마을현대홈타운) 105-503	stargold44@hanmail.net
김영화	수필	안양시 동안구 관평로 333 (관양동, 현대아파트) 7동 1004호	kimyhin@hanmail.net

회원 주소록

이름		주　　소	E-mail
김용원	시	수원시 권선구 동수원로145번길 24 (권선동, 수원 아이파크시티2단지) 207동 201호	ywon0724@hanmail.net
김우현	시	안양시 동안구 귀인로 294(평촌동꿈마을)건영@ 301동 1403호	dngus1948@hanmail.net
김은숙	시	안양시 만안구 안양천서로 311 (안양동, 삼성래미안 아파트) 113동705호	pkes0405@hanmail.net
김재국	시	안양시 만안구 안양천서로 177 레미안 안양 메가트리아 114동 1503호	
김재덕	시	안양시 동안구 경수대로623번길 60 (호계동,흥화브 라운빌아파트) 101동－906호 101동－906호	hamooney@hanmail.net
김정대	소설	군포시 고산로677번길 12 (산본동, 동백우성아파트) 1301－102호	
김주명	시	안양시 동안구 시민대로159번길 62 (비산동, 은하수 벽산아파트) 206－803	kcm65@hanmail.net
김현옥	수필	안양시 동안구 흥안대로223번길 19 (호계동) 113－301	rlagusdhr315@hanmail.net
김혜영	수필	안양시 만안구 병목안로130번길 81 (안양동,효성아파트) 1001동 805호	kimhy0227@hanmail.net
노만옥	시	안양시 만안구 경수대로1001번길 116 (안양동, 대우아파트) 102동 502호	orange7367@hanmail.net
류미혜	시	과천시 별양로 12 (원문동, 래미안슈르아파트) 337－702	skmihye@hanmail.net
류순희	시	안양시 만안구 전파로61번길 20 (안양동, 동성아파트) 나－109호	moonvic@hanmail.net
맹기영	시	안양시 만안구 연현로79번길 20 (석수동, 석수두산 위브아파트) 106동 1201호	keystone21@hanmail.net
민경희	시	안양시 만안구 삼봉로19번길 11－10 (박달동, 부흥빌라) 301호	haleruya3@hanmail.net
박공수	시	안양시 만안구 만안로91번길 13 (안양동, 삼익아파트) 107호	wheemory@hanmail.net

회원 주소록

이름	분야	주 소	E-mail
박난영	수필	안산시 단원구 신각길 44 (신길동, 안산신길온천역 휴먼빌2차아파트) 203-601	yechon7@naver.com
박명화	시	안양시 만안구 양화로97번길 39 (박달동, 문화화이트빌라) 401호	hwa9972@hanmail.net
박옥경	시	안양시 만안구 현충로 50 (안양동)	okkpark21c@hanmail.net
박은순	시	안양시 동안구 관평로 333 (관양동, 현대아파트) 4동 208호	perl51@hanmail.net
박인옥	시	안양시 동안구 관악대로 121 (비산동, 삼성래미안아파트) 124-604	aymunin@hanmail.net
박정분	수필	안양시 만안구 예술공원로 59 (안양동, 삼성아파트) 101-305	hohoboon@hanmail.net
박정임	시	충청북도 제천시 수산면 오티로 267	losapji@hanmail.net
박현숙	수필	수원시 권선구 수성로35번길 60 (구운동, 일월 청구아파트) 103동 502호	
박희경	시	안양시 동안구 관평로 138번길 13 (평촌동, 초원세경아파트) 805동 1506호	blueseailove1112@hanmail.net
방극인	수필	안양시 만안구 안양로 323번길 32 경희빌딩 401호 (안양동)	bang77kr@hanmail.net
배준석	시	안양시 만안구 병목안로 81 (안양동, 성원1차아파트) 103-1205	beajsuk@hanmail.net
백옥희	시	안양시 동안구 경수대로685번길 27 (호계동, 동성빌라) A동 101호	hanhwa3052@hanmail.net
백윤경	시	군포시 산본로432번길 25 (산본동, 한양목련아파트) 1208-202	imbue1@hanmail.net
백종선	소설	용인시 기흥읍 덕영대로 2077번길 20 (영덕동,신일1차) 103동 301호	anns-33@hanmail.net
서유순	수필	의왕시 왕곡로 55 (왕곡동, 인스빌아파트1단지) 102-702호	chelly-cok@hanmail.net
서정란	시	안양시 동안구 경수대로623번길 46 (호계동, 럭키호계아파트) 108-901호	jjrrss@hanmail.net
석철환	소설	안양시 동안구 관평로313번길 35 (관양동, 은성맨션) 201호	seok0598@hanmail.net

회원 주소록

이름	분야	주 소	E-mail
소명식	시	안양시 만안구 창박로 30 (안양동, 수리산 현대홈타운) 304동1105호	sosang77@hanmail.net
송인식	시	안양시 동안구 관평로305번길 9-26 (관양동)	nsgroup2@naver.com
신규호	시	의왕시 덕장로 76 (청계동, 휴먼시아청계마을아파트) 405동 403호	skiuho@hanmail.net
신명옥	시	안양시 동안구 시민대로159번길 62 (비산동, 은하수벽산아파트) 204-1102	sappou8@hanmail.net
신장련	시	안양시 동안구 갈산로 35-17 (호계동) 201호	jangyeun48@hanmail.net
신정균	시	광주시 오포읍 봉골길 82 (우림퓨전빌아파트) 102-904	qna9999@hanmail.net
신준희	시	안양시 동안구 흥안대로249번길 18 (호계동, 샘마을우방아파트) 507-201	lamb313@hanmail.net
안성수	시	안양시 동안구 학의로 20 (비산동, 관악동성아파트) 112-404	ajeaseass@hanmail.net
양영순	시	과천시 부림1길 26 (부림동) 202호	djajs21@hanmail.net
양윤덕	시	동두천시 강변로 160 (송내동, 현대아이파크아파트) 102-802	poetyyd2@hanmail.net
오미경	시	안양시 만안구 병목안로 81 (안양동, 성원1차아파트) 103-1409	sky8993@hanmail.net
왕옥현	수필	안양시 동안구 학의로 20 (비산동, 관악청구아파트) 131-1304	oh-wang@hanmail.net
원선화	동화	안양시 동안구 달안로 153 공작성일아파트 201동 702호	shprincess620@hanmail.net
원용대	시	안양시 동안구 동편로 110 (관양동, 동편마을) 301동 602호	dinggow@hanmail.net
유애선	시	성남시 분당구 운중로166번길 20-21 (운중동)	yasun2006@hanmail.net
육금숙	수필	안양시 만안구 장내로 56 (안양동, 흥화아파트) 101동 1209호	tipany44@hanmail.net

회원 주소록

이름	분야	주　　소	E-mail
윤종영	시	안양시 동안구 귀인로 213 (평촌동, 향촌현대5차 아파트) 110동 304호	1004yjyoung@hanmail.net
이경진	시	안양시 동안구 부림로 13 (평촌동, 꿈마을현대아파트) 606-1501	uri991@naver.com
이근숙	수필	서울시 금천구 범안로 15길7, 102동 604호(독산동 계룡아파트)	gopsul12@hanmail.net
이남식	시조	경기도 안산시 안산천동로 6길 31	mirnam@paran.com
이덕원	시	안양시 안양시 동안구 동안로 209(비산동 관악성원 아파트) 305동 711호	poemlee96@hanmail.net
이문자	시	안양시 만안구 문예로6번길 33 신세기빌라 401호	jiniiya@naver.com
이미숙	시조	안양시 동안구 관악대로 121 (비산동 비산삼성레미안) 136-1003	akai1012@hanmail.net
이미원	시	서울 강남구 자곡로 260 (자곡동, 강남한양수자인) 409동 103호	sharon424@hanmail.net
이석근	시	안양시 동안구 동안로 57 (호계동, 목련동아아파트) A동 404호	ldoou@hanmail.net
이성장	시	안양시 동안구 시민대로110번길 43 (호계동, 호계동 효성아파트) 101-1907	mose26@hanmail.net
이숙희	시	안양시 만안구 예술공원로 103번길 14(석수동) 홍익 B01호	tolle480@hanmail.net
이여진	시	안양시 동안구 경수대로 483 (호계동, 안양대우디오 슈페리움) 103동1601호	yj-lee42@hanmail.net
이영숙	수필	안양시 동안구 관악대로 183 (비산동, 동양월드타워) 101동 606호	lys51@hanmail.net
이인수	시	안양시 동안구 학의로 120 (관양동, 한가람한양아파트) 302동 205호	okings@hanmail.net
이재숙	수필	안양시 동안구 경수대로 462 (호계동, 현대홈타운 2차아파트) 209-1901	bandwoe@hanmail.net
이재철	시	안양시 동안구 부림로 34 (평촌동, 꿈마을우성아파트) 202-902	1jcok@korea.kr

회원 주소록

이름	분야	주소	E-mail
이지영	시	안양시 동안구 귀인로 294 (평촌동, 꿈마을건영동아아파트) 311-1002	leejy135@hanmail.net
이충숙	시	군포시 군포로464번길 19 (당동, 두산아파트) 101-1510	ivycafe2@hanmail.net
이현규	수필	과천시 별양로 12 (원문동, 래미안슈르아파트) 312-901	home0852@hanmail.net
이혜순	시	안양시 동안구 귀인로82번길 7 (호계동, 대림아파트) 108-102	soon3475@hanmail.net
이혜영	아동	안양시 동안구 학의로 20 (비산동, 관악청구아파트) 132동 1701호	poem4child@hanmail.net
이희복	시	안양시 동안구 동안로 6 501동 801호(무궁화진흥아파트)	treel11@hanmail.net
임덕원	시	안양시 만안구 수리산로55번길 41 (안양동, 금산빌라) 1동 201호	dw5425@naver.com
임명숙	시	안양시 만안구 안양천서로 245 (안양동, 진흥아파트) 26-304	green2977@hanmail.net
장순금	시	안양시 동안구 관평로327번길 42 (관양동, 삼호아파트) 16-605호	jang24k@hanmail.net
장영숙	수필	안양시 동안구 관악대로 121 (비산동, 삼성래미안아파트) 136동 2302호	jinmae0617@hanmail.net
장정욱	시	안양시 만안구 창박로 30 (안양동, 수리산 현대홈타운) 201-705	42soori@hanmail.net
장호수	시	안양시 만안구 안양로320번길 20 (안양동) B동 2층	jhs50009@hanmail.net
정다운	시	동작구 사당로13길 31 (사당동, 두산위브 트레지움) 102동 1704호	mymysss@naver.com
정동수	소설	안양시 동안구 동안로 280(비산동, 삼호뉴타운아파트) 11동 205호	junguso@hanmail.net
정명순	시	안양시 동안구 관악대로 312 3층 큰솔학원	seasee0726@hanmail.net
정미경	수필	안양시 동안구 학의로 98 (비산동, 샛별한양아파트) 203동 802호	jmk934@hanmail.net

회원 주소록

이름	분야	주　　소	E-mail
정미소	시	군포시 수리산로 98 (산본동) 3층 301호	kyung5030@hanmail.net
정용채	시	안양시 만안구 양화로98번길 23 (박달동) 106호	jychao@hanmail.net
정이진	시	안양시 동안구 관악대로287번길 114 (관양동, 현대연립) 3동 104호	eezin3@hanmail.net
조복희	수필	인천광역시 강화군 양사면 서사길227번길 11-16	riung111@hanmail.net
조은숙	시	안양시 동안구 동편로 110 (관양동, 동편마을) 403동 602호	61107@hanmail.net
조인순	수필	안양시 동안구 경수대로 498 (호계동, 서부인터빌) 101동 1001호	swordriver@hanmail.net
조후미	수필	안양시 만안구 와룡로4번길 32 (석수동, 우신빌라) B01호	hoomijo@hanmail.net
채정운	소설	과천시 별양로 163 (별양동, 주공아파트) 405-606	cjw0129@yahoo.co.kr
채형식	시	안양시 동안구 부림로 80, 601동 1701호(평촌동,초원@)	hyung6000@hanmail.net
최계식	시	군포시 고산로643번길 9 (산본동, 목련아파트) 1235-305	c1235305@naver.com
최송희	시	안양시 만안구 양화로 53 정우아파트 2동 617호	firstsongsong612@naver.com
최영미	시	의왕시 원골로 43 (오전동, 모락산현대아파트) 101동 1403호	chdnjf12@hanmail.net
최영옥	시	안양시 만안구 연현로79번길 20 (석수동, 석수두산위브아파트) 111-501	garam@netian.com
최영희	시	수원시 팔달구 권선로 477 (매산로2가, 대한대우아파트) 118-802	cyhjuly@hanmail.net
최정희	시	안양시 동안구 학의로 46 (비산동, 관악부영아파트) 203동 801호	jhchoi-313@hanmail.net

회원 주소록

이름	분야	주 소	E-mail
최태순	시	고양시 일산서구 하이파크3로 111 (덕이동, 하이파크시티일산파밀리에2단지) 211동 205호	tschoi7433@hanmail.net
최태희	수필	안양시 동안구 관악대로 121 (비산동 비산삼성레미안) 137-1702	cth015@hanmail.net
한인실	시	의왕시 오전로 193 (오전동, 신안아파트) 3-813	is-hans57@hanmail.net
허말임	시	안양시 동안구 평촌동 896-6 초원 아파트 713동 209호	marim57@hanmail.net
허인혜	시	안양시 동안구 관악대로 121 (비산동, 삼성래미안 아파트) 137-2102	herdk@hanmail.net
홍경임	시	안양시 동안구 관악대로 164 (비산동, 미륭아파트) 7동 201호	hky711@hanmail.net
홍미숙	수필	안양시 만안구 삼덕로 63번길 32(안양동, 수리산 성원상떼빌@) 601동 302호	hongessay@hanmail.net
홍정선	시	천안시 동남구 일봉로 88 (용곡동, 용곡동일하이 빌하이씨티3) 108-1001	muse-hjs@hanmail.net
황선영	수필	안양시 동안구 부림로 34 (평촌동, 꿈마을우성 아파트) 202-902	hnes5100@hanmail.net
황주영	시	안양시 동안구 부림로 80 (평촌동, 초원한양아파트) 602-1702	hkhj827@hanmail.net

편집후기

또, 한 고개를 넘습니다. 『안양문학』은 우리 안양문협의 기관지이자 한 해 활동의 정산서라는 의미를 담고 있습니다. 매년 원고를 꼼꼼히 살펴 흠 없이 세상에 내보내려 애써 보지만 그래도 항상 인쇄본을 받고 보면 부족한 부분들이 보이곤 합니다. 혹, 이번에도 그러한 일이 되풀이될지 모르지만 너그럽게 이해해 주시길 부탁드립니다.

_장호수

안양문학은 안양문인협회의 사업 중에서 가장 중요한 부분을 차지하기 때문에 소홀히 할 수 없습니다.

올해도 어김없이 편집위원들이 모여 장르별로 나누어 최종교정을 보았습니다. 맞춤법, 띄어쓰기를 중점으로 사전을 찾고 또 찾으며 최선을 다했으나, 혹 놓친 부분이 있더라도 혜량해 주시길 바랍니다.

_김미자

몹시 추운 날이어서 카페에 앉아 교정을 보았다. 일 년 동안 푹 익힌 글향이 커피 향만큼이나 구수하고 달콤하게 카페에 가득 퍼졌다. 그 향에 취해 교정을 보면서 여러분과 손잡고 들과 산으로 산책하며 행복했다. 올해도 그렇게 함께 걸어온 길이 안양문학에 곱게 수놓이길 바란다.

_ 최정희

안양문학을 교정본다는 것은 한 해의 마침표를 찍는다는 의미.
그 끝에 선 후에야 보이는 길, 다시 시작!

_ 왕옥현

수많은 농부의 발걸음과 사계절 비바람 맞으며 수확한 알곡들을 예쁘게 포장해서 상자에 담는 작업은 쏠쏠한 재미를 준다.
어느 시장, 어느 밥상에 이르러 값지고 맛있는 시간들을 독자들에게 줄 수 있으리라. 유독 튼실하고 실한 놈도 있고 상처 입어 다소 일그러진 것도 있지만 그 안에 영양과 맛에는 차이가 없을 것이다. 시면 신대로 떫으면 떫은 대로 사계절이 고스란히 배인 수확물이 사랑스러웠다.

_정용채

안양문학 제28집

2017년 12월 10일 찍음
2017년 12월 20일 발행

저　자 ┃ (사)한국문인협회 안양지부(회장 박인옥)
펴낸이 ┃ 장호수
편집위원 ┃ 김미자 김산옥 김은숙 김혜영 류순희
　　　　　신준희 왕옥현 장영숙 정용채 최정희
　　　　(사)한국문인협회 안양지부
　　　　경기도 안양시 만안구 안양로 320번길 20(안양동) B동 2층
　　　　TEL : 031-441-9997 / E-mail : aykwa@hanmail.net
　　　　카페 : http://cafe.daum.net/aykwa

펴낸곳 ┃ 도서출판 시인
　　　　등록번호 제384-2010-000001호
　　　　등록일자 2010년 1월 11일
　　　　Tel 031-441-5558　Fax 031-444-1828 / E-mail : siin11@hanmail.net

ⓒ 2017 안양문인협회
ISBN: 979-11-85479-16-3　03810

이 책은 2017년도 안양시 예술단체 지원금 일부를 지원 받아 제작되었습니다.